民國文化與文學研究文叢

七　編

第7冊

民國文學：眾說紛紜的鄉土敘事（上）

晏　潔著

國家圖書館出版品預行編目資料

民國文學：眾說紛紜的鄉土敘事（上）／晏潔 著 -- 初版 ---
新北市：花木蘭文化事業有限公司，2017〔民 106〕
目 2+166 面；19×26 公分
（民國文化與文學研究文叢 七編；第 7 冊）
ISBN 978-986-485-051-8（精裝）
1. 中國當代文學 2. 鄉土文學 3. 文學評論
820.9　　106013215

民國文化與文學研究文叢
七 編 第 七 冊　　ISBN：978-986-485-051-8

民國文學：眾說紛紜的鄉土敘事（上）

作　　者　晏　潔
總 編 輯　杜潔祥
副總編輯　楊嘉樂
編　　輯　許郁翎、王　筑　美術編輯　陳逸婷
出　　版　花木蘭文化事業有限公司
社　　長　高小娟
聯絡地址　235 新北市中和區中安街七二號十三樓
　　　　　電話：02-2923-1455／傳眞：02-2923-1452
網　　址　http://www.huamulan.tw 信箱 hml 810518@gmail.com
印　　刷　普羅文化出版廣告事業
初　　版　2017 年 9 月
全書字數　321309 字
定　　價　七編 31 冊（精裝）新台幣 58,000 元

民國文學：
衆說紛紜的鄉土敘事（上）

晏潔 著

作者簡介

晏潔，女，四川成都人，文學博士，主要從事中國現代文學思潮以及中國現當代文學研究，現就職於海南師範大學學報編輯部，已在《文學評論》《中國現代文學研究叢刊》《魯迅研究月刊》等期刊發表多篇論文。

提　　要

發現鄉土，改造鄉土是自新文化運動以來，知識界對於中國社會未來道路走向的一個基本共識，而新文學也以書寫鄉土、表現鄉土的方式參與到國家改造與社會進步中。大量的鄉土文學作品從不同的側面反映了中國傳統鄉土社會，同時也是用敘述建構文學中的鄉土世界。本文通過啓蒙、革命與自由主義這三個不同的創作視角去觀照鄉土文學中鄉景、鄉紳、鄉民與鄉俗等四個不同的主題，借由文學文本與歷史文本的對話，盡可能地去還原鄉土，重構鄉土文學敘事。

本文共三個部份，緒論、論文主體四章與結論。緒論部份主要論述了問題的提出，研究現狀綜述，研究概念的梳理與研究的創新之處。

論文主體部份第一章論述鄉景敘事，鄉土風景以訴諸讀者視覺神經的直觀意象，通過不同的切入視角，鄉村風景呈現出多元且迥異的藝術畫面，在這些風景描寫的背後，則是表達了中國現代作家對於鄉土中國的不同看法。

第二章論述鄉紳敘事。鄉紳作爲中國傳統鄉土社會所特有的社會與文化群體，在現代鄉土文學中呈現出各有差異的形象，通過考察鄉紳形象的現實存在與文學敘事之間的交錯、背離或重合，多角度去理解鄉土文學敘事中的鄉紳形象呈現的眞正動因。

第三章論述鄉民敘事。作爲鄉土社會中的主體部份，鄉民必然成爲鄉土文學中的絕對主角，但是由於文化與地位所限，他們只能處於被書寫的狀態，其形象與訴求都是通過知識人爲媒介來表達的，作爲一個抽象的整體概念，作家的觀照角度決定了他們只是選取某個想要言說的部份，每個角度都被視爲或者刻意塑造爲對象的全部。

第四章論述鄉俗敘事。鄉土習俗是傳統文化的重要組成部份，也是鄉土文化精神的重要體現，作家們對於鄉俗的選擇性書寫和表現呈現出鄉俗敘事的複雜性，也表露出各類型作家對於鄉土文化精神的根本態度。

結論部份是對於多重視角下鄉土文學敘事的整體論述，從鄉景、鄉紳、鄉民與鄉俗等四個主題、三個不同角度論述，拼貼出一個完整的鄉土敘事研究，同時進行的這四個主題的歷史文本與文學文本的對話，我們也盡可能地還原出一個現代鄉土社會。

中國現代文學史研究中的「民國文學」概念——《民國文化與文學研究文叢》第七編引言

李　怡

與政治意識形態淵源深厚的文學學科

大陸中國現代文學研究，最近 10 來年逐漸失去了 1980 年代的那種「眾聲喧嘩」、「萬眾矚目」的熱烈景象，進入到某種的沉靜發展的狀態，如果說，在這種沉靜之中，有什麼值得注意的現象的話，那就是「民國文學」概念的提出以及引發的某些討論。

對於海外中國文學研究者而言，現代中國很自然地分作「民國時期」與「人民共和國時期」，這是一種相當自然的歷史描述，作爲文學史的概念，也完全有理由各取所需地採用不同的概念：現代中國文學、中國現代文學、中國文學（民國時期）、中國文學（中華人民共和國時期）等等，這裡有思想的差異或者說審美意識形態的分歧，但是卻基本不存在嚴重的政治較量和衝突。站在海外漢學的立場上，人們難免困惑：現代文學也好，民國文學也罷，不過就是一種文學史的稱謂而已，是不是有如此鄭重其事地加以闡發、討論的必要呢？

這裡就涉及到對大陸中國現當代文學學科存在格局的認識。其實，嚴格的學科意義上的「中國現當代文學」並不是在 1949 年以前的民國時期建立的，儘管那時已經出現了「中國現代文學」的大學教育，也誕生了爲數可觀的「中國現代文學史」著作，但是主要還是講授者（如朱自清）、著作者的個人選擇，體系化的完整的知識格局和教育格局尚不完整。眞正出現自覺的「學科建設」的意識是在 1949 年中華人民共和國成立以後，各學科教育大綱的編訂、樣板式教材的編寫出版乃至「群策群力」的從思想到文字的檢討、審查，都意味著「中國現代文學」學科由此納入到了政治意識形態的一體化架構之中，因此，討論「中國現代文學」學科的任何問題——從內容、結構到語言、概念都是非同小可的「國家大事」，在此基礎上的任何一次新的概念的設計和調整，都不得不包含著如何面對政治意識形態以及如何回答一系列「思想統一」的結論的問題，這裡不僅需要學術思想創新的智慧，更需要政治突圍的勇氣和決心。

回頭看大陸新時期以來的每一次文學史概念的提出，都兼有如此的「智慧」和「勇氣」：例如最有影響的概念——二十世紀中國文學。提出這一概念，其意義主要不是重新劃分晚清——近代——現代——當代的文學史時間，不在於從過去的歷史分段中尋找歷史的共同性；而是爲了從根本上跳脫政治化的「現代」概念對於文學的捆綁。

作爲學科史意義的「中國現代文學」的「現代」概念，其實已經與它在五四文壇出現之初就有了巨大的差異，完全屬於一種政治意識形態的產物。眾所周知，最早的「現代」概念與「近代」概念一樣都來自日本，最早用「近代」更多，到 1930 年代以後「現代」的使用頻率則超過了「近代」——在那時，中國的「現代」基本上匯通著世界史學界的理解框架，將資本主義發展、傳統世界自我封閉格局得以打破的「現時代」當作「現代」；但是，1949 年以後作爲學科史意義的「中國現代文學」的「現代」概念卻又不同，它更多地師法了前蘇聯的歷史觀念：由斯大林親自審查、聯共（布）中央審定、聯共（布）中央特設委員會編的《聯共（布）黨史簡明教程》和由蘇聯史學家集體編著的多卷本的《世界通史》重新認定了歷史的意義和分段方式，〔註1〕馬列主義的五種社會形態進化論成爲劃分歷史的理論基礎，1640 年英國資產階級革命由於「階級局限性」屬於不徹底的「現代」，只能稱作是「近代」的開始，而「現代」演進關鍵點是十月社會主義革命的重大勝利，中國的歷史劃分是對蘇聯思維的仿傚：1840 年的鴉片戰爭被當作「近代」的開端，而標誌著「工人階級登上歷史舞臺」、「馬克思主義開始傳播」的「五四」運動則被當作了「現代」，後來考慮到「五四」之時，中國共產黨尚未成立，無法認定

〔註 1〕《聯共（布）黨史簡明教程》於 1938 年在蘇聯出版，人民出版社 1975 年正式出版中譯本。《世界通史》於 1955～1979 年出版，全書共 13 卷。中譯本《世界通史》（1-13 卷）於 1978～1987 年分別由三聯書店、吉林人民出版社和東方出版社出版。

其十月革命式的政治勝利，所以又在「現代」之外另闢 1949 年以後爲「當代」，以彰顯社會主義與共產主義社會的到來，由此確定了中國文學近代／現代／當代的明確格局——這樣的劃分不僅時間分段上不再模糊，而且更具有明確的思想的內涵與歷史文化質地：資產階級文學（舊民主主義革命文學）、新民主主義革命文學與社會主義文學就是近代——現代——當代文學的歷史轉換。

「二十世紀中國文學」是中國文學研究界學術自覺，努力排除前蘇聯「革命」史觀影響、尋求文學自身規律的產物。正如論者當年意識到的那樣：「以前的文學史分期是從社會政治史直接類比過來的。拿『近代文學史』來說，從一八四〇年鴉片戰爭到一八九八年戊戌變法，半個多世紀裏頭，幾乎沒有什麼文學，或者說文學沒有什麼根本的變化。」「政治和文學的發展很不平衡。還是要從東西方文化的撞擊，從文學的現代化，從中國人『出而參與世界的文藝之業』，從文學本身的發展規律，從這樣的一些角度來看文學史，才比較準確。」「『二十世紀中國文學』這一概念首先意味著文學史從社會政治史的簡單比附中獨立出來，意味著把文學自身發生發展的階段完整性作爲研究的主要對象。」〔註 2〕

自「二十世紀中國文學」開啓歷史性的「重寫文學史」以來，中國現代文學的研究一直是富有勇氣地走在這一條「學術創新——政治突圍」的道路上，力圖讓文學回歸文學，歷史還原給歷史。可以說，「民國文學」也屬於這樣的努力，是「重寫文學史」的一種方式。

可疑的「現代性」

當然，這種方式也體現出了對既往文學研究的一種反思。

「二十世紀中國文學」這一歷史架構顯然具有重大的學術價值，直到今天依然是影響最大的文學史理念。然而，在「民國文學」的視野之中，它也存在著需要克服的問題：「二十世紀中國文學」這一概念是否已經具備了學科的穩定性？例如，在「二十世紀」業已結束的今天，它是否能有效地參照當下文學的異質性？如果說，「二十世紀中國文學」曾經闡發過的諸多概念都依然適用於今天，如果「新世紀文學」的基本性質、使命、遭遇的問題等等幾

〔註 2〕黃子平、陳平原、錢理群：《二十世紀中國文學三人談》36 頁、25 頁，北京：人民文學出版社 1988 年。

乎都與「舊世紀」無甚區別，那麼這一概念本身的內涵和外延至少也是不夠確定，需要我們重新推敲的了。對於「二十世紀中國文學」而言，其擺脫政治意識形態束縛的核心理念是文學的現代性（當時提出者稱之爲「現代化」）追求。但是，隨著 1990 年代中期以來，「現代性」話語逐漸演變成了我們文學研究的基本語彙，它內在的一系列矛盾困擾也日顯突出了。

在新時期，「現代化」與「現代性」主要指代我們打破封閉、「走向世界」的強烈渴望，在那時，「現代」的道義光芒與情感力量要遠遠重於其知識性的合理與完整，或者說，呼喚文學的現代性就如同建設「四個現代化」一樣天經地義，我們根本無暇追問這一概念的來源及知識學上的意義和限度，所以才會出現如汪暉所述的「現代」之問。在 1980 年代，汪暉曾就何謂「現代」向唐弢先生質詢，而作爲學科泰斗的唐先生也只是回答說，這是一個「很複雜」的問題。〔註 3〕到了 1990 年代，中國學術界開始惡補「現代」課，從西方思想界直接輸入了系統而豐富的「現代性知識」，先是經過了短時間的「現代性終結」之論，接著便是在西方學術的鼓勵之下，迅速舉起「未完成的現代性」旗幟，對各種文化現象展開檢視分析，我曾經借用目前收錄最豐富、檢索也最方便的中國期刊網 CNKI 對 1979 年以後中國學術論文上的一些關鍵詞作數理統計，下面就是「現代性」一詞在各年的出現情況：

	79	80	81	82	83	84	85	86	87	88	89	90	91	92
按篇名統計	0	0	0	0	0	0	0	0	0	2	0	0	0	0
按關鍵詞統計	0	0	0	0	0	0	0	0	0	0	0	0	0	0

	93	94	95	96	97	98	99	00	01	02	03	04
按篇名統計	4	16	26	28	48	60	108	128	166	213	268	381
按關鍵詞統計	0	0	5	11	11	20	69	109	165	225	287	443

表格說明：

1. 統計單位爲「篇」。
2. 檢索的學科涵蓋「文史哲」、「經濟政治與法律」、「教育與社會科學」。
3. 自動檢索中有極少數詞語誤植的情形，如「現代性愛小說」「現代性」統計，另外個別長文（如高遠東《未完成的現代性》分上中下發表，被統計爲三篇，爲了保證檢索統計的統一性，以上數據有意識忽略了

〔註 3〕汪暉：《我們如何成爲「現代」的？》，《中國現代文學研究叢刊》1996 年 1 期。

這些情形。

研究一下以上的表格我們就可以知道，從 1979 年到 1987 年整整九年中，中國人文社科的學術論文中沒有出現過一篇以「現代性」爲題目的文章，1988 年出現了兩篇，但很快又消失了，直到 1993 年以後才連續出現了「現代性」論題。這些論文的代表作包括張頤武的《對「現代性」的追問——90 年代文學的一個趨向》(《天津社會科學》1993 年 4 期)、《「現代性」終結——一個無法迴避的課題》(《戰略與管理》1994 年 3 期)、《重估「現代性」與漢語書面語論爭——一個 90 年代文學的新命題》(《文學評論》1994 年 4 期)，韓毓海的《「現代性」與「現代化」》(《學術月刊》1994 年 6 期)，韓毓海與李旭淵《第三世界的現代性痛苦與毛澤東思想的雙重含義——兼說中國當代文學》(《戰略與管理》1994 年 5 期)，汪暉的《傳統與現代性》(《學術月刊》1994 年 6 期)，彭定安《20 世紀中國文學：尋找和創造現代性》(《社會科學輯刊》1994 年 5 期)，文徵《後現代性與當代社會思潮》(《國外社會科學》1994 年 2 期)，趙敦華《前現代性、現代性與後現代性的循環關係》(《馬克思主義與現實》1 年 4 期) 等。

對概念的提煉和重視反映的是一種學術目標的自覺。當然，按照中國學術期刊的學術規範，由作者列舉「關鍵詞」的慣例是 1992 年以後才逐漸推行開來的，整個 20 世紀 80 年代的中國學術論文之前都不存在這樣的標誌性的「關鍵詞」，這也給我們通過統計來顯示中國學者概念的提煉製造了難度，不過即便如此，分析表格中作爲「篇名」的「現代性」話題的增長與作爲關鍵詞的現代性概念的增長，我們也依然可以十分清晰地看出：隨著 1993 年以後中國學者對「現代性」話題的越來越多的關注，「現代性」理念作爲重點闡述的對象或立論的主要依託才逐漸堂皇地進入學術文本，構成其中的關鍵詞語，大約在 1995 年以後開始「傲然挺立」起來。到新世紀第一個十年的中期，無論是作爲論題還是語彙的「現代性」都達到了空前的規模，對西方文化意義的「現代性」含義的追溯和「考古」業已成爲了我們的學術「習慣」。同時，在中國文化範圍之內（包括古代與現代）所進行的「現代性闡釋」更層出不窮，幾近成爲了現代中國文學與文化研究的基本語彙。到 2004 年，我們的統計已經可以見出歷史的重要轉變。可以說至此，「現代性批評話語」真的正在實現著對於 20 世紀 80 年代一系列基本概念的置換。

這樣的置換當然首先還是得力於同一時期西方文學理論與文化理論的引

入，1990 年代中期以後，活躍在中國理論界的主流是後現代主義、解構主義、後殖民批判理論與西方馬克思主義，而「現代性」則是這些理論的核心概念之一，正是借助於這些西方理論的輸入，中國現代文學界可以說是獲得了完整的「現代性知識」。在這個知識體系中，人們對現代、現代性、現代化、現代主義的辨析達到了前所未有的深入和細緻，對文學的觀照似乎也獲得了令人激動不已的效果和不可估量的廣闊前程，中國現代文學史至此有望成爲名副其實的「現代性」或「現代學」意義的文學敘述。

應當承認，1990 年代對「現代」知識的重新認定的確是爲我們的文學史研究找到了一個更具有整合能力的闡釋平臺，借助福柯式的知識考古，我們固有的種種「現代」概念和思想得到了清理，現代、現代性、現代化，這些或零散或隨意或飄忽的認識都第一次被納入到了一個完整清晰的系統當中，並且尋找到了在人類精神發展流程裏的準確的位置。最近 10 年，「現代性」既是中國理論界所有譯文的中心語彙，也幾乎就是所有現當代文學史研究的話語支撐點。

但是，從另一方面來看，我們的「現代」史學之路卻難以掩飾其中的尷尬。追溯「現代性」理論進入中國的歷史，我們都會發現一個有趣的轉折：在 1990 年代初期，恰恰也是其中的一些論斷（後現代主義對社會現代性的批判）導致了我們對現代文學存在價值的懷疑和否定，而到了 1990 年代中後期，當外來的理論本身也發生分歧與衝突的時候（例如哈貝馬斯對現代性的肯定），我們竟又神奇地獲得了鼓勵，重新「追隨」西方理論挖掘中國文學的「現代性價值」——中國文學的意義竟然就是這樣的脆弱和動搖，只能依靠西方的「現代」理論加以確定？！這足以提醒我們，中國學者對「現代性」理論的理解和運用在多大的程度上是以自身的文學體驗爲依據的？同樣，在「現代性」視野下的中國現代文學研究當中，中國現代文學的種種現象也一再被納入到全球資本主義時代的共同命題中，例如「兩種現代性」、「民族國家理論」、「公共空間理論」、「第三世界文化理論」等等……跨越了歷史境遇的巨大差異，東西方文學的需要是否就這麼殊途同歸了？他者的理論是否眞讓我們的文學闡釋一勞永逸？中國文學的現代之路難道就沒有自成一格的更豐富的細節？

較之於直接連通西方「現代性」闡釋之路的言說，「民國文學」這一概念首先試圖表達的就是擺脫先驗的理論、返回歷史樸素現場的努力。

1997 年，陳福康借助史學界的概念，建議中國文學的現代／當代之名不妨「退休」，代之以中華民國文學／中華人民共和國文學之謂。後來，張福貴、湯溢澤、張中良、李怡等人都先後提出這一新的命名問題，〔註 4〕我將這樣的命名方式稱之爲「還原」式，就是因爲它所指示的國家社會的概念不是外來思想的借用——包括時間的借用與意義的借用——而是中國自己的特定生存階段的眞實的稱謂，借助這樣具體的國家社會形態框架，我們的文學史敘述有可能展開爲過去所忽略的歷史細節，從而推動文學史研究的深入。

在多少年紛繁複雜的理論演繹之後，中國文學研究需要在一種相對樸素的歷史描述中豐富起來，自我呈現起來。

「民國文學」研究的幾種可能

當然，「民國文學」概念提出來以後，各方面也不無爭論和質疑，這些爭論和質疑的根本原因有二：長期以來「民國」概念的陰影不去，至今仍然以各種「成見」干擾著我們的思想，或者對我們的自由探索構成某種有形無形的壓力；新概念的倡導者較長時間徘徊在概念本身的辨析之中，文學史的細節研究相對不足，暫時未能更充分地展示新研究的獨特魅力，或者其他的同行業也未能從林林總總的研究中發現新思路的廣闊空間。

關於「民國文學」研究，有這樣幾個方面的問題可以澄清和深發。

一、「民國文學」是民國時期的現代文學，可以涵蓋絕大多數的現代文學現象。不僅可以對傳統的新文學傳統深入解釋，而且可以將舊體文學、通俗文學等等「新文學」之外的文學現象有效納入，在一個更高的精神性框架中理解古今中西的複雜對話關係；不僅可以包括從北洋政府到國民黨政府控制區域的文學現象，而且也能有效解釋紅色蘇區文學、抗戰解放區文學，因爲後兩者也發生在民國歷史的總體進程當中，民國文學的概念不僅可以解釋後

〔註 4〕參看張福貴《從意義概念返回到時間概念——關於中國現代文學的命名問題》（香港《文學世紀》2003 年 4 期）；湯溢澤、郭彥妮《論開展「民國文學史」研究的必要性與可行性》（《當代教育理論與實踐》2010 年 2 卷 3 期）；湯溢澤、廖廣莉：《論開展「民國文學史」研究的迫切性》（《衡陽師範學院學報》2010 年 2 期）；趙步陽、曹千里等：《「現代文學」，還是「民國文學」？》（《金陵科技學院學報》2008 年 1 期）；張維亞、趙步陽等：《民國文學遺產旅遊開發研究》（《商業經濟》2008 年 9 期）；楊丹丹《「現代文學史」命名的追問與反思》（《長春師範學院學報》2008 年 5 期）。

者，甚至是擴大了後者研究的新思路，解放區文化不是靠拒絕「人民之國」（民國）的理想而生存，它恰恰是以民國理想眞正的捍衛者自居，最終通過批判了國民黨政權贏得了在「全民國」範圍內的聲譽；對於投降賣國的汪僞政權，它也不敢輕易放棄「民國」之號，在這裡，民國的「名與實」之間存在一個值得認眞分析的張力，並影響到南京僞政府統治下的寫作方式；到華北、蒙疆特別是東北淪陷區，日本文化與僞滿洲國文化大行其道，但是，我們能不能斷定淪陷區文學就理所當然屬於滿洲國文學、蒙古文學或者日本文學呢？當然也不能，近幾年的淪陷區文學研究，相當敏銳地發掘出了存在於這些殖民地的「中華情結」，而民國文化作爲現代中華文化的一種形態，依然對人們的精神發揮著根深蒂固的作用——雖然不是名正言順的「民國文學」，但是「民國文學」研究的諸多視角卻依然有效。

二、「民國文學」本身不是一個政治性的概念，就如同「民國」本身既有政權性含義，但同時也有政權政治所不能涵蓋的民族、社群等豐富的內涵一樣，而作爲精神文化組成部分的「民國文學」更具有超越政治的豐富的意義空間。我同意張中良先生的分析：「民國作爲一個國家，在政黨、政府之外，還有軍隊、司法機關、民間社團等社會組織，除了政治之外，還有新聞出版、學校教育、宗教信仰、民族傳統、地域文化、文學思潮、百姓生活等等，民國文學是在多種因素交織的社會文化背景下發生、發展起來的，因而其歷史化研究的空間無比廣闊。」〔註5〕事實在於，越是在一個現代的形態中，國家政權的強制力越有限，而作爲社會文化本身的力量卻越大，包含文學藝術在內的社會精神文化，恰恰努力在民國時期呈現出了自己的獨立性和自主性。所以，「民國文學」並不等於就是國民黨的文學，自由主義文學與左翼文學都是民國文學的主體，而且由左翼文學所體現的反抗、批判精神也可以說是民國文學主要的價值取向，「民國批判」恰恰是「民國文學」的基本主題。曾經有大陸學者擔心「民國文學」研究會重新推動中國現代文學研究走入政治的死胡同，相反，也有臺灣學者對大陸「民國文學」研究刻意切割文學與政權制度的關係有所不滿，〔註6〕我覺得這兩方面的意見雖然有異，但都是出於對民國時期文學獨立性、自主性的認知不足。民國文學本身就是知識分子追求

〔註5〕張中良：《民國文學歷史化的必要與空間》，《文藝爭鳴》2016年6期。
〔註6〕王力堅：《「民國文學」抑或「現代文學」？——評析當前兩岸學界的觀點交鋒》，《二十一世紀》2015年第8期。

政治自由的體現，對政治自由的嚮往當然是將我們的精神帶離了專制政治的陷阱；而民國政權在文學政策上的某些讓步和妥協從根本上講並不來自統治者的恩賜，恰恰也是民國的社會力量、民間力量蓬勃發展、持續抗爭的結果，現代國家出現之後，其文化發展最可寶貴之處就是「明君」與「賢臣」文化的逐步消失（雖然政治家的開明和理性依然重要），同時社會性力量不斷加強、民間力量日益發展，後者才是最值得我們注意和總結的文化傳統，只有在後者被充分發掘的基礎上，政治制度的種種歷史特徵才有可能獲得眞實的把握。

三、「民國文學」研究其實有別於隸屬於大眾文化、流行文化的「民國熱」。作爲對長期以來「民國史」的粗暴化處理的背棄，「民國熱」已經在大陸中國流行有年，民國掌故、民國服飾、民國教育，還有所謂的「民國範兒」等等，這本身不難理解，而且我以爲在「各領風騷三五年」的各種「熱」當中，「民國熱」依然保留了更多的自我反省的因素，因而相對的「健康性」是明顯的。儘管如此，我認爲，當代中國社會出現的「民國熱」歸根結底屬於大眾文化潮流，而「民國文學研究」則是中國學術多年探索發展的結果，是文學研究「歷史化」趨向的表現，兩者具有根本的不同。其實，「民國文學」研究雖然與當今的「民國熱」差不多同時出現，但中國學界本著實事求是的精神，努力救正「以論代史」的惡劣現象、盡可能尊重民國史實的努力卻是由來已久了。在大陸中國，雖然因爲政治原因，「民國」一詞一度包含了某種政治禁忌，需要謹慎使用，但總體來看，除了「文化大革命」這樣的極端的文化專制時期之外，對「民國史」的關注和研究一直有學人勉力進行。從新中國成立到1980年代初，「民國史」的考察、研究一直都得到來自國家層面的高度重視，並不斷被納入各種國家級的科研計劃與出版計劃。《中華民國史》的編修工作早於《劍橋中國史》的編寫計劃，「民國史」的研究也早在 1956 年就已經列爲了國家科學發展十二年規劃，民國史的出版也在 1971 年就進入了國家出版規劃。呼籲「民國史」研究的既包括董必武、吳玉章這樣的「民國老人」，又包括周恩來總理這樣的黨和國家領導人。「民國文學」的研究借概念之便，當更能夠順理成章地汲取「民國史」的研究成果，以大量豐富的歷史材料爲基礎，對中國現代文學研究的「歷史化」進程作出堅實的貢獻。

當然，民國文學研究，一方面固然應當強調加強學術研究的自覺性，與大眾文化的趣味相區分，但是，也不是要刻意區隔和拒絕那些來自社會民間的寶貴情懷，相反，有價值的研究總能從現實關懷中汲取力量，讓學術事業擁有的豐沛的社會情懷，本身也是在健康和積極的方向上爲中國的當代文化貢獻自己的智慧和力量。

四、「民國文學」研究可以形成與華文文學研究諸多問題的有益對話。當「民國文學」這一概念的使用跨出中國大陸，尤其是與海峽對岸學界形成對話之時，可能就會遇到嚴重的困擾：在我們大陸學界的立場來看，它理所當然就是一個歷史性的概念，「民國」在 1949 年已經結束，我們的「民國文學」研究如果不加特別說明，肯定是指 1912 民國建立到 1949 年中華人民共和國成立這一段歷史時期的文學，使用「民國文學」概念，存在著一個嚴肅的政治的界限；但是，繼續沿用著「民國」稱號的對岸，是否就是大張旗鼓地書寫著「民國文學史」呢？弔詭的現實恰恰是，當代臺灣學界似乎比我們離「民國」更遠！在經過了日本殖民文化——國民黨統治——解嚴後思想自由——政黨輪替、「去中國化」思潮這樣一系列複雜過程之後，在一個被稱作「後民國」的時代氛圍中，「民國」論述照樣承受了「政治不正確」的壓力，其矛盾曖昧之處，甚至也不是「一個民國，各自表述」就能夠概括得了的。也就是說，在海峽兩岸這最大的華人世界裏，「民國文學」都存在相當的糾纏矛盾之處。如何解決這樣的尷尬呢？如何在兩岸學術界，建立起彼此都能夠接受的論述呢？我覺得這裡有兩個可以展開的思路。

首先是集中研討那些沒有爭議的時段。例如民國成立到 1949 年中華人民共和國成立這一歷史時期，我稱之爲民國文學的典型時期，對臺灣而言，1945 年光復之後，特別是國民政府遷臺之後，民國文化與文學當然也完成了移植與建構，不過解嚴以來，本土化傾向日益強化，與「典型時期」比較，情況已經大爲不同，固有的「民國文化」發生了變異、轉換與遮蔽，只有首先清理那些「典型」的民國文化，才最終有助於發掘現存的「民國性」。目前，對於研討「民國文學典型時期」的設想，在兩岸學界已經有了基本的共識。

其次是通過凸顯「民國文學」研究方法的獨特性與華文文學的其他學術動向形成有益的對話。所謂「民國文學」研究不過是一個籠統的稱謂，指一切運用「民國文學」概念創新解釋現代文學現象的嘗試，它至少包括兩個大的方向，一是對民國時期文學發展的種種問題進行新的梳理和闡述；二是通過對於「民國是中國的現代形態」這一思路的認定，生發出關於如何挖掘、描述中國知識分子「現代追求」的種種學術思路，進而對現代中國文化獨創性問題作出令人信服的闡發，借助這一的闡發，「現代性」視野才不至於單純流於西方的邏輯，而成爲中國現代精神生產的一種獨特形式，這些努力的背後，樹立著發現現代中國精神主體性與學術主體性的深遠目標，這可謂是「民國作爲方法」的特殊價値。對於這種「文化主體性」的重視，我們同樣可以從作爲臺灣學術主流的「臺灣文學」以及史書美、王德威等人倡導的「華語語系文學」那裡看到，彼此對話的空間値得開拓。

「臺灣文學」一度有意識與中華文學相區隔，尋求自己的獨立空間，然而身居「民國」卻是寫作者不能不面對的事實，「民國」與「臺灣」在現實中相互糾纏，在歷史中前後延續、滲透、轉化、變異，無論從哪一個方向來看，離開「民國文學」的歷史與現實，都無法清晰道出現代「臺灣文學」的脈絡與底蘊，這一理念，似乎已經爲越來越多的臺灣學者所認可，臺灣文學研究者如陳芳明、黃美娥都多次出席兩岸舉辦的「民國文學研討會」，發表了梳理民國文學與臺灣文學關係的重要論文。

「華語語系文學」（Sinophone literature）是當今華文文學界的最有代表性的命題。儘管其倡導者史書美、王德威、石靜遠等人的具體觀念尚有不少的差異，但是突破華文文學的「中國中心」立場，在類似於英語語系、法語語系、西班牙語系的多樣化格局中建立各華人世界的文化獨立性和主體性，確實是他們的共同追求：「中國內地各種討論海外華文文學的組織、會議、出版，其實存在著一個不可摒除的最後界限，即要歸納在一個大中國的傳承之下，成爲四海歸心的一個象徵。很多海外學者會覺得這種做法是過去的、老派的、傳統的帝國主義的延伸，於是提出華語語系文學，使之成爲對立面的說法。」〔註 7〕擺脫「西方中心主義」來談論「全球文學」，去「中心」、解「權力話語」，不再將華語文學當作某種「中國」本質的「離散」，而是始終在流動性、在地化、變異與重構中生成，這是「華語語系文學」的基本追求。應當說，「民國文學」的研究理念剛好可以與之構成有趣的對話：作爲文化主體性與學術主體性的建構，兩者顯然有著共同的意願，

不過，在不斷表述擺脫西方理論模式束縛的同時，「華語語系文學」卻將主要的批判矛頭對準了「中國性」與「中國文化」，史書美甚至爲了執著地對抗「中國」，將中國文學排除在「華語語系文學」之外。這裡就產生了一個需

〔註 7〕李鳳亮：《「華語語系文學」的概念及其操作——王德威教授訪談錄》，載《花城》2008 年第 5 期。

要認眞探討的問題：阻擾現代華語世界精神主體性建構的力量是否就主要來自「中國」，而非實力更爲強大的歐美？或者說，在普遍由歐美文化主導的「現代性」格局中，各種現代中華文化形態的經驗更缺少相互啓迪、相互借鑒與相互支撐的可能？如果考慮到「現代性」的言說模式迄今基本還是爲歐美強勢文化所壟斷，「大華文區域」依然共同承受著這些文化壓力之時。以「在地」華文世界各自的經驗獨特性構製各自的「主體性」固然重要，在華文世界與其他世界的比照中尋找我們共同的經驗、重建華文文學本身的認同和主體價值，同樣不可或缺。而「民國文學」的經驗梳理，也就是華文世界的「現代認同」的基礎，也是華文文學主體性的主要根據，「作爲方法的民國」需要在這樣共同的文化經驗的基礎上加以提煉。

這裡具有中華文化的共同傳統與民族記憶，又都在不同的條件下融入了全球現代化的過程。文學發展的背景同樣經歷了農業文明到工業文明、後工業文明的歷史過程，同樣遭遇了從威權專制到現代民主的轉變。

就文學本身而言，同樣具備了中國古典文學的修養和基礎的積澱，同樣進入到現代白話文學的時代，雖然因爲政治意識形態的介入，中國新文學傳統的理解和繼承方式有別，彼此有過對新文學傳統的不同的認識——大陸以左翼文學爲正統，臺灣等區域可能更認同以胡適爲代表的自由主義，但是作爲大的現代文學經驗依然具有相當的同一性。〔註 8〕

對主體性的任何形式的尋找最終都不是爲了將自身的族群從周遭的世界中分裂出來，而是爲了更深刻地認識自我，發現自我的價值，最終也可以與「他者」更好地溝通與共存。大陸「中國中心」意識值得警惕和批判，但是與其徑直將大陸中國的華文文化視作對立的「他者」，毋寧將其當作既挑戰自我又激發自我的「他者」，而且這樣的「他者」也不能取代我們從歐美強勢文化的「他者」中承受的壓力，換句話說，大陸中國的華文世界並不是包括臺灣在內的華文世界的唯一的壓力，各區域華文文學的成長同時也不斷感受著來自其他文化力量的持續不斷的擠壓和挑戰。如果我們能夠面對這樣的事實，那麼，就會發現，華文文學世界的「共同經驗」的分享依然有效，依然重要，依然值得進一步挖掘和發揚，而在民國——這樣一個由華人所建立的現代意義的文化形態中，存在著值得我們共同珍惜的精神遺產。正如王德威

〔註 8〕參見李怡：《命運共同體的文學表述——兩岸華文文學視野中的「民國文學」》，《社會科學研究》2013 年 6 期。

所意識到的那樣：「在我看來，將海外與中國內地相對立，是另一種劃地自限的做法……如果只強調海外的聲音這一面，就跟大陸海外華文文學各種各樣的做法沒有什麼兩樣，只不過站在反面而已。」「對於分離主義者來說，我覺得華語語系文學這個概念也適用……如果你不知道中國是什麼樣子的話，你有什麼樣的能量和自信來聲明你自己的一個獨立自主的自爲的狀態（不論是政治或是文學的狀態呢）？〔註9〕

〔註9〕李鳳亮：《「華語語系文學」的概念及其操作——王德威教授訪談錄》，載《花城》2008年第5期。

目次

上冊

下 冊

緒　論

從某種意義上來說，中國現代文學史就是一部鄉土文學史。伴隨著跌宕起伏的中國近現代歷史，鄉土文學也在其中經歷了幾多變遷。從療救中國而發現鄉土開始，文學多角度多層次地反映和想像著鄉土的過去、現在和未來，不論作家們如何地去書寫鄉土，都與構築現代民族國家的宏大敘事緊密相連。鄉土文學作品用一種非歷史書寫的方式參與了歷史記憶的建構，從陰鬱的「狼子村」到明朗的「豔陽天」，它們以自身的存在講述著歷史的鄉土和鄉土的歷史，現代中國的影像從鄉土文學的文本中慢慢由模糊混沌到清晰凸顯，文學鄉土成爲主流歷史敘事的重要見證者。

一、研究現狀

關於現代鄉土文學的研究，其研究時限長、研究成果已經較爲豐富。在這近乎浩如煙海的鄉土文學研究中，我們吸能選取近年來較有代表性的論著來對現代鄉土文學的研究現狀進行考察。這些論著大約可以歸納爲以下四個方面來進行研究的：

（一）在文學史框架下鄉土文學的研究。這類研究大多具有全局的視野，無論從鄉土文學創作的時間跨度還是內容來說，都注重中國現代鄉土文學的整體發展過程。有的研究打通了一般意義上的現當代研究界限，將鄉土文學的發展脈絡從五四新文化運動延伸至新時期文學，寫作方式亦有不同，有的是將鄉土文學的主題作了分類進行書寫，有的是在文學史的框架內以作家群爲研究對象勾勒出鄉土文學整體發展面貌。主要專著有丁帆的《中國鄉土小說史》（北京大學出版社 2007 年版），將中國鄉土小說納入了世界鄉土文學範疇，以將鄉土小說的審美特徵概括爲「風景畫、風俗畫、風情畫」和

「自然色彩、神性色彩、流寓色彩、悲情色彩」的「三畫四彩」的藝術特徵，通過對代表性作家及其作品的藝術特色分析，對中國二十世紀的鄉土小說作了較爲全面的梳理。陳繼會的《中國鄉土小說史》（安徽教育出版社 1999 年版）敘述了從五四到新時期的鄉土文學發展歷程，其中的一個特別之處在於將臺灣鄉土小說與大陸鄉土小說進行了對比論述，而另一本《理性的消長——中國鄉土小說綜論》（中原農民出版社 1989 年）則是圍繞現代鄉土小說中的農民主題、女性主題、反封建主題、藝術形式對從五四到新時期的鄉土小說進行了論述。莊漢新、劉瑤的《中國 20 世紀鄉土小說史話》（中國礦業大學出版社 2006 年版），在將從新文化運動到新時期的鄉土小說的發展分爲了 6 個階段的基礎上，選取了 41 位具有代表性的鄉土小說家，而選取這些作家的標準則是「對一代中國人民生活道路、精神心理和文化價值取向產生巨大、深刻影響的鄉土小說作家及其作品」，如魯迅、臺靜農、魯彥、蕭軍、蕭紅、艾蕪、沈從文、孫犁、賈平凹、陳忠實等，因名爲史話，故「用通俗、生動、平實的筆觸，進行評價和賞析。用隨筆體、散點式結構，……開闢一條小說文化研究的新途徑」〔註 1〕。楊劍龍的《放逐與回歸——中國現代鄉土文學論》（上海書店出版社 1995 年版）以魯迅及其鄉土小說爲研究的主要起點，以此向外拓展，「從接受美學的視角」著重論述了「魯迅身邊的鄉土作家」臺靜農、許欽文、廢名、王魯彥與「魯迅著作的崇尚者」蹇先艾、彭家煌、王任叔、賴和等啓蒙鄉土文學作家及作品，同時也對鄉土文學的創作、風格等進行了研究；陳昭明的《中國鄉土小說論稿》（大眾文藝出版社 2007 年版），採用了以作家分類的方式來展現整個二十世紀中國鄉土文學創作全貌，選取了現當代文學史上具有代表性的十數位作家，例如魯迅、蕭紅、沈從文、汪曾祺、劉紹棠、古華、莫言等，以「鄉愁美學」爲基點，通過對作家們各具特色的鄉土作品的分析與解讀，來「探討鄉土小說與時代和社會的聯繫，著重闡釋它的思想內涵。……二是看重鄉土小說的審美價値，闡發其所包含的道德和情感內涵」〔註 2〕。

（二）鄉土文學作家論。需要說明的一點是，此處所提及的鄉土文學作家研究指的是在鄉土文學視閾裏所作的作家研究，例如汪暉的《反抗絕望 魯

〔註 1〕莊漢新、劉瑤：《中國 20 世紀鄉土小說史話》，徐州：中國礦業大學出版社，2006 年，第 24 頁。

〔註 2〕陳昭明：《中國鄉土小說論稿》，北京：大眾文藝出版社，2007 年，作品簡介。

迅及其文學世界》更偏重於魯迅思想的研究，故不包括在鄉土文學作家研究的論著之中。鄉土文學作家個案研究從鄉土文學問世以來就存在並一直發展，因此不僅單篇論文數量龐大，在文學史寫作中對這些鄉土作家也屢有涉及，這裡只能將近年來鄉土作家個案研究的專著作一個較爲粗略的梳理。

鄉土文學作家研究的專著有的是以單個鄉土文學作家爲研究對象，其中以對魯迅、沈從文的研究最多，如劉涵之的《沈從文鄉土文學精神論》（湖南大學出版社 2008 年版）是從「將文學精神作爲考察沈從文鄉土文學的一個出發點，毋寧說是在一種整體、綜合的視野下來審視作家的心路歷史與文學創作的互動關係」〔註 3〕，因此圍繞著都市批判意識和鄉村烏托邦精神、生命觀和文學理想、鄉土書寫的敘事形態和文化意識、鄉土書寫的情感抉擇和困境這幾方面對沈從文的鄉土文學創作進行了較爲全面的論述。淩宇的專著《從邊城走向世界》（嶽麓書社 2006 年版）是沈從文研究的一本重要專著，此書從沈從文的人生經歷與文學理想的追求出發，對沈從文的鄉土文學作品的文本、創作心理與作品美學品格進行了細緻論述，明確了沈從文的鄉土文學創作在中國現代文學中的獨特地位，而這種與眾不同的鄉土書寫是與沈從文獨特的人生經歷與湘西文化薰陶分不開的，作者通過對沈從文的生平、文學創作的全面考察，呈現了一個較爲立體的沈從文研究。韓立群《沈從文論——中國現代文化的反思》（天津人民出版社 1994 年版）肯定了湘西特色地域文化與人生經歷對沈從文鄉土文學創作的深刻影響，而沈從文立足於湘西文化創作的鄉土文學作品正是對現代都市文化的批判與反思。

王德威在專著《寫實主義小說的虛構：茅盾、老舍、沈從文》（復旦大學出版社 2011 年版）中認爲沈從文的鄉土文學是在中國古典文學的桃花源想像內寫作的，其「鄉土話語的中心是湘西在歷史上所形成的衝突意象」〔註 4〕，王德威利用他豐富的西方文學理論對沈從文多部的作品進行了對比和解讀，論述了沈從文的鄉土文學「與其說是原原本本的回溯過去，更不如說是以現在爲著眼點創造、想像過去」。楊劍龍在其論著《魯迅的鄉土世界》（安徽大學出版社 2013 年版）裏總結了魯迅鄉土小說的藝術特色以及整個 20 世紀鄉土文學的主題、風

〔註 3〕劉涵之：《沈從文鄉土文學精神論》，長沙：湖南大學出版社，2008 年，第 10 頁。

〔註 4〕王德威：《寫實主義小說的虛構：茅盾、老舍、沈從文》，上海：復旦大學出版社，2011 年，第 270 頁。

格和創作，也對魯迅的代表作品《野草》、《祝福》等進行了文本解讀，同時對於受魯迅影響的鄉土小說家，如臺靜農、蹇先艾等作家及作品在對魯迅鄉土小說的繼承方面進行了論述；有的鄉土作家研究專著則是以幾位代表性作家爲研究對象，如范家進《現代鄉土三家論》（上海三聯書店 2002 年版）就是以魯迅、沈從文、趙樹理爲研究對象，「通過對他們的鄉土小說及人生命運旅程的解剖與分析，嘗試清理和剝理出 20 世紀以來現代中國作家面對鄉土中國所產生的三種基本思想姿態、情感姿態和藝術姿態」〔註 5〕。

羅關德的《鄉土記憶的審美視閾 20 世紀文化鄉土小說八家》（天津社會科學院出版社 2005 年版）則是選取了魯迅、茅盾、沈從文、趙樹理、汪曾祺、韓少功、莫言、賈平凹八位現當代作家，可以看到這八位代表性的作家足以涵蓋現當代鄉土文學創作的水平。正如在其內容提要中所總結的那樣，「勾勒了 20 世紀文化鄉土小說的整體走向和未來趨勢」。同時作者將鄉土小說看作是「從本質上說，20 世紀的鄉土小說主要是指那種以鄉村爲背景，以農民爲載體，表現東西方文化衝突境遇下，知識分子情感歸屬的一種小說樣式」〔註 6〕，因此將之定義爲「文化小說」或「詩化小說」，但是這樣的定義似乎並不能完全地概括 20 世紀鄉土小說，因爲佔據重要地位的革命鄉土小說似乎並不能被歸納在文化小說的範疇裏。王嘉良、傅紅英發表於《文學評論》2004 年第 3 期上的《啓蒙語境中的鄉土言說——「五四」浙東鄉土作家群論》，將地域文化與作家群落研究結合在一起，注意到了地域特色文化對於鄉土作家個人以及創作的密切關係，認爲五四時期浙東鄉土作家的對鄉土文學的獨特貢獻是與浙東悠久厚重的文化傳統與文化精神分不開的，而其鄉土文學作品所表現的內容也是浙東地區的民風民俗的體現。

（三）文化研究視野中的現代鄉土文學。特別是近年來將地域文化、民俗文化與現代鄉土文學結合起來的研究較多。如劉洪濤《湖南鄉土文學與湘楚文化》（湖南教育出版社 1997 年）注意到了二十世紀湖南作家作爲鄉土文學創作的重要作家群落，其創作與湘楚文化之間有著密切的關係，湘楚文化中崇尚自然、尙武、巫文化、重情的特質滲透於湖南鄉土文學作品之中，論述了沈從文與周立波兩位作家的鄉土寫作傳統對於湖南作家的鄉土文學創作

〔註 5〕范家進：《現代鄉土三家論》，上海：上海三聯書店，2002 年，第 4 頁。

〔註 6〕羅關德：《鄉土記憶的審美視閾 20 世紀文化鄉土小說八家》，天津：天津社會科學院出版社，2005 年，第 6 頁。

的影響，同時從湖南鄉土文學作品也反映了湘楚文化精神。張永的《民俗學與中國現代鄉土小說》（上海三聯書店 2010 年版）是將民俗學作爲研究現代鄉土文學的一個角度，他注意到了作家與鄉土民俗之間不可分割的關係，「民俗潛默化的影響不僅制約作家的思維方式和行爲方式，而且能夠激發主體的創作靈感和審美激情」。因此民俗學因素不可避免地滲透到文本之中，也就可以「運用民俗學理論對中國現代作家、文學創作、文學現象、文學思潮展開多方面的論述，揭示爲人所忽視的文學景觀和審美視界」〔註 7〕，在書中作者考察了「爲人生」派、「革命」、「京派」這三個鄉土文學流派，運用民俗學的觀點與知識解讀了鄉土文學作品，並且論述了不同的地域民俗傳統與各個鄉土文學流派創作之間密切關係，指出這些鄉間民俗不僅影響了作家的自我內在精神，同時也是鄉土文學作品中描寫的重要內容。張瑞英《地闕文化與現代鄉土小說生命主題》（中國海洋大學出版社 2008 年），分別對浙東、湘楚、巴蜀和關東地域文化與現代鄉土小說生命主題之間的關係進行了考察與分析，從而「確立作家創作的特定文化淵源」、「確認不同作家的創作選擇和創作風格」、「透視不同的生命形態和生命基調」〔註 8〕。陳方競在《魯迅與浙東文化》（吉林大學出版社 1999 年版）中注意到了悠久的浙東文化對於魯迅的成長、思想及文學創作的深刻影響，以地域文化爲切入點進入到了魯迅的文學與思想世界之中，故鄉文化傳統與魯迅之間剪不斷的血脈關係正是現代啓蒙作家與傳統文化的之間典型寫照。姜峰在《民間理念與現代鄉土文學》（北京師範大學 2006 年博士論文）中關注了民間理念與現代鄉土文學之間的關係，將民間理念作爲研究現代鄉土文學的一個切入口，同時這個民間理念是一個動態的、發散性的視角，而這一視角的存在影響著作家的創作與敘述方式，實際上中國現代文學就是一個不斷從精英走向大眾的過程。作者選取這樣一個角度對於現代鄉土文學的再解讀還是很有價值的。但是民間理念這一概念蘊含著多重和豐富的涵義，是比較難以準確地把握的。另外，在這本論文中，姜峰引入了民俗文化，就這一點來說與張永的專著相似，都注意和突出了民間文化在現代鄉土文學敘事中的重要作用。褚連波在其博士論文《湘

〔註 7〕張永：《民俗學與中國現代鄉土小說》，上海：上海三聯書店，2010 年，第 21 頁。

〔註 8〕張瑞英：《地闕文化與現代鄉土小說生命主題》，青島：中國海洋大學出版社，2008 年，第 6 頁。

西文化與沈從文的小說創作》（東北師範大學 2010 年博士論文）中認爲湘西獨特的地域文化不僅對沈從文的鄉土文學創作產生了重要的影響，同樣與沈從文的都市小說的創作有著密切關係，「沈從文把他對湘西的苦苦相思融入到他的創作之中，他在小說之中批判都市社會，美化鄉土社會。他所描寫的湘西鄉土世界被看作是和都市世界對立的存在」〔註 9〕，褚連波實際上是以湘西文化這一視角來審視沈從文的文學創作，將湘西文化傳統的影響從沈從文的鄉土小說創作擴展至都市小說，可以說更加重視地域文化對作家的影響。這些論著通過對地域與民俗文化對作家、鄉土文學作品之間關係的研究，從而揭示出地域文化、傳統文化對於鄉土文學的影響。

（四）從文學理論的角度對現代鄉土文學進行敘事理論的研究。如余榮虎的《中國現代鄉土文學理論流變論》（中國社會科學出版社 2011 年版）主要討論的是 1917～1949 年間鄉土文學理論的流變過程，特別注意到了域外鄉土文學理論對於中國現代鄉土文學理論的影響作用，將三十年鄉土文學按不同的內涵分爲五類，一是魯迅及受魯迅影響的鄉土作品，二是以周作人爲代表的自由主義鄉土作品，三是革命鄉土文學作品，四是解放區及國統區革命鄉土作品，五是華北、東北淪陷區的鄉土文學作品，應該說這樣的區分還是比較細緻的，由於考慮到中國文學理論與政治不可割斷的聯繫，因此論述「主要是從歷時性角度考察構成不同作家群體鄉土文學理論的基本要互是如何『流動』和『變遷』的，以及促使其流變的政治環境、思想傾向和現實條件」〔註 10〕。余榮虎的另一本鄉土文學研究專著《凝眸鄉土世界的現代情懷：中國現代鄉土文學理論研究與文本闡釋》（巴蜀書社 2008 年版）將現代鄉土文學理論的形成過程與文本解讀、與作家創作結合在一起，由點及面地勾勒出一個二十世紀鄉土文學發展的大致輪廓，論述兼顧了魯迅的啓蒙主義、革命以及沈從文的鄉土文學理論。

王建倉《中國現代鄉土文學的敘事詩學：現代民族境界敘事和意象敘事兼論沈從文賈平凹》（中國社會科學出版社 2010 年版），作者「運用中國古代詩學中『境界』和『意象』這些傳統美學範疇，與西方敘事學理論結合，創

〔註 9〕褚連波：《湘西文化與沈從文的小說創作》，東北師範大學 2010 年博士論文，第 1 頁。

〔註 10〕余榮虎：《中國現代鄉土文學理論流變論》，北京：中國社會科學出版社，2011 年，第 5 頁。

造性地概括出『境界敘事』與『意象敘事』這兩個具有民族風格的敘事方法，嘗試建構民族文學批評的話語譜系」〔註11〕；禹建湘《鄉土想像 現代性與文學表意的焦慮》（湖南人民出版社 2008 年版），在此書中，作者認爲對「鄉土想像」的研究實際上就是研究中國現代鄉土文學的運行機制，因此研究的落腳點就在於「鄉土想像」，而這種鄉土想像始終和現代性緊密聯繫在一起，「鄉土想像是現代性思考的一個載體，通過鄉土想像，把現代化的思考追溯到中國文化、經濟、政治、哲學等最深層的運行機制中去，通過鄉土想像，對於現代性的思考才最爲徹底」〔註 12〕。吳海清的《鄉土世界的現代性想像：中國現當代文學鄉土敘事思想研究》（南開大學出版社 2011 年版）對於鄉土敘事理論進行了深入的研究，將鄉土敘事置於現代性想像的理論視野中，分別對啓蒙主義、馬克思主義、文化－審美主義這三種不同傾向的鄉土敘事理論進行了從五四到新時期以來歷時性的論述，「以鄉土敘事理論爲研究對象，……梳理出一條清晰的鄉土敘事理論的核心命題及其歷史，另一方面梳理出現代性思想與鄉土敘事理論之間的關係」〔註 13〕。

魏家文的《民族國家意識與現代鄉土小說》（武漢大學 2005 年博士論文）其研究重點在於民族國家視野框架下的現代鄉土小說創作，在救亡與啓蒙相互交織的政治環境與文學環境下，可以說這一研究切入點抓住了現代鄉土文學發生、發展的內在緣由，「把鄉土小說思想藝術變遷放在現代民族國家的建構中來進行考察，側重於與現代民族國家的方面的考察，在此基礎上，對一些代表性的作家作品提出一些新的看法。……從作家的創作與傳播接受兩個大的方面來進行研究」〔註 14〕。張麗軍的兩本專著都是關於鄉土文學中的農民形象以及作家的農民觀的討論，分別是《想像農民——鄉土中國現代化語境下對農民思想認知與審美呈現（1895～1949）》（山東人民出版社 2009 年版）和《鄉土中國現代性的文學想像——現代作家的農民觀與農民形象嬗變研究》

〔註11〕陳學超：《走出現代文學》，王建倉《中國現代鄉土文學的敘事詩學：現代民族境界敘事和意象敘事兼論沈從文賈平凹》，北京：中國社會科學出版社，2010 年，第 1 頁。

〔註12〕禹建湘：《鄉土想像 現代性與文學表意的焦慮》，長沙：湖南人民出版社，2008 年，第 13 頁。

〔註13〕吳海清：《鄉土世界的現代性想像：中國現當代文學鄉土敘事思想研究》，天津：南開大學出版社，2011 年，第 32～33 頁。

〔註14〕魏家文：《民族國家意識與現代鄉土小說》，武漢大學 2005 年博士論文，第 5 頁。

（上海三聯書店 2009 年版）通過「以『鄉土中國』作爲視角與方法，……透過中國現代作家審美想像與建構的農民形象，來探討中國知識分子在多元歷史文化思潮中對鄉土中國和中國家民的思想認知」〔註 15〕，對現代鄉土文學的視閾分類論述了不同視閾下農民形象的嬗變過程，是對鄉土文學作品中的農民形象進行了梳理，其主要觀點仍舊是在文學史的框架之內，對於農民形象的詮釋並沒有更具創新性的觀點。李俊霞在《五四鄉土敘事的生成：現代認識「裝置」下的想像與建構》（《文學評論》2013 年第 1 期）中利用現象學的理論闡釋，認爲五四時期的鄉土敘事是在啓蒙作家現代性「裝置」下生成的，這篇文章在五四鄉土文學敘事學研究上是有一定的突破性的。

二、論題的提出

通過以上對鄉土文學研究的考察，可以看到現在學界對於現代鄉土文學的研究大體上是在鄉土文學史書寫、文化研究、鄉土作家個案或群落研究、鄉土文學敘事學理論研究這四個框架內進行的，同時研究者在論著中按創作傾向來區分現代鄉土文學創作，分爲以魯迅爲代表的啓蒙鄉土文學、以沈從文爲代表的審美或浪漫主義鄉土文學和以革命作家爲主的激進鄉土文學這三個有著不同內涵的鄉土文學流派。

在這樣的研究框架下，鄉土文學研究在學術觀點上基本上沒有大的突破，基本上延續著文學史對於鄉土文學的評價。在研究的技術層面，引進了西方的敘事學理論或文化研究理論，在文本的敘事話語分析、創作理論方面的研究有了較大的發展。在肯定這些研究取得成就的同時，也應該注意到這樣一個問題，即研究的主觀意識化。眾所周知，文學創作是一項精神活動，雖然不可避免地受到外界環境的影響，或者說作家創作的態度、傾向等受限於時間或空間，但是究其根本，一部作品仍然是作家主觀意識的體現。這裡需要清楚的一點是，作家創作的主觀意識化並不等同與作家創作的主體化。

在時代主題徘徊在救亡與啓蒙的現代中國，文學的社會功能被人爲的放大，作家的創作主體性就必然地減弱，他們總是主動地或者身不由己地在追逐著時代的潮流和政治的要求，特別是革命作家以文學作品參與革命，作家自我更是將自我的主體性壓抑到了最低點，隱藏在宏大敘事的背後，以革命

〔註 15〕張麗軍：《鄉土中國現代性的文學想像——現代作家的農民觀與農民形象嬗變研究》，上海：上海三聯書店，2009 年，第 2 頁。

的主體性代替個人的主體性。王德威認爲「敘事，或是書寫，是把記憶轉化爲藝術，是用一個選定的形式把過去的殘片整合起來的努力」〔註 16〕。這也許只是敘事的功能之一，「敘事」實際上更像是一個消解的過程，它可以將作家的個人主體性消解在作品之中，或者說將作家自己的思想溶解在敘事話語之中，之所以達到這樣的效果，原因在於敘事必然要遵守一定的內在規則，也就是說作家可能有意識或無意識都遵守的某種潛在語法。創作主體性要遵循敘事的語法規則，需要創作者的主觀意識來完成，所以創作是無法離開作家的主觀意識，正如羅蘭·巴爾特所說的，「一位作家的各種可能的寫作是在『歷史』和『傳統』的壓力下被確立的」〔註 17〕，而這些壓力都是由主觀意識來作出反應。但是，從長久以來的鄉土文學研究來看，學術研究與文學創作一樣，基本是主觀意識化的，即研究者沒有與文學文本剝離開來，而是進入到了文本之中，和作家創作一樣，只是變成了研究的主觀意識化。

如果說創作與主觀意識無法分離是一個必然的客觀存在，那麼研究的主觀意識化則是需要研究者避免與抽離的，因爲研究者一旦與創作者的主觀意識同步，那麼研究將只是用學術話語對文本進行再次的闡釋。一言以蔽之，就是學術研究仍然遵循著文學敘事的語法規則，當然並不能說這樣的闡釋沒有價値，但只用異於文本話語的學術話語進行重複闡釋，對於鄉土研究本身卻沒有太大的意義，以致於使「研究」永遠都存身於創作之時就限定好的框架之中，難以突破。

因此，我們有必要從研究主觀意識化的窠臼中脫離出來，不再局限於文本編織的漩渦之中，與研究對象拉開距離。具體到鄉土文學研究，這些文學作品是當時作家們用文學的方式對中國鄉村社會做出的解讀與評價，鄉土社會是客觀的存在，而作家的創作就是一種主觀的「模仿」，如果研究者沒有獨立的研究意識，那麼研究只可能是一種「模仿的模仿」。將鄉土文學的敘事文本只當作研究樣本，並且將之看作爲社會歷史遺存的形態之一。在此基礎上，我們可以將其它學科對於中國鄉土社會的研究同樣看作是對當時社會歷史的敘述文本，這樣我們就有了多種的參照，使研究角度多樣化，而多學科的文

〔註 16〕王德威：《寫實主義小說的虛構：茅盾，老舍，沈從文》，上海：復旦大學出版社，2011 年，第 309 頁。

〔註 17〕〔法〕羅蘭·巴爾特：《羅蘭·巴爾特文集——寫作的零度》，李幼蒸譯，北京：中國人民大學出版社，2008 年，第 12 頁。

本交織在一起，讓我們的研究也有了更多的可能性，這樣可以有意識地繞開作家設定的敘述場閾，將研究客觀化，同時多學科之間的或交叉、或相悖、或重疊的多重鏡像關係，爲我們提供了重構鄉土文學研究的可能，或者重新闡釋鄉土文學的可能。研究也不再是平面的，而是多維的、立體的、深入的，不僅有橫向的創作視角比較，也有縱向的歷史與文學的比較，我們探索的不僅是如何的書寫鄉土，還探討在這「如何書寫」的背後，其敘事話語生成的深層原因，我們必須要去除掉附著在鄉土文學上的種種限定詞，回到原初意義上的「鄉土」以及鄉土文學本身，由此才可勾勒出鄉土文學的一個客觀全貌，也才能對現代鄉土文學進行一個重新的敘述與評估。

三、鄉土文學概念的確定

「鄉土」這一概念是與城市相互對應並依存而存在的，或者說他們互爲存在的前提，羅蘭．巴爾特在研究符號學時曾說，「城市是一個話語，而且這個話語實際上是一種語言」〔註 18〕，那麼，在中國現代文學的語境中，我們將「城市」置換爲「鄉土」，也是同樣成立的，「鄉土是一個話語，鄉土對其居民說話，我們通過居住、穿行、注視來談論著我們身處的鄉土」，當我們將「鄉土」這一概念本質化，成爲中國的一個基本特徵的時候，也正是由於此，我們也將現代文學中的大部份作品冠之以「鄉土文學」，那麼究竟何爲「鄉土」，「鄉」與「土」究竟因何可以組合在一起，「鄉土」爲何形成了一個文學敘事的重要場域，需要我們對這一概念進行進一步的釐清。

首先來看，何謂「鄉」，在《辭海》中，「鄉」字共有四種解釋，一是我國農村的基層行政區域；二是泛指城市之外的地區；三是處所、地方；四是出生地，家鄉〔註 19〕。從「鄉」字的解釋來看，除了作爲一種區域劃分之外，最爲核心的含義是作爲出生地和家鄉，這意味著「鄉」是一種身份認同，更是一種可以指向內心的精神歸屬地。再來看「土」，在《辭海》所列出的六種含義中，第三種解釋爲「本地；家鄉；鄉土。如故土。《後漢書．班超傳》：『超自以久在絕域，年老思土。』」〔註 20〕，從此釋義所舉例來看，這一點與「鄉」關於出生地、家鄉的解釋是重合的，在這個意義上來說，「鄉」就是「土」，

〔註 18〕〔法〕羅蘭．巴爾特：《符號學歷險》，李幼蒸譯，北京：中國人民大學出版社，2008 年，第 203 頁。

〔註 19〕《辭海》：上海：上海辭書出版社，2009 年，第 4 冊第 2493 頁。

〔註 20〕《辭海》：上海：上海辭書出版社，2009 年，第 3 冊第 2291 頁。

反之亦成立，因此「鄉」與「土」疊加在一起而組成了「鄉土」一詞，那麼「鄉土」的主要涵義就是家鄉和故土，但是「鄉」本身所具有的泛指「處所、地方」之意，所以在《辭海》中「鄉土」在「家鄉、故鄉」的含義之外，還有「亦泛指故地方。《晉書・樂志下》:『鄉土不同，河、朔隆寒』」〔註 21〕。從鄉土的本身含義來看，鄉土文學應該是一種作家書寫家鄉、故鄉或者作家書寫某一個地方，或者具有某種地方特色的文學作品，根據鄉土本身的涵義，將地方或地方特色限定在城市之外的鄉村是比較恰當的。但是在關於鄉土文學的釋義中，卻將側重點放在了未有限定語的某一地方或地方特色上面，例如《漢語大詞典》中的鄉土文學詞條，「以反映某一地區生活爲主要內容而富有地方特色的文學作品」〔註 22〕。這一個解釋將鄉土文學所反映的內容作了截取，但是這種截取卻使其外延有所擴大，因爲「某一地區」顯然也可以包括除了鄉村之外的諸多地區。那麼鄉土文學的這一概念就失去了與其它文學概念區分的獨特性，其存在的意義變得模糊與不確定。但是這似乎並非偶然，在新文學運動的文學理論家周作人對於鄉土文學也表達過類似的理解。1923年，周作人在《地方與文藝》中提出了「鄉土藝術」，從他的論述來看，周作人強調的「鄉土」與地方民俗有關，偏重的是每個地方的獨特性，這種獨特性實際上也是各個因素，例如氣候、歷史、環境等各個因素綜合的結果，「我們說到地方，並不以籍貫爲原則，只是說風土的影響，推重那培養個性的土之力」〔註 23〕，也就是說，周作人所說的「鄉土」是整體性的，或者說是抽象的，而並非特意指「鄉村」那個鄉土，此處的鄉土等同於地方，也是對《晉書・樂志》中「鄉土」含義的遙遠回應。

1935 年，魯迅爲《中國新文學大系》所寫的小說集序中明確提出了「鄉土文學」這一概念，並且注意到了鄉土文學創作的一個特點，即當時鄉土文學作者都是在遠離故鄉的地方來書寫故鄉，「蹇先艾敘述過貴州，裴文中關心著榆關，凡在北京用筆寫出他的胸臆來的人信，無論他自稱爲用主觀或客觀，其實往往是鄉土文學」，這與勃蘭兌斯的「僑民文學」是不同的，因爲在魯迅看來，鄉土文學並不是流散作者書寫流散生活或者流散地的，而是流散作者

〔註 21〕《辭海》：上海：上海辭書出版社，2009 年，第 4 冊第 2494 頁。
〔註 22〕《漢語大詞典》：上海：漢語大詞典出版社，1992 年，第 10 卷第 660 頁。
〔註 23〕周作人：《地方與文藝》，鍾叔和編訂：《周作人散文全集》，桂林：廣西師範大學出版社，2009 年，第 3 卷第 103 頁。

在書寫那個靜止未動的原鄉，抒發的是離鄉愁緒，而非流散經歷，所以「很難有異域情調來開拓讀者的心胸，或者炫耀他的眼界」〔註 24〕。魯迅所理解的鄉土文學概念，其側重與周作人又有了不同，魯迅所認爲的鄉土文學可以說是一種由於空間轉換而帶來的情感流動，重點在於「鄉愁」一詞，是作家情感的表達，與周作人需要「鄉土藝術」體現出不同地方的風土民俗等文化獨特性迥然相異。

作爲左翼文學理論家的茅盾在 1936 年發表的《關於鄉土文學》一文中，對於「鄉土文學」作出了符合革命文學理念的解釋。與魯迅、周作人不同，茅盾並不滿足於鄉土文學只是表現地方的文化特色與作家個人的離鄉情緒，致力於改造世界偉大理想決定了其鄉土文學的視野與格局，果不其然，茅盾「認爲單有了特殊的風土人情的描寫，只不過像看一幅異域的圖畫」，這只是一種「好奇心的饜足」，這樣的鄉土文學顯然不是革命文學創作的目的，正如同革命暴力只是爲了達到終極理想——共產主義的手段與方式一樣，鄉土文學創作也只是一個介質，最終的目的是爲了表現「普遍性的與我們共同的對於運命的掙扎」，要傳遞符合共產主義的「世界觀與人生觀」〔註 25〕。可見，革命視野中的「鄉土文學」概念並非單純描寫鄉土或地方，而是側重於用文學的方式闡釋抽象的革命理論，讓階級革命深入到民間社會的細枝末節，或者說這是革命宣傳的另一種途徑。

從以上代表著啓蒙文學的魯迅、自由主義文學的周作人與革命激進文學的茅盾對於「鄉土文學」的不同理解來看，這一文學概念是動態變化的、發展的，並沒有一個固定的、公認的概念，其中的原因除了他們對於「鄉土文學」的概念分歧之外，還有他們以於鄉土文學表現的內容與功能有各自不同的訴求。根據魯迅、周作人與茅盾不同的鄉土文學概念，鄉土文學的研究範圍也就不同，但是我們必須要有一個基本的概念框架，才能確定我們的研究範圍。根據現代文學創作的實際情況，結合鄉土一詞的本源涵義，我將「鄉土」理解爲「非城市的鄉村社會」，那麼「鄉土文學」的概念就界定爲：現代文學作品中書寫鄉村社會中的人或事、展現鄉村風土人情的那些文學作品。

〔註 24〕魯迅：《〈中國新文學大系〉小說二集序》，《魯迅全集》，北京：人民文學出版社，2005 年，第 6 卷第 255 頁。

〔註 25〕茅盾：《關於鄉土文學》，《茅盾論中國現代作家作品》，北京：北京大學出版社，1980 年，第 241 頁。

那麼符合這一界定的現代文學作品就將進入我的研究範疇。這個概念的界定也許過於簡單，但是我們必須意識到，身處於現代文學原場之中的魯迅等作家，之所以對於鄉土文學作出各自不同的解釋，是緣於他們與那些作品之間短促的時空距離，限制了視野的角度，當我們站在當下，回望過去時，這個由時間造就的觀察支點給予了我們更加清楚與寬闊的視野，就會發現也許那些觀念上的壁壘所造成的概念分歧，實際上並不那麼必要，完全是可以消融的。簡單的概念就是一種寬容的態度，簡單也是囊括異質概念的最好辦法。

四、研究範圍及創新之處

研究範圍：研究文本主要選取自新文學運動以來至 1949 年之前的鄉土文學作品，部份內容涉及到了當代鄉土文學作品，文本體裁範圍包括小說、戲劇等形式的有代表性的鄉土文學作品。

創新之處：從「五四」新文學運動中鄉土文學的發生，到當代作家對於民國或十七年鄉土的重新書寫，中國現代鄉土社會呈現出了多棱鏡似的複雜意象。隨著近年來新的歷史資料或檔案的發現，我們對於民國時期的鄉土社會經濟狀況或社會狀況的一些觀點得以修正。中國現代文學的實用工具性使文學敘事在某種程度上歷史化，將研究僅僅停留在鄉土敘事話語表面不是夠的。將研究的觸角深入到話語內部的不同敘事主題之中，即將其分爲鄉景、鄉紳、鄉民和鄉俗四個主題，通過三個不同視角的敘事分類，在文本細讀的基礎上，同時參照歷史研究與社會學研究的成果，盡可能地回到文學敘事的原場，釐清在現代鄉土文學中多種意象交錯對立的深層原因，重構中國現代鄉土文學敘事研究。雖然歷史敘事也有其傾向性，同時社會學研究也有空間與時間的局限，但是不可否認的是借助於歷史學與社會學等多學科，爲我們提供了深入現代鄉土敘事內部新的角度和重新闡釋的可能性，也拓寬了鄉土文學的研究視野，使重新書寫現代鄉土文學研究成爲可能。

第一章　鄉景敘事：辯證統一的歷史眞相

「從基層上看，中國社會是鄉土性的」〔註 1〕。這是費孝通先生在 1948 年對中國社會性質的一個基本判斷。如果將晚清的洋務運動看作是中國學習西方、進行現代化的開始，那麼在距離 20 世紀中葉，這將近一百年的時間裏，一些在傳統社會從未出現過的、新的異質已經進入，或者正在進入中國社會當中，從表面或實質上悄然推動著這個有著悠久文明歷史的古老國度步履蹣跚的前行，雖然這種異質尚未爲中國帶來由量變轉化爲質變，這時的中國仍然是一個未從根本上脫離傳統農業生產方式的鄉土社會，但是中國社會卻也不再靜如古井，在外力推動下蕩起的一個又一個的漣漪打破了原來的平靜，近代中國在動蕩中努力尋找「現代」的方向，而「現代」對於中國人來說，不僅有著豐富的涵義，還有有著活生生的實景可見，那就是此時的西方，因此，「現代」成爲了作爲思想先行者的知識分子指引中國前行的終極目標，而橫亙在邁入「現代」道路上的一個龐大障礙，就是傳統鄉土社會，它是以「現代」的對立面進入知識分子視野的。

鄉土社會對於中國來說，從來就是本質性的客觀存在，身在鄉土之中的人們就如同人類之於地球，是無法對自身所處的環境有整體的認知。隨著「世界」以非常態的方式漸次在中國人面前鋪展開來，中國人在被世界所發現的同時，也開始主動地去發現世界，這也才有了發現自我的可能。走出鄉村，

〔註 1〕費孝通：《鄉土中國》，《費孝通全集》，呼和浩特：內蒙古人民出版社，2009 年，第 6 卷第 108 頁。

才能「看」到鄉村，接受了西方文化的知識分子終於擁有一個可以「觀看」鄉土中國的視點，但同時這個視點的形成從一開始就意味著鄉村成爲可供觀看的「他者」，而通過這種「觀看」，鄉村成爲「風景」，用巴赫金的話來說就是，「被納入到這個新的個人私室世界中的大自然，本身也開始發生重要的變化。於是產生了『風景』，也就是作爲視野（觀察對象）和環境（背景、氛圍）的自然」〔註2〕。鄉村風景是觀看者對於鄉土社會的直觀感受，但是當風景進入到文學敘事中，其外在呈現就不得不受控於作家所處的觀察視角。因此，風景也就不再是單純的風景，套用肯尼思·克拉克的一本《風景進入藝術》的書名，對於文學而言，即是「風景進入敘述」，啓蒙主義作家就是要透過風景的描寫去實現作家自己設定的敘事目的。從現代鄉土文學中對於鄉土風景的書寫來看，我們發現，同樣是鄉村，儘管客觀上有著東西南北地域、氣候之差別，但是從總體上來說，生產力水平差異是在有限的範圍內，通過不同的書寫角度，鄉景在視覺上的呈現大相徑庭，啓蒙主義鄉土敘事中的鄉景無疑是破敗、凋敝的，這是在現代知識分子眼中行將就木的封建社會的形象展示；而在階級革命鄉土敘事中的鄉景被打上了深深的階級烙印，貧與富、善與惡都隱藏在外在的風景之下，悄然積蓄著扭轉乾坤的力量；在自由主義鄉土敘事中，走出鄉村再折返回鄉的作家們重新發現了鄉村風景不同於異質文明的特色之美。本來客觀存在的鄉景呈現如此複雜多變的面貌，我們不禁感到困惑，作家們通過文字搭建的鄉景讓我們看到的是一個處於不得不啓蒙、或者不得不革命，又或者是永遠保持安靜祥和的鄉村社會。那麼當鄉村風景不止於是一種自然風光和人文景觀，還要參與到社會歷史建構中，形成歷史性的整體意象時，我們需要盡可能地回到文學言說的原場，去找尋文學敘事如何影響歷史意象的原因。

第一節　破敗與落後：啓蒙主義視角下的凋敝鄉景

對於啓蒙知識分子來說，如何用西方的思想和文化改造國民，乃至整個國家是他們的終極目標，「文以載道」的文學傳統使他們選擇了文學作爲啓蒙國民的突破口，鄉土社會便當成理所當然的書寫對象。在啓蒙鄉土文學中，

〔註2〕〔俄〕巴赫金：《小說的時間形式與時空體形式》，錢中文主編：《巴赫金全集》，石家莊：河北教育出版社，1998年，第3卷第338頁。

鄉村風景無一例外地充滿了無法救治的荒涼與頹廢，可以說啓蒙作家的創作是將鄉村的破敗進行到底。所謂「不破不立」，徹底的破壞才能迎來全新的開始，作家們通過風景描寫傳達出對鄉土社會無可救藥的絕望感，才能使國民從舊日傳統裏毫不留戀的破繭而出，正是從這裡出發，對中國未來抱著美好期望的啓蒙知識分子開始了由「破壞」到「新生」的中國的思想啓蒙之旅。

1、鄉景之發現：啓蒙主義作家的視覺體驗

「從本質上看來，世界圖像並非意指一幅關於世界的圖像，而是指世界被把握爲圖像了」〔註3〕。同樣的，鄉土風景對於鄉土敘事來說，並不是單純的風光描寫，而是成爲了一種刻意爲之的文字圖像，儘管它不具備視覺圖像的直觀感受力，但是通過語言的編織，可以調動更爲豐富的情感與想像力，因此讀者主觀性的閱讀感受才是完成作家敘事目的的最後一步。實際上，就風景描寫而言，在中國文學史上並不少見，古代作家的遊記作品，數量頗多，文學成就也很高，但是古代遊記作品中的風景卻與啓蒙時代的鄉景書寫不可同日而語，那麼兩者之間有什麼根本的不同，同時啓蒙鄉土文學中的風景書寫爲何可以成爲一種敘事而存在，需要我們來做進一步的探討。

首先，我們來看啓蒙作家是如何「發現」鄉土風景的。在中國文學史有不勝枚舉、膾炙人口的風景散文或詩歌名篇，對於古代文人來說，山川河流、風花雪月皆可入詩入文，不論是精緻優美的農舍山澗，還是豪邁雄渾的三山五嶽，詩文中的風景描寫不僅可以寄寓個人仕途抱負、抒發失意人生，也是逃避政治迫害或者進行論道悟禪的方式。古代文人雅士看到了風景，並且以風景爲對象進行描寫或抒情，但是這種「看」是一種內省式的看，是人在景中，或者人與風景處於同一空間同等的地位，人與景互爲觀看的對象。因此，這樣的風景觀看可以用一句詩來概括，即「只緣身在此山中」，古代詩文中的風景是物化的，沒有「他者」的參照物，例如有學者就指出「四世紀山水寫作的興起，在很多層面看來，都既是一個向內的也是一個向外的運動。也就是說，對外部自然界日漸強烈的興趣不過是個人對其內心世界進行深度參與的延伸而已」〔註4〕。因此，古代文人是以個人的內心去揣摩身外的風景或者

〔註3〕〔德〕馬丁·海德格爾：《林中路》，孫周興譯，上海：上海譯文出版社，2008年，第78頁。

〔註4〕〔美〕孫康宜、宇文所安主編：《劍橋中國文學史》，劉倩等譯，北京：生活·讀書·新知三聯書店，2013年，（上）第247頁。

想像風景、欣賞風景，這與近代中國知識分子對於風景的「發現」有著本質的不同。眾所周知，晚清之季，西方用武力打開了中國封閉已久的大門，對於中國來說，門禁一旦被破除，缺口便越來越寬，再也無法修補，回到過去。

在中國歷史上因爲受到異族侵略或統治而出現社會動蕩並非沒有，「中國兩千多年的歷史中存在兩個最獨特最鮮明的現象：一方面是社會結構的停滯性。……另一個重大現象是社會周期性大動蕩，每隔兩三百年，中國社會都要發生一次社會結構毀滅性崩潰，然後又奇跡般地重建」〔註5〕。但是這一次伴隨西方武力侵略而來的社會危機卻非同尋常，因爲此時中國面對的不是文明比自己落後的周邊異族，而是代表著未來的「現代」的西方。中國被迫的開放讓西方進入了神秘的東方世界，與此同時，也讓古老的是中國看到了外面的世界，「鴉片戰爭一方面給中國人民帶來了災難，另一方面又給中華民族帶來一個巨大的政治、經濟和文化的參照系」〔註6〕。

西方文明終於開始了征服中國之旅，而此時的中國知識分子也開始了與世界對話、以求改變中國的過程。他們終於「發現」，原來在天朝之外還有一個完全陌生的世界，「鴉片戰爭以後，一個異質文明漸次在中國人面前展開了」〔註7〕。西方文化通過各種形式在中國傳播，例如設立租界，大量的西方人進入中國，還有西方傳教士利用科技活動吸引中國人，同時他們對於中國政治生活、社會生活的參與也在某種程度上改變了中國的近代歷史進程，「當傳教士最後集中於利用出版物來影響中國士人時，其以前努力傳播科學的效果即開始凸顯出來。西學本身也跨越中西認同的緊張（tension），獲得了一個更具普世性的名稱——新學。一旦不存在認同問題，西學在中國的傳播便如翻江倒海，形成一股巨瀾」〔註8〕。這是一種從外向內的文化影響，與此同時，中國知識分子也主動地向外卻尋找新的知識來源。日清甲午戰爭的失敗造成了整個社會的挫敗心理，對於中國知識分子心理有著更加深刻的影響，舉國上下彌漫著文化自信力喪失後的恐慌與亡國滅種的威脅，再加之 1905 年清廷廢

〔註 5〕金觀濤等：《開放中的變遷：再論中國社會超穩定結構》，香港：中文大學出版社，1993 版，第 25 頁。

〔註 6〕劉再復、林崗：《傳統與中國人》，北京：中信出版社，2010 年，第 3 頁。

〔註 7〕高瑞泉：《進步與樂觀主義》，許紀霖、宋宏編：《現代中國思想的核心觀念》，上海：上海人民出版社，2011 年，第 137 頁。

〔註 8〕羅志田：《新的崇拜：西潮衝擊下近代中國思想權勢的轉移》，《權勢轉移——近代中國的思想、社會與學術》，武漢：湖北人民出版社，1999 年，第 44 頁。

止科舉，出於對國家出路與個人出路的考慮，留學成爲了一種社會潮流。「新學取代了傳統的登龍術，……『留日』成爲格外響亮的口號」，在 1906 年，留日學生數量到達了「一萬三四千名或二萬名之譜」〔註 9〕。走出去的知識分子終於親眼看到、親手觸摸到了一個眞實的現代世界，「在東京的銀座，築地蓋起了洋式磚瓦樓，大馬路、林蔭道、瓦斯路燈與之配套，放眼望去，無一不新奇。新型的交通工具接踵而來，1869 年出現的人力車、雙層大型馬車淘汰了轎子；1872 年出現的火車又逐漸取代了人力車和馬車，成爲大眾交通工具。……在社交禮儀中，鞠躬禮代替了昔日的磕頭跪拜，黑色的洋式雨傘『蝙蝠傘』取代了武士腰間的雙刀」〔註 10〕。來自於鄉土中國的知識分子眼前這個體現著現代工業文明、個性自由的進步社會，顯然與身後那個故鄉有著巨大的視覺反差，也自然形成了心理落差。這是在異國他鄉以他者的身份「觀看」的結果，其導致的直接影響便是知識分子開始思考如何將在異國所「觀看」的內容移植到本國，思想啓蒙是他們找到的能實現這一目的的方法。但需要清楚的是，雖然名爲「啓蒙」，但是與這個詞本來所指已不可同日而語，明白這一點非常重要，因爲這將最終影響到現代鄉土敘事中對於「風景」的敘述。

啓蒙一詞來源於西方，「在西方文化語境下的『啓蒙』一詞，是指人對光明的自我尋找，而非『智者』對『愚者』的思想說教」〔註 11〕。也就是說西方的啓蒙（enlightenment）以承認人本身具備理性爲前提條件，因此也就不需要一個高於個人的啓蒙者存在，啓蒙只是一個時間問題，與其它因素沒有太大的關係，用康德的話來說，啓蒙並不是一件多麼高深與艱難的事情，只是需要個體「要有勇氣運用你自己的理智」〔註 12〕，喚醒自身的理性便可達到自我自蒙的目的。因此在西方的文化語境中，知識分子與普通民眾雖然有著知識高低之分，但同作爲上帝的子民，他們在精神上是平等的。這與中國知

〔註 9〕〔日〕實藤惠秀：《中國人留學日本史》，譚汝謙等譯，北京：北京大學出版社，2012 年，第 28 頁。

〔註 10〕宋成有：《新編日本近代史》，北京：北京大學出版社，2006 年，第 117～118 頁。

〔註 11〕宋劍華、張冀：《「啓蒙主義」與中國現代文學》，《貴州社會科學》2007 年第 1 期。

〔註 12〕〔德〕伊曼紐爾・康德：《對這個問題的一個回答：什麼是啓蒙》，〔美〕詹姆斯・施密特編：《啓蒙運動與現代性》，徐向東等譯，上海：上海人民出版社，2005 年，第 61 頁。

識分子所認爲和理解的啓蒙有著截然的不同，傳統的「士、農、工、商」四民等級概念根植於以四書五經開蒙的清末民初的知識分子的頭腦之中，同時作爲「士」這一身份賦予了他們與生俱來的社會責任感，「中國知識階層剛剛出現在歷史舞臺上的時候，孔子便已努力給它貫注一種理想主義的精神，要求它的每一個分子——士——都能超越自己個體的和群體的利害得失，而發展對整個社會的深厚關懷」〔註 13〕。因此，啓蒙對於知識分子來說，是「士」這一身份所賦予的義務與責任，使他們必須以「啓蒙者」的身份來對民眾實施知識上、思想上的教育，與帝制時代所不同的是，此時的知識分子不再使用儒家經典作爲教育的內容，而使用的是他們所理解的西方文化。

所以，此時作爲啓蒙者的知識分子與被啓蒙者的普通民眾之間的關係，其實質依然是傳統的精英與愚眾之間的對峙，表面上卻表現爲現代意義上的理性與非理性、有意識與無意識的對立，兩者的對立關係自然而然地出現了高低立見的價值判斷，「『無意識』的狀態是不好的，『有意識』的狀態是好的；『無意識』的不識不知、順帝之則，是受習俗或傳統的影響，是約定俗成的；而有意識的是反思、批判的，是運用理性擘劃建構的；『無意識』是落後的，而『有意識』的是理想的。」〔註 14〕於是，我們看到這樣一幅圖景，西方是理想的彼岸，中國民眾在現實的此岸，而啓蒙知識分子則處在中間，西方必須要借由知識分子的闡釋才能傳遞給民眾。因此，西方經驗或知識是中國知識分子獲取啓蒙資格的必要條件，「西方對於他們的困境，既未提出問題，也沒提供任何答案，它的作用只在於提供了觀點。……如果沒有一個可資鏡鑒的立足點，他們就不具備喚醒中國的號召力」〔註 15〕。這個處於中間的立足點讓啓蒙知識分子既可以站在西方的立場，以他者的身份審視中國，也可以站在中國人的立場，以我者的身份去觀看西方，在這個觀看的交叉點上，啓蒙知識分子也獲取了闡釋風景的權力。當鄉村風景作爲鄉土中國的整體意象進入了啓蒙知識分子的視野之中時，風景不再只是屬於文人墨客個人的、單純的應景或抒情之作，而是可以承載思想啓蒙之道的現代性敘事話語。那麼，

〔註 13〕余英時：《士與中國文化》，上海：上海人民出版社，1987 年，第 35 頁。

〔註 14〕王汎森：《從新民到新人——近代思想中的「自我」與「政治」》，許紀霖等編：《現代中國思想的核心觀念》，上海：上海人民出版社，2011 年，第 248 頁。

〔註 15〕〔美〕舒衡哲：《中國啓蒙運動——知識分子與五四遺產》，北京：新星出版社，2007 年，第 137 頁。

鄉景作爲一種視覺體驗，啓蒙作家又將如何時處理進入啓蒙話語中的鄉景呢？視覺感受通過圖像便可以留存與傳遞，這是近代科技發展的產物，直觀的視覺衝擊對留學異國的啓蒙知識分子帶來了思想上的強烈震蕩。

其中最爲重要的是，一個非常著名的視覺事件，即魯迅提到的「幻燈片事件」，一張靜態的砍頭圖片對魯迅而言卻是徹底改變其人生道路的重要轉捩點，並由此而意識到國民精神之病態對於一個國家的重要性遠勝於國民身體之羸弱。此時魯迅的「觀看」並不僅是以中國知識分子的身份在「看」，而是以一種「自我他者化的方式爲了喚醒這些熟睡的人們，但是這種看客被他者化的前提在於『我』已然被西方式的主體位置他者化了，所以這種被殺害的創傷經驗轉化爲一種啓蒙邏輯」〔註 16〕。同理，對於鄉土風景，啓蒙作家也是使用自我他者化的視角在觀看，這樣的視角決定了在觀看或者書寫之時，已經有了一個西方參照作爲前提存在，所以在啓蒙鄉土敘事中的鄉景，就正如日本學者柄谷行人所說，「所謂風景乃是一種認識性裝置」〔註 17〕。啓蒙作家將自己的西方體驗與啓蒙理念揉合進了這個裝置之中，他們要通過鄉村風景的呈現來展示中國傳統鄉土社會的整體圖像，揭示社會本質，以建立啓蒙鄉土敘事話語的基調，鄉景書寫構成了啓蒙鄉土敘事的重要組成部份。

鄉景猶如一個窺視中國鄉土社會的窗口，在以西方爲鏡像的對比之下，我們看到在啓蒙鄉土作品中的鄉景總是充滿了破敗與蕭條，從而深切感受到鄉村中壓抑的氣氛，與揮之不去的危機感，這與古代文人筆下那些雄偉的山川河流、安靜祥和農舍田園有著天壤之別，啓蒙之眼帶給讀者的閱讀與想像體驗得出了一個重要結論，即啓蒙的迫切性。那麼，啓蒙視角的鄉景敘事究竟是如何呈現的呢？

2、崩潰之預言：啓蒙鄉土想像的風景書寫

首先，在進入文本分析之前，就學者丁帆在他的研究專著中對「風景」和「風景畫」所作的概念區分進行討論。丁帆將鄉土小說的文體特徵概括爲「三畫」，即風景畫、風情畫與風俗畫，「風景」以及「風景畫」進入了他的

〔註 16〕張慧瑜：《視覺現代性——20 世紀中國的主體呈現》，北京：人民出版社，2012 年，第 200 頁。

〔註 17〕〔日〕柄谷行人：《日本現代文學的起源》，趙京華譯，北京：生活・讀書・新知三聯書店，2003 年，第 12 頁。

研究視野當中。其中的「風景畫」，丁帆將之與「風景」作了區分。他認爲風景「是鄉土存在的自然形相，屬於物化的自然美」，而風景畫則是「進入小說敘事空間的風景，在被擷取被描繪中融入了創作主體烙著地域文化印痕的主觀情愫」，也就是說，「風景」一旦進入敘事話語，就被稱爲「風景畫」，因爲風景是自在之物，而風景被描繪成爲「畫」則是人爲之物。我個人認爲，這樣細緻的概念區分對於鄉景研究似乎並沒有很大的必要，因爲我們研究的是已進入文本的風景描寫，現實客觀存在的風景並不在我們的研究範圍之內，因此風景或者風景畫實際上在研究中是合二爲一的。另外，丁帆還認爲「風景畫」具有體現地域色彩、成爲敘事對象和文學風格的功能，但更多強調的是其在文化和審美上的功能，「風景畫可以被理解爲承載鄉土小說美學風貌的重要母體，是鄉土小說賴以生存的巨大審美理由」〔註 18〕。但是我認爲鄉景在文本中的敘事功能也許遠遠不止於此，鄉景最爲重要的功能是參與了整體鄉土敘事的建構，是實現作家創作目的的一個重要組成部份，或者說作家怎樣去描繪決定了我們將看到怎樣的鄉景圖像。因此，鄉景的文化功能也好、審美功能也好，這並不是鄉景本身所決定的，而是由敘事整體所決定的，即文本中的風景是否現實存在並不重要，重要的是作者想要通過鄉景書寫傳達、并讓讀者體會或達到某種目的的想像。就如同啓蒙鄉土文學中的鄉景書寫一樣。鄉村風景是中國傳統鄉土社會的外在表現，對於旨在用文學喚醒國民的啓蒙知識分子來說，風景也可以納入啓蒙話語體系，這些由文字寫就的視覺圖像無聲地而又準確地傳達出了啓蒙作家的敘事目的。啓蒙鄉土文學敘事中的鄉景書寫可以分爲兩個類別，即自然風景與人文景觀，自然與人文景觀的結合構建出在封建傳統壓制之下的瀕臨破產的鄉土整體意象，這樣的書寫除了得出中國社會即將被現代世界所淘汰、有啓蒙的必要性之外，更爲重要的是在殘破風景的背後對中國整個歷史與傳統的根本否定。

首先來看啓蒙鄉土敘事對鄉景中自然風景的書寫。在魯迅的作品中，自然風景有著豐富而又複雜的寓意，反映出魯迅思想的深刻內涵，一方面可以看到他對於傳統鄉土社會前景的擔憂，另一方面便是對於啓蒙及其效果的悲觀預見，因爲他深知中國傳統文化力量的強大，「可惜中國太難改變了，即使搬動一張桌子，改裝一個火爐，幾乎也要血；而且即使有了血，也未必一定

〔註 18〕丁帆：《中國鄉土小說史》，北京：北京大學出版社，2007 年，第 21～22 頁。

能搬動，能改裝」〔註 19〕。這種啓蒙的艱難性，在魯迅所營造的如鐵幕一般、難以突圍的自然風景中得到了生動的表現。例如《狂人日記》，可以說是最早的白話鄉土文學作品，在小說中，風景是由患有被迫害症的狂人爲感知主體呈現出來的，在他的眼裏，整個狼子村時刻都處於恐怖的黑暗之中，月光也時隱時現，好像在配合著吃人計劃的進行。而「狼子村」的命名也顯然有著隱喻色彩，在普通人的常識裏，狼是一種可怕動物，而鄉村以「狼」爲名，無形中給人以緊張感，此處人類對於「狼」的恐懼心理，由動物而轉移到了村莊整體意象上。

魯迅對於狼子村的風景描寫也正好契合了這種恐懼的心理，「黑漆漆的，不知是日是夜。趙家的狗又叫起來了。獅子似的凶心，兔子的怯弱，狐狸的狡猾，……」〔註 20〕在這個似乎顚倒了黑夜白晝的狼子村裏，狂人是唯一的清醒者，在這裡我們有理由相信，狼子村正是魯迅對於中國傳統社會的象徵，是「鐵屋子」的另一種形象描寫，密不透風的鐵屋子禁閉著昏睡的人們，不讓其覺醒，而狼子村的村民無一不在密謀著殺死狂人，以維持狼子村吃人的傳統，這種令人窒息的氣氛始終籠罩在小說的閱讀過程之中。魯迅用壓迫感的風景描寫來類比中國傳統文化對於社會發展的桎梏，這種令社會和個人窒息的舊文化傳統已經毀滅或者正在毀滅著一切可能打破禁錮的力量。在《藥》裏，魯迅是這樣描寫華老栓即將去刑場取得人血饅頭的景象，「秋天的後半夜，月亮下去了，太陽還沒有出，只剩下一片烏藍的天；除了夜遊的東西，什麼都睡著」〔註 21〕。同樣是在沒有月亮的夜晚，狂人擔心被吃，而在這裡，覺醒者夏瑜不僅被殺害，他的鮮血還被他爲之付出生命的鄉民當作了可以治病的藥吃了下去。

所以，沒有月亮的微弱光亮，也沒有帶來希望的太陽光，整個世界處於黑暗之中，「什麼都睡著」，包括那些看殺人場景的人，看似醒著，實質也在沉睡著，夏瑜被殺的場景只是爲夜晚平添了幾分刺激的快感。在死氣沉沉的墳場裏，「微風早經停息了；枯枝支支直立，有如銅絲。一絲髮抖的聲音，在空氣中愈顫愈細，細到沒有，周圍便都是死一般靜」，夏瑜之死猶如一棵石子

〔註 19〕魯迅：《娜拉走後怎樣》，《魯迅全集》，北京：人民文學出版社 2005 年版，第 1 卷第 171 頁。以下所引此書皆出於此版本。

〔註 20〕魯迅：《狂人日記》，《魯迅全集》，第 1 卷第 449 頁。

〔註 21〕魯迅：《藥》，《魯迅全集》，第 1 卷第 463 頁。

投到一潭死水之中，幾乎沒有激起漣漪便沉入潭底，換來的依然是「死一般的靜」，在民間傳說中不吉祥的象徵——烏鴉冷峻地站在枯枝上。蕭殺的冷秋、黑色的烏鴉、淒清的墳場，這樣的景象表達出魯迅對於思想啓蒙前景深深的擔憂，小說結尾處，樹枝上冷眼旁觀的烏鴉突然飛向無盡的蒼穹，彷彿又預見到了同樣的悲劇在發生。夏瑜們即使用生命也無法換來社會絲毫的變化，國家失去了發展的動力與能力，如同一個古老的鐘擺只能在自己的節奏上左右擺動，坐等最後的停頓。

在《故鄉》裏，「我」作爲一個在外漂泊多年的知識分子回到故鄉，但回鄉的目的卻是爲了永久性的離鄉，魯迅在這裡對於故鄉景物的描寫，彷彿就是一幅寫意的山水畫，寥寥幾筆，已經活畫出一個破敗的景象，這是冬天的季節，冷風嗖嗖，「蒼黃的天底下，遠近橫著幾個蕭索的荒村，沒有一絲活氣」，灰暗的底色之中，遠遠近近點綴著一些破舊的村屋，除了讓人感覺到生理上的瑟縮冷意，確實也讓人的內心也「禁不住悲涼起來了」〔註22〕。眼前這個充滿著死氣的鄉景與二十年前那個有著少年閏土畫面的生動鄉景儼然兩個世界，「深藍的天空中掛著一輪金黃的圓月，下面是海邊的沙地，都種著一望無際的碧綠的西瓜」〔註23〕，魯迅用明快的顏色組合出了一個意象鮮明的故鄉：深藍的夜空、金黃飽滿的圓月、碧綠渾圓的西瓜，這分明是一個富饒美麗的地方。

類似的鄉景還出現在回憶兒時生活的《社戲》中，白篷的船在水中航行，只見「兩岸的豆麥和河底的水草所發散出來的清香，夾雜在水氣中撲面的吹來；月色便朦朧在這水氣裏」〔註24〕。這是典型的江南水鄉，青山綠水，令人嚮往，難道僅僅二十年，故鄉的自然景觀就有了如此大的變化嗎？在沒有進行大規模地城鎮化的民國時期，這種鄉村巨變顯然是不可能在短時期內發生的。發生變化的是「我」，在外遊歷二十多年，習慣了人來人往、熱鬧喧囂的城市生活，同時也接受了現代文明，再次回到故鄉時，這個故鄉已經陌生化了，或者說「我」是以一個外來者的身份來看故鄉了，鄉情已然淡漠，不曾改變的鄉景成爲了落後、頽敗的視覺感受。這當然也是作者想要傳達給作品外的讀者的體會，由文字描繪的鄉景準確闡釋了傳統鄉土社會難以維持，

〔註22〕魯迅：《故鄉》，《魯迅全集》，第1卷第501頁。
〔註23〕魯迅：《故鄉》，《魯迅全集》，第1卷第502頁。
〔註24〕魯迅：《社戲》，《魯迅全集》，第1卷第592頁。

啓蒙勢在必行的敘事目的，但是同時，正是從這種即將崩塌的鄉景中看出，社會問題如此嚴重，僅僅依靠啓蒙是否眞的可以挽救鄉村，魯迅對啓蒙的懷疑與絕望之情也如同用文字定格的灰暗景色，難以抹去。

對於蕭紅來說，傷痛的個人經歷使她的鄉土作品總有一種揮之不去的悲劇色彩，用她自己的話來說就是「什麼最痛苦，說不出的痛苦最痛苦」〔註 25〕，而這種痛苦被蕭紅投射在了鄉村風景之中。那些生存在貧瘠土地上的人們，飢餓、貧窮是日常生活的主要內容，除了重複，看不到希望也看不到明天，他們除了忍受，別無他法，這種無望的痛苦反映在蕭紅的鄉景描寫裏，令人感到天下萬物似乎都在痛苦的圈子中無法解脫。

在《王阿嫂的死》中，景物也無精打彩的，「草葉和菜葉都蒙蓋上灰白色霜。山上黃了葉子的樹，在等候太陽。……野甸上的花花草草，在飄送著秋天零落淒迷的香氣」，這是一個沒有生機的原野，本是豐收季節的秋天，在蕭紅的筆下完全沒有收穫的喜悅，在這個山崗上，無論是人還是動物都在爲塡飽肚子而忙碌著，「羊群和牛群在野甸子間，在山坡間，踐踏並且尋食著秋天半憔悴的野花」〔註 26〕，「半憔悴的野花」說明了食物顯然滿足不了動物們的需求，與動物的飢餓一樣，人的飢餓顯然也將繼續。

如同在《生死場》中所描寫的鄉景一樣，人與動物永遠都掙扎在生死邊緣，從來未曾改變，「十年前村中的山，山下的小河，而今依舊十年前，河水靜靜的在流，山坡隨著季節而更換衣裳；大片的村莊生死輪迴著和十年前一樣」〔註 27〕。彷彿在這塊黑土地上，人生唯一的意義與目的，那就是如何讓自己免於飢餓，這種生存的本能擠壓了理性的生長，你死我活，對於生存資源的爭搶成爲了生活的常態，即使在親人之間。因此在這樣的山村裏，處處籠罩著死亡的氣息。「亂墳崗子，死屍狼藉在那裏。無人掩埋，野狗活躍在屍群裏。……高粱、玉米的一切菜類被人丟棄在田圃，每個家庭都是病的家庭。是將要絕滅的家庭」〔註 28〕。屍橫遍野、野狗翻食，蕭紅描寫了一個幾近末日的場景，在這裡生命如同草芥，「蕭紅的作品以隱喻的方式捕捉到鄉土生存的歷史現實，一個在外來者強行闖入中國人視界的時代幾乎被人忘卻的世界

〔註 25〕蕭紅：《沙粒》，《蕭紅全集》，哈爾濱：黑龍江大學出版社，2011 年，第 4 卷第 265 頁。以下所引此書皆出於此版本。

〔註 26〕蕭紅《王阿嫂的死》，《蕭紅全集》，第 1 卷第 6～7 頁。

〔註 27〕蕭紅：《生死場》，《蕭紅全集》，第 1 卷第 99 頁。

〔註 28〕蕭紅：《生死場》，《蕭紅全集》，第 1 卷第 96 頁。

——中國大地上巨大鄉土世界的生存的眞實」〔註 29〕。在這個生死平常的「生死場」裏，終將「絕滅」是蕭紅對它未來的預言，鄉村的自然風景通過蕭紅的生動描寫，已轉化成了永久留存的鄉土殘酷記憶。

再來看蹇先艾對於故鄉貴州的鄉景書寫。地處西南山區的貴州，偏遠而封閉，但是對於生長於此的人來說，是不會感受到山區地理環境的惡劣，從來如此，也就習已爲常。就像魯迅在《故鄉》裏所寫的「我」一樣，一個人只有體驗過外面的世界，才會感知到故鄉與外面世界之間的巨大反差，蹇先艾就是如此。《在貴州道上》的開頭第一句，「多年不回貴州，這次還鄉，才知道川黔道上形勢的險惡，眞夠得上崎嶇鳥道，懸崖絕壁。尤其踏入貴州境界，觸目都是奇異的高峰……」〔註 30〕，在這樣的山道上翻山越嶺就顯得格外危險，而在這蜿蜒、狹窄、隨時可能跌入萬丈深淵的山道，就是轎夫們的生存環境與工作環境。蹇先艾通過這樣的風景渲染，表現的是貴州鄉民在惡劣的生存環境中，每天拼命卻仍然朝不保夕的艱難生活狀態。正是由於地理位置的偏遠，造成交通不便，與外界的文化交流也非常有限，在走出貴州的蹇先艾看來，地域文化仍然還處於原始時代。

在《水葬》中，蹇先艾對這一鄉土遺俗作了批判性的描寫。小說中發生水葬的桐村風景也和這個遺俗一樣古老，而「水葬」這一事件的悲劇性質，也使風景蒙上一層陰影，「這是一個陰天，天上飛馳著銀灰的雲浪。蕭蕭的風將樹葉吹動，發出悅耳的一片清響。遠處近處都蔓延著古柏蒼松。……蕭颯的松枝掩蓋在頭頂，死寂的天空也投下幾絲陽光，透過了綠葉」〔註 31〕，這樣的風景不禁讓人想起「風蕭蕭兮易水寒」，而小說主人公駱毛正好被處以的就是水葬，壯士也好，駱毛也好，生命都無法掌控在自己手裏，如果說一去不復返的壯士是政治的犧牲品，那麼無辜的駱毛則是野蠻風俗的犧牲品。

除了感歎鄉土文化的落後之外，一種悲涼的氣息也透過作家的風景描寫傳遞給讀者，當駱毛被殘忍水葬之後，此時的鄉村依然平靜，也依然灰暗，「天依舊恢復了沈寥的鉛色，桐村裏顯得意外的冷冷落落。……眞是無邊的靜謐。……闔村都暫時掩沒在清淒與寂寥的空氣之中」〔註 32〕。一切都好像沒

〔註 29〕孟悅：《歷史與敘述》，西安：陝西人民出版社，1991 年，第 25 頁。

〔註 30〕蹇先艾：《在貴州道上》，《蹇先艾文集》，貴陽：貴州人民出版社，2003 年，第 1 集第 261 頁。以下所引此書皆出於此版本。

〔註 31〕蹇先艾：《水葬》，《蹇先艾文集》，第 1 集第 29 頁。

〔註 32〕蹇先艾：《水葬》，《蹇先艾文集》，第 1 集第 31 頁。

有發生過一樣，駱毛無聲無息的就失去了生命，安靜的鄉景彷彿在訴說著鄉村類似的事情早已司空見慣，駱毛不是第一個被處以水葬的人，也不可能是最後一個。同樣因爲鄉土原始遺俗而導致悲劇事件的，還有許傑的《慘霧》、魯彥的《岔路》，雖然在他們的作品中，主要體現的是對鄉土落後風俗的批判，鄉景書寫卻也並不是可有可無的存在，它加入到了敘事話語之中，通過鄉景的點綴，更加有效地強化了作家的敘事目的。

在《慘霧》中，小說一開始的鄉景描寫，清晰說明了即將發生械鬥的兩個村莊的地理位置，也爲事件的發生埋下了伏筆，同時也看到這本是一個風景優美的鄉村。然而平靜只是暫時的，由於一小塊土地的爭議，雙方發生了大規模的械鬥，「隔岸橫列著如屏障一般的柳林，葉片滲透淡淡的陽光，覺得還是十分嬌嫩。全個大地，籠罩著帶有殺氣的表情，使人感得心懷不寧」〔註33〕。這是環溪村村民進攻玉湖莊之前的風景，似乎也隱含殺機，雙方血戰之後，傷亡之慘重，作者用風景來進行了描述，「始豐溪染著可怕的鮮血，滾滾的激出絕調的哀音，滔滔然泛成血河的霞彩，……祠堂前的那株大肚皮的老樟樹，蓬著一頭陰森的頭髮，隨著猛雨和狂風的顫簸，蕭蕭然如一個瘋人的發怒。」〔註34〕鮮紅的血河，暗沈的樹葉，風雨交加的陰天，濃重的色彩交織在一起，這是一種死神籠罩下的村莊，可怕的視覺效果給讀者強烈的閱讀刺激。

同樣的，在魯彥的《岔路》中，本來無法扼制的鼠疫在蔓延，鄉村裏始終彌漫著死亡的氣息，使人壓抑，「恐怖充滿在袁家村和吳家村。……山谷，樹木，牆屋，土地，都在戰慄著，齊聲發出絕望的呻吟」〔註35〕。請出關爺，結束鼠疫肆掠，這是村民可以想到的最好辦法，但是由於兩村村民都想讓關爺先到自己村，所以發生械鬥，結果與《慘霧》是一樣的，村民們除了因爲鼠疫而不斷死亡之外，「瘟疫在兩個村莊巡行，敲著每一家的門，……每個村莊的人在加倍的死亡，沒有誰注意到。仇恨毀滅了生的希望」〔註36〕。在啓蒙鄉土敘事中，鄉景中對於自然風景的書寫一般來說是對鄉村的整體性意象書寫，一方面展現了傳統鄉土社會的落後與破敗，另一方面通過鄉村的這種

〔註33〕許傑：《慘霧》，《許傑——子卿先生》，唐達君編選，北京：華夏出版社，2010年，第17頁。以下所引此書皆出於此版本。

〔註34〕許傑：《慘霧》，《許傑——子卿先生》，第28～29頁。

〔註35〕魯彥：《岔路》，《魯彥文集》，書林主編，北京：線裝書局，2009年，第169頁。以下所引此書皆出於此版本。

〔註36〕魯彥：《岔路》，《魯彥文集》，第175頁。

宏觀、全景式的描寫，體現了啓蒙知識分子想要表述與傳達的對鄉土社會進行思想啓蒙必要性。

再來看啓蒙鄉土敘事中對於人文景觀的書寫。如果說啓蒙鄉土作品中鄉村的自然風景是對鄉土社會進行的整體意象的建立，那麼對於人文景觀的書寫則是作家對於鄉村的微觀刻畫。鄉村內部景象的描寫細緻化或者說更加形象化，對鄉土社會的破敗進行具體的闡述，這是對鄉村整體意象的必要補充，鄉村究竟怎樣的蕭條與凋敝，將在啓蒙作家對鄉村內部人文景觀書寫中得到進一步的深化。

魯迅的小說並沒有採用一種宏大敘事的方式對歷史與社會進行描述與評判，大多數的時候，他是透過細微的側面來表達他的思想。例如《風波》就寫了張勳復辟這樣一個在當時引起軒然大波的事件，但是魯迅的敘事並沒有直接參與此事件本身，而是通過一個閉塞的小村莊短短幾天的躁動又恢復平常的過程，來說明這只是一潭死水裏的小小微瀾，絲毫沒有影響鄉村日常生活的繼續。小說一開頭，魯迅就描寫了村裏晚飯前的安樂景象，「面河的農家的煙突裏，逐漸減少了炊煙」，熄火是因爲晚飯準備好了，「老人男人坐在矮凳上，搖著大芭蕉扇閒談，孩子飛也似的跑，或者蹲在烏桕樹下賭玩石子。女人端出烏黑的蒸乾菜和松花黃的米飯，熱蓬蓬冒煙」〔註 37〕。這是一種千載百年都不會改變的日常生活場景，也是鄉民們最習以爲常的生活。一旦這樣的生活被破壞，對於鄉村來說就是最大的災難，所以維持這樣的鄉景不變，是人心所嚮，至於誰當政、誰殺頭，他們不關心，一切都以不打破他們的生活常態爲目的，所以在爭論了幾天皇帝還坐不坐龍庭以後，大家發現擔心根本就是多餘的，於是，我們看到在小說結尾處，開頭的那一幕又再次出現，「到夏天，他們仍舊在自家門口的土場上吃飯；大家見了，都笑嘻嘻的招呼」〔註 38〕。在啓蒙知識分子看來，維持現狀的穩定實際上就是落後，正如九斤老太的預言，「一代不如一代」，最終的結果就是難以爲繼。

在《故鄉》裏，「我」回到了久別的家，但是卻完全沒有回家的喜悅與溫暖，反而想著趕快離開，從「我」的眼中看到的老家是這樣的：「瓦楞上許多枯草的斷莖當風抖著，……幾房的本家大約已經搬走了，所以很寂靜」〔註 39〕。如此

〔註 37〕魯迅：《風波》，《魯迅全集》，第 1 卷第 491 頁。
〔註 38〕魯迅：《風波》，《魯迅全集》，第 1 卷第 499 頁。
〔註 39〕魯迅：《故鄉》，《魯迅全集》，第 1 卷第 501 頁。

破敗不堪的家擺放不下游子的思鄉之情，唯有一走了之，拋棄原有的、令人氣悶的家，另尋他處，才會有希望。在《祝福》裏，同樣是「我」，作爲一個歸鄉的現代知識分子，魯鎮的節日氣氛沒有給「我」帶來任何的喜慶感覺，反而較之以往愈加沉重。住在傳統守舊的老鄉紳四叔家裏，書房裏擺設著陳摶老祖的「壽」字、缺頁的《康熙字典》、朱子學說之類的，這對已接受了新思想的我來說難以接受，所以和四叔也就話不投機，在家裏無所適從，啓蒙者的孤獨感油然而生，「雪花落在積得厚厚的雪褥上面，聽去似乎瑟瑟有聲，使人更加感得沉寂」〔註40〕。

通過風景來表現啓蒙知識分子苦悶的，還有《在酒樓上》的「我」，在S城裏沒有找到一個故人，所以感到在這個「深冬雪後，風景淒清」，在陌生的小旅店裏，「我」看到「窗外只有漬痕斑駁的牆壁，帖著枯死的莓苔；上面是鉛色的天，白皚皚的絕無精彩，而且微雪又飛舞起來了」〔註41〕。備感孤獨的「我」終於偶遇了曾經志同道合的呂緯甫，談話間瞭解到呂緯甫早已在生活的壓力之下放棄了當年的啓蒙理想，雖然「我」並沒有認同呂緯甫的選擇，但是明白啓蒙前景並不明朗，「見天色已是黃昏，和屋宇和街道都織在密雪的純白而不定的羅網裏」〔註42〕，無處不在的雪花籠罩著大地，交織成了難以衝破的羅網。

啓蒙鄉土敘事中鄉景的人文景觀描寫，除了如魯迅一樣用沉悶、壓抑來表達對啓蒙的失望之外，啓蒙作家也用內部景觀來表現處於封建傳統文化統治下的鄉村社會停滯不前，整體經濟處於崩潰邊緣。而這種經濟上的蕭條除了通過用陰暗、低沉的自然景觀，以類似於寫意畫的方式來勾勒之外，還必須用微觀的、具體深入到鄉村社會個體家庭內部的工筆描寫，才能更加充分地表現何謂「破敗」。

廬隱的小說《一封信》裏用一大段文字敘述梅生家的情景，家中祖孫三代的女性成員，一個十四歲的懵懂少女，一個滿面愁容的中年婦女，一個病臥在床的老太太，從家庭成員的構成來看，就是極其虛弱的。隨著廬隱的筆轉向屋內，風雨夜裏的茅屋已經千瘡百孔，牆洞已經大到屋內的燈光也可以穿透出來，生病的老太太「睡在木板床上，這上頭除了一捆稻草和一床又薄

〔註40〕魯迅：《祝福》，《魯迅全集》，第2卷第11頁。
〔註41〕魯迅：《在酒樓上》，《魯迅全集》，第2卷第24頁。
〔註42〕魯迅：《在酒樓上》，《魯迅全集》，第2卷第34頁。

又破的被窩以外，沒有別的」，「屋角有一個三腳破爐，上頭斜放著一個沙弔子，那爐子裏有幾塊燒殘的煤球」〔註 43，這個家可以用一個字來概括，那就是「破」。王思玷的《偏枯》對於家庭內景的描寫，與《一封信》幾乎如出一轍，劉四的家裏「左邊一口小鍋，一個鏊子，牆上貼著竈神碼子，還有亂雜的一些破盆，破罐子，破鋤頭，破鐮刀，……」〔註 44〕和梅生家一樣，一切都是破的。而李渺世的《買死的》，更是將這種「破」寫到了徹底的程度，全貴家是一所「破舊得不像房子的房子」，幾乎快要垮塌，「昏紅的燈色從破敗的土簷底下，勉強爬出，擠在蛛絲蔓延的牆縫裏，飄忽飄忽，似乎是臨終的樣子。再也說不大出這樣陰慘腐爛的境地了！」除了空間裡無以復加的破爛，甚至於空氣都在折磨著人，不僅塵土飛揚，「而且一種惡濁的幹糞氣味，時時吹散到屋子裏去」〔註 45〕，這樣的描寫簡直讓讀者在生理上都感到難以接受。如果說以上作家在敘述上極力突破村莊「破敗」的程度的話，那麼王統照的《山雨》則直接將把墳場寫進了鄉景，墳場不僅人走向死亡的終點，更是對鄉村「破敗」、最終走向崩潰的隱喻。在《山雨》中，我們看到傳統鄉土社會正在走向無法挽救的窮途末路，從整個陳家村的外部景象來看，由那些零零散散、古舊的茅草屋構成了村莊的外觀，這些房屋「永久是不變化什麼形式的，一律的古老的鄉村的模型」，正因爲古老，所以再也經不起風雨、災難的侵襲，正處於將倒未倒的狀態之中，「然而沒有碰到大火與洪水的焚燒，淹沒，它們還在那裏強支著它們的衰老的骨架」〔註 46〕。生存的艱難、死亡的頻繁使整個村莊對生命是漠視的，和蕭紅筆下的「生死場」所描寫的並無二致，在這裡處處充斥著死寂的氣息，「裏面盡是些貧苦人家的荒冢」，混亂不堪，「有的已經坍壞。露出碎磚，斷木，有的土冢已經夷爲平地在上面又有新冢蓋上」，更爲可怕的是，由於旱災，飢餓的不只是人，還有動物，「左近鄉村的看家狗子也是常到的熟客」〔註 47〕。這樣的悲慘、荒涼的鄉景不難讓人得

〔註 43　盧隱：《一封信》，《文學研究會小說選》，李葆琰編選，北京：人民文學出版社，2011 年，第 150 頁。

〔註 44〕王思玷：《偏枯》，《文學研究會小說選》，李葆琰編選，北京：人民文學出版社，2011 年，第 197 頁。

〔註 45〕李渺世：《買死的》，《文學研究會小說選》，李葆琰編選，北京：人民文學出版社，2011 年，第 261 頁。

〔註 46〕王統照：《山雨》，《王統照文集》，書林主編，北京：線裝書局 2009 年版，第 46 頁。以下所引此書皆出於此版本。

〔註 47〕王統照：《山雨》，《王統照文集》，第 77 頁。

出結論，那就是傳統鄉土社會失去了自我救贖的能力，只能等待末日的來臨，如果想要繼續生存下去，就不得不行思想啓蒙之法。

無論從鄉景敘事中的自然風景，還是從內部人文景觀來看，啓蒙鄉土文學敘事通過反覆的書寫、強調，爲讀者營造了一種慘淡、蕭條的鄉村視覺圖像，以致於我們順理成章的得出鄉村即將破產的結論，這種圖像成爲了我們對那個時代的鄉土社會的一種整體意象，讓我們去肯定思想啓蒙的必要性與急切性。那麼，我們是否可以有這樣一個疑問，啓蒙主義作家們對於鄉村即將崩潰這一預言進行的文學演繹，不僅只是文學的自由創作，而是要用文學來參與社會變革的方式，那麼這樣的文學演繹更多偏向於「改造」社會，還是以人文情懷在關注鄉村疾苦呢？有待於我們去靠近文學書寫的原場，去瞭解啓蒙鄉景敘事話語的生成。

3、歷史之重構：傳統鄉土社會之現實分析

從啓蒙鄉土文學的鄉景敘事中，我們所看到的中國鄉土社會經濟接近於破產的邊緣，鄉村社會也殘破不堪、難以維持，鄉民不僅在物質生活方面貧窮，精神世界更是一片空白、麻木，這樣的社會沒有希望，更談不上發展。如果從優勝劣汰的進化論來推論的話，中國社會無疑面臨著被世界淘汰的危險，於是思想啓蒙、拯救國民、救亡中國，就成爲化解這一危險的必然思路。確實，作爲一個鄉土國家，生產力無法與西方工業國家相提並論，在同一標準之下標衡量，孰先進、孰落後是不言而喻的，但是當時中國的鄉村社會經濟是否眞的到了無法維持的地步，還是存在其它可能的情況，啓蒙話語中的鄉土社會與歷史話語中的鄉土社會這間的距離究竟是多少，需要我們做進一步的考察。

首先從整個鄉土社會經濟宏觀的層面來看。和以往任何一個時代一樣，清末民初農業經濟仍然是中國的支柱產業，19 世紀 80 年代的統計數據顯示，在整個國民生產總產值中，農業所佔比例爲 60.1%，而其它非農業部門，如礦業、製造業等總加在一起也只占 39.9%〔註 48〕，農業在國民生產總值中的比例占到了總體的三分之二，毫無疑問，中國是一個典型的農業國家，就自身的發展而言，「在滿洲王朝的最後四十年中，國內是比較安定的，與 19 世紀中

〔註 48〕張仲禮：《中國紳士的收入——〈中國紳士〉續篇》，費成康等譯，上海：上海科學院出版社，2001 年，第 288 頁，表 28。

期相比，也是繁榮的」〔註 49〕。但如果據此就對當時中國的社會經濟抱以過份樂觀的看法的話，似乎也沒有更充分的理由，自晚清以來，土地與人口之間一直存在著供需矛盾，在兩者的角力中，農業經濟難有突破性的增長。

從 1887 年到 1947 年這 60 年間的耕地數量變化來看，1887 年全國耕地面積爲 911976 千畝，1947 年爲 1410798 千畝，整體增長了 1.54 倍，但是仔細觀察後發現，各省數量增加差異性很大，例如增加最多的滿洲，從 5240 千畝增加到了 209525 千畝，增長近 40 倍，這就提高了平均增長值，而其它大多數省份的耕地數量增長比例並不大，少數省份，例如浙江反而從 44714 千畝降低到了 41658 千畝，江西也出現了類似幅度的下降〔註 50〕。另外人口增長因素對於社會經濟發展有怎樣的影響，究竟有多大的影響也有必要考慮。在 1934 年匯總的數據裏，我們看到，如果以 1873 年爲基準，即指數爲人口 100、農田 100，那麼在 1913 年人口爲 117、農田爲 101，1933 年人口爲 131、農田爲 101〔註 51〕。在這 60 年裏，農田基本是沒有變化，而人口增加了 1.3 倍，土地與農業人口之間的供需矛盾成爲了影響中國經濟的一個重要因素。因爲在生產力水平沒有得到大幅提高的前提下，農作物的單位產量也不可能有太大的提高，因此人口增加只會導致人均產量的降低，再加上時而發生的自然災害，整體經濟水平是不可能出現提升的。同時，由於自然災害或戰亂的因素存在，人口也會因這些非正常原因而在減少，所以人口增長與耕地之間的矛盾仍在一個允許的動態的範圍內。儘管「土地和資金不足，過剩的勞動力產生的收益有所減少，但是如果儘量不用長期的眼光來作任何中期的觀測的話，可以說農業仍處於一種穩定的平衡狀態中，並沒有內在的經濟理由可以說明它本身不能再繼續生產」〔註 52〕。從總體的農業經濟發展水平來看，在承認生產力維持在一個較低的水準的前提下，同時伴有耕地數量的增長低下、人口增長速度較快的問題，農業只是在低水平地緩慢發展中，但是緩慢並不等於完全停滯、以及退步。

從局部來看，有的省份的農業發展是高於全國水平的。例如在東北，我

〔註 49〕〔美〕費正清等：《劍橋中國晚清史》（1800～1911 年），北京：中國社會科學出版社，1985 年，下卷第 3 頁。以下所引此書皆出於此版本。

〔註 50〕張仲禮：《中國紳士的收入——〈中國紳士〉續篇》，費成康等譯，上海：上海科學院出版社，2001 年，第 285 頁，表 27。

〔註 51〕〔美〕費正清等：《劍橋中國晚清史》（1800～1911 年），下卷第 5 頁。

〔註 52〕〔美〕費正清等：《劍橋中國晚清史》（1800～1911 年），下卷第 15 頁。

們從蕭紅的作品中看到的東北，寒冷、貧窮，飢餓是生存的常態，但實際上，民國政府對於東北的發展是有政策偏向的，「採取諸如減緩賦稅、官辦輪船和鐵路公司對移墾戶車船票減價優待、政府發放貸款補助等優惠措施，鼓勵關內向東北移民」，經過這一系列的促進經濟的措施，東北四省的耕地面積與糧食生產有了很大發展，其中耕地面積，1933 年是 1914 年的 1.72 倍，黑龍江、吉林和遼寧三省的小麥產量，1924 年與 1914 年相比，分別爲 4.1 倍、5.3 倍和 2.6 倍〔註 53〕。那麼東北人口增長情況又是如何呢，根據章有義的統計計算，東北六個區域的人口，1928 年至 1936 年的人口約等於 1912 年的 1.32 倍，但是 1929 年至 1946 年的耕地面積卻是 1914 年的 1.76 倍〔註 54〕。可見民國時期的東北的耕地面積增加速度高於人口增長速度，糧食產量也是在增加的，即鄉村經濟狀況是處於發展狀態中的，與蕭紅作品中描述的餓殍遍野的「生死場」似的東北大地有著不小的出入。而江浙一帶，在歷史上就屬於農業、手工業與商品經濟發達的地區，雖然存在人多地少的情況，但是經濟作物的種植與獲利彌補了糧食產量的不足，例如「1912～1927 年，無錫一地桑田超過 30 萬畝。許多專業種植經濟作物的區域，糧食缺乏，只能從鄰近地區調入，促進了糧食商品化的發展」〔註 55〕。由於各個地區地理環境的不同，經濟發展水平也不可能平衡，所以在一些偏遠、自然環境惡劣的地區，鄉村經濟狀況當然也就不可能與經濟發達地區相提並論。但是需要清楚的一點就是，這些因自然因素而造成的地區貧困應該是從來就有的，而這些地區也並不能完全代表整個中國的鄉村經濟狀況，是個別現象而不是普遍現象。當然，與西方先進國家相比，從整體上來說，中國農業生產在低水平上徘徊，生產力無法得以突破，這是一個不爭的事實。

再來看鄉民的實際生活水平。除了東北耕地面積的增長超過了人口數量增長之外，其它大部份地區是存在土地與人口之間的供需矛盾的，那這種情況對於鄉村生活究竟會產生怎樣的影響呢？研究證明，「雖然可以肯定 1870～1911 年期間農村的生活水平沒有改善，但也沒有確鑿的證據一個證明，隨

〔註 53〕朱漢國等編：《中華民國史》，成都：四川人民出版社，2006 年，第 3 冊第 128～129 頁。

〔註 54〕章有義：《近代中國人口和耕地的再估計》，《中國經濟史研究》1991 年第 1 期，表 2 及表 3。

〔註 55〕張憲文等：《中華民國史》，南京：南京大學出版社，2012 年，第 1 卷第 450 頁。

著人口的增長和耕地面積的縮小，就出現了農民生活水平急劇而長期地下降」〔註 56〕。之所以出現這樣的情況，原因在於中國農民在農業技術上的精耕細作，達到了前工業時代的最高水平，對此美國農學家費蘭克林高度評價中國農民的農耕技術，他認爲「採用這種套種和複種相結合的方式，東方農夫得以充分享受輪作或連作的一切益處」，因爲有了農業文明所能達到的最高的農業技術，所以中國農民「以智力和體力，在很小的農田上成功地繁衍著大家庭，還保持著地力生生不竭」〔註 57〕。同時，在未採用現代農業生產技術的情況下，除了上述提到了複種與套種，農民們還「以大量人力通過建設好梯田、灌溉和防澇排水等手段改造土地而進行的基本投資」，保證了糧食的單位產量仍然維持在一個較高的水平。例如，「在 20 世紀 30 年代中國每公頃大米產量平均只有 2.47 公噸」，這個數字看起來並不高。但是直到「1955 年和 1956 年至 1960 和 1961 年的時期只達到 2.54 公噸」〔註 58〕。如此看起來儘管時代不同，採取的農業技術有差異，但是單位產量相差並不算大。就農民個體消耗糧食來說，20 世紀 50 年代，學者張仲禮認爲，如果採用錢志興的計算結果，「在 19 世紀 80 年代的中國，從這些糧食作物所獲得的人均卡路里約爲 1800，和今天印度的水平相當」〔註 59〕。

除了農民的生活水平，再來看一下鄉村居住條件，因爲這在啓蒙鄉土文學的鄉景敘事中反覆書寫與強調的，以此來表現鄉村經濟的破敗與農民生活的窮困，所以我們在作品中常可以看到從外觀上來看千瘡百孔、搖搖欲墜的茅草屋，從房屋內部環境來看也是破爛不堪，但是從民國時期的社會調查中我們所了解到的實際情況卻是另一番景象。在經濟學家卜凱的研究中可以看到，由於地域的不同，因此房屋修建也有差別，「北部普通多係土地，土牆，而屋頂則由本田場所出產之草楷蓋成。中東部普通都是磚牆瓦頂」〔註 60〕。所以即使是有茅屋，原因可能也並不單純是因爲貧困，而是與所在地域生活習慣所致。

〔註 56〕〔美〕費正清等：《劍橋中國晚清史》，（下卷）第 6 頁。

〔註 57〕〔美〕弗蘭克林·哈瑞姆·金：《古老的農夫 不朽的智慧——中國、朝鮮和日本的可持續農業考察記》，李國慶等譯，北京：國家圖書館出版社，2013 年，第 240、201 頁。

〔註 58〕〔美〕費正清等：《劍橋中國晚清史》，（下卷）第 15 頁。

〔註 59〕張仲禮：《中國紳士的收入——〈中國紳士〉續篇》，費成康等譯，上海：上海科學院出版社 2001 年版，第 293 頁。

〔註 60〕〔美〕卜凱：《中國農家經濟》，商務印書館，1937 年，第 521 頁。

傅斯年在1920年對山東農民的生活狀況進行考察，對於農民居所是這樣描述的，「農民的居處大略如下。天井有時頗不窄，房屋也不隘。製房的原料，普通下層用磚，上層用土，頂用柴，上以泥蓋著」，這是大多數人的情況，一般人家由於生活習慣，與牲畜「同住一院，甚至一室」也是平常現象，並不能以城市居住爲標準而認爲與牲畜同住就是窮困，另外，在大多數情況之外，也有「極窮的戶，只以草泥堆成『窩巢』」〔註61〕，可見「極窮」只是極少數的人。

而在1922年由北平九個大學的學生在直隸、江蘇、安徽、山東、浙江等地共240個村落所進行的經濟調查中看到，居住也有南北差異，與地價、人口等因素有關，如果一戶人家4有房爲住房寬敞的話，那麼「鄞縣及儀徵獨有7.9%及5.5%的家庭有4個以上房子的，而霑化則有51.5%及邯鄲有68.1%」，但是總體來看，「我們可拿1房居住2人來作一限度，以分爲適宜的居住及擁擠的居住。儘管房子狹小，可是還勝過好些歐西繁盛市區的小樓房」〔註62〕。

由此可見，農民的實際居住情況雖受地域、人口等影響，但是與啓蒙鄉土文學鄉景敘事中所描述的居住情形相差甚遠。我們並不否認，在鄉村社會中確有特別貧困的家庭居住環境特別差，但是就大多數的鄉民居住條件而言，這只是個別現象，而不能以點概全地成爲鄉景的整體意象。無論從宏觀的社會經濟來看，還是從微觀的鄉民實際生活來看，我們都可以發現，中國的鄉村經濟總體並未到即將破產和崩潰的邊緣，因此鄉民生活的貧困程度也不可能是整體性的處於一個不可維持的地步。但需要進一步瞭解的是，爲什麼啓蒙鄉土敘事要選擇破敗與蕭條作爲鄉景書寫的主要內容，傳遞給讀者呢。

對於啓蒙知識分子來說，之所以要啓蒙是因爲他們認爲中國傳統社會已經失去了進步的活力，在西方鏡像的對照之下，強烈的危機感與以及對現實的焦慮感，促使啓蒙知識分子急於對整個中國社會給予全盤否定，因爲中國的現狀是歷史積纍而成，「某一共同體目前有的一切，是從它建立之初就發生的所有事件積聚的結果」〔註63〕。如果不對傳統作一個徹底的清理，那麼就

〔註61〕傅斯年：《山東底一部份的農民狀況大略記》，歐陽哲生主編：《傅斯年全集》，長沙：湖南教育出版社，2003年，第1卷第367頁。

〔註62〕戴樂仁等著：《中國農村經濟實況》，王建祖校，李錫周編譯，李文海等編：《民國時期社會調查叢編（二編）》（鄉村經濟卷），福州：福建教育出版社，2009年，（上）第16頁。

〔註63〕〔波〕彼得·什托姆普卡：《社會變遷的社會學》，林聚仁譯，北京：北京大學出版社，2011年，第57頁。

無法接受新的思想和文化，因此在啓蒙知識分子以「新」來重建中國歷史之前，首先要做的就是對歷史的重新敘述和對傳統的重新評價。

魯迅在《吶喊·自序》中將中國比喻爲黑暗、封閉的鐵屋子，堅固的鐵屋子是由千百年歲月疊加而成的，身處於黑暗之中的人由於已經習慣了沒有時間與空間概念，因此無法意識到鐵屋子的存在，這樣的黑暗湮滅了所有光明出現的可能性，這種無形的禁錮是對人來說更是一種罪惡，唯一的辦法是破壞，破壞才是新生的前提條件，歷史在此時有了重寫的契機。《狂人日記》裏讓狂人喊出了「這歷史沒有年代」，每一頁只剩下了「吃人」，對於戕害人的生命與思想的「吃人」傳統，「魯迅所重構的那一『吃人者吃人，被吃者也吃人』的社會現實圖景，在某種意義上是中國社會走投無路、看不到拯救之可能性的無望處境的寫照」〔註 64〕。因此，啓蒙主義者有了破壞傳統與重建歷史的合法性。

在啓蒙主義鄉景敘事中，那些陰沉灰暗色彩、蕭條冷清的氣氛都是作家刻意營造的，以體現傳統鄉土社會令人窒息的壓迫感，這樣的情景在個別地區、或者個離鄉村，並不是沒有，但卻不能成爲鄉土社會的全部，或者說不能成爲整個鄉土社會生活的常態，如蹇先艾在八十年代回顧創作《在貴州道》時坦言，「要想在一篇短篇小說裏，全面反映舊貴州地獄般的黑暗，是做不到的，我只截取了當時當地勞動人民苦難生活的一個片斷，以此推及全體，讀者感受社會就會更加切實」〔註 65〕。從蹇先艾的這番話裏，我們可以看到作者之所以如此書寫鄉景的緣由，苦難的生活是存在的，不僅在民國時期，在任何朝代都存在，可是啓蒙作家將苦難的這一部份「推及全體」，以獲得讀者對於啓蒙的認同。以思想啓蒙開啓民智，在傳統的廢墟上建構一個新的民族國家，這種要在短時期內重寫歷史、再造傳統的急切欲望，使啓蒙知識分子認爲，只有「正視自身的傳統性弱點，才能完成民族心靈的開放與迎新，從而謙虛地學習別國的長處，趕上世界的先進步伐」，但是現實的堅硬與啓蒙的焦慮使得他們面對自己的傳統時，偏執自卑，這種心態影響了文學創作，以至於「自虐心理違背這種初衷，它把自己的弱點誇大到無可救藥的地步，完全絕望的程度」〔註 66〕。因此，在啓蒙鄉土文學敘事中所呈現出來的鄉景視覺效果，無一不是風雨飄搖的頹敗景

〔註 64〕孟悅：《歷史與敘述》，西安：陝西人民出版社，1991 年，第 34 頁。
〔註 65〕蹇先艾：《也算創作經驗》，《青春》1983 年第 1 期。
〔註 66〕劉再復、林崗：《傳統與中國人》，北京：中信出版社，2010 年，第 31 頁。

象，也預示著歷史將從這片即將倒塌的風景重新開始書寫，一個新的、摒棄了舊傳統的現代民族國家將會成新的風景。

第二節　壓迫與反抗：階級革命視角下的黑暗鄉景

「革命是歷史的火車頭」〔註 67〕，這句話可以理解爲階級革命是解決社會危機，推動社會進步的快速、有效的最佳方法，馬克思的這句斷語跨越時空，在二十世紀的中國得到了信仰無產階級革命理論知識分子的切實響應，階級革命不僅成爲了他們的行動綱領，也成爲了統領一切的思想理論，文學創作當然也不例外，如果說「革命是歷史的火車頭」，那麼由於文學具有其它宣傳方式所不具有的社會作用，階級革命文學成爲階級革命的火車頭，在無產階級革命中充當了先鋒的角色，承擔起了將宣傳進行到底的任務。

在此，需要說明的一點是，階級革命視角下創作的文學包括早期無產階級革命文學、左翼文學與解放區文學，我將它們歸納爲階級革命文學敘事，借鑒於現當代歷史研究的革命敘事概念。歷史學家高華先生認爲現代化敘事與革命敘事是中國近現代史研究的兩種主要敘事方式，但是革命敘事範圍及影響更大，在革命敘事的框架中，「突出彰顯了反帝，底層造反，革命組織，革命領袖人物的思想和領導對推動歷史前進的重大作用」，儘管歷史革命敘事模式產生於戰爭年代，可是它並未隨著戰爭結束、革命勝利而結束，反而「在革命勝利以後」，更加注重「如何將這種高度意識形態化的敘述和深厚的學術性加以有機融合」〔註 68〕。從革命敘事的規範來看，這種敘事模式在以符合意識形態爲主要標準的時代裏，不僅適用於歷史研究，文學創作與研究也同樣適用。無產階級革命文學、左翼文學、解放區文學都是以文學的方式來表現階級革命圖景，建構民族國家新歷史的宏大敘事爲主要目的革命敘事模式的。雖然這三者之間有著較爲複雜的關係，有共性亦有區別，但總體說來，它們都是以認同無產階級革命爲基本共識，以傳播階級革命意識形態爲目的，其文學創作都是在階級革命理意識形態範疇內進行的，因此將它們命名爲階級革命文學敘事。因此，爲了論述與行文的方便，我將把以上提到的三

〔註 67〕〔德〕馬克思：《1848 至 1850 年的法蘭西階級鬥爭》，《馬克思恩格斯選集》，北京：人民出版社，1972 年，第 1 卷第 474 頁。

〔註 68〕高華：《敘事視角的多樣性與當代史研究——以 50 年代歷史研究爲例》，《歷史筆記》，香港：牛津大學出版社，2014 年，第 1 卷第 316～317 頁。

種文學類型的創作視角統稱爲「階級革命視角」，以「革命鄉土文學敘事」作爲對無產階級革命文學、左翼文學與解放區文學中鄉土文學的概括。

1、階級之對立：貧富懸殊鄉景的敘事背景

啓蒙語境中的鄉村風景色彩沉重、灰暗，對啓蒙知識分子來說，「對『西方』及其名義上的中間人『日本』的接近成了中國人的願望，而不屬於這一特定願望邏輯範圍的東西則受到了致命的攻擊」〔註 69〕。因此文本中的鄉景敘事實際上就是對中國傳統社會的激烈批判與其即將破產這一預言的文學演繹，當然其中也不乏啓蒙精英們對於思想啓蒙前景自覺或不自覺的悲觀心態，今天看來，「破產」一詞也許針對思想啓蒙運動本身而言更加準確。可以說，思想啓蒙在傳統鄉土社會面前是極其虛弱的，它終究還是屬於知識分子的自我言說，在眞正的底層鄉村並未取得顯著的效果。但是改造中國是知識分子的一個基本共識，正是因爲啓蒙運動收效甚微，才使知識精英們發現啓蒙之路不通，處於迷惘，急於找尋另一條出路之時，歷史的契機將中國引向了階級革命之路。

如果說思想啓蒙是希冀在文化脈絡上切斷與傳統的聯繫，從而建造一個現代民族國家的話，那麼階級革命則是要採用暴力鬥爭的方式與傳統鄉土社會進行全方位切割，將革命的因子滲透到社會的每一個角落，同時將每一個個體都納入到階級革命的範疇之內，無一不打上階級革命的烙印。基於此，「階級」將成爲一個無所不在、同時也是無比重要的關鍵詞出現在革命鄉土文學敘事之中。那麼，階級視角是如何貫穿於革命作家的創作之中的，客觀存在的鄉景如何一步步走進階級話語框架之中，成爲階級言說的重要角色的呢？

1918 年第一次世界大戰結束，李大釗在《新青年》上發表了《庶民的勝利》，在這篇文章裏，李大釗開始將階級學說運用在對此次世界大戰的分析上，在使用階級劃分的方法之後，戰爭的原因與結果就顯得異常的簡單，階級消除了國家之間的差別，所有的問題集中在了階級對立上。例如李大釗認爲一戰的起因源於資本主義的擴張本性，而戰爭得以結束也是由於各國勞工階級的反對，因此這是整個勞工階級的勝利。李大釗從中看到的是階級的力量，階級革命「可以說是二十世紀式的革命。像這般滔滔滾滾的潮流，實非

〔註 69〕〔美〕史書美：《現代的誘惑：書寫殖民地中國的現代主義（1917～1937）》，何恬譯，南京：江蘇人民出版社，2007 年，第 147 頁。

現在資本家的政府所能防遏得住的」〔註 70〕，這樣的革命可以蕩滌世間所有腐朽的勢力。

可以看到，從一開始，部份思想激進的知識分子就對階級革命所產生的能量寄予了極大的希望，階級革命所起到的立竿見影的效果，很容易讓知識分子拋棄不慍不火的思想啓蒙。例如魯迅，1925 年 4 月在寫給許廣平的信中提到對於中國而言，「改革最快的還是火與劍」〔註 71〕，雖然這一句並不能等於魯迅就是認同階級革命的證據，但是這也說明魯迅思想上的一種傾向，而他在 1927 年黃埔軍校的講話中所表達的槍炮的作用大於文學，就是因爲中國需要的是「快」，顯然思想啓蒙滿足了不「快」這一改造中國的要求。晚清以來知識精英們一直苦苦追尋，如何讓中國從一個傳統社會迅速轉變爲可以與西方對話的現代國家，此時階級革命理論以俄國社會主義革命勝利的姿態來到中國，其實際的革命結果使之取代思想啓蒙而成爲了新的思潮。但是對於中國知識分子來說，階級革命理論帶來的不僅僅是一場翻天覆地的社會革命，更是一場觸及靈魂的思想革命，直接影響到了鄉土文學的創作。

首先來看階級革命理論對於革命作家在鄉土文學創作理念方面的全面塑造，這種塑造的開始是從歷史觀開始的。在思想啓蒙時代，中國的歷史被看作是一部傳統和禮教「吃人」的歷史，這種看法抹去了朝代的界限和任何社會進步的可能性，只剩下了「吃人」，「吃人」當然是一種罪惡，那麼罪惡的歷史理當被推翻和重寫，因此啓蒙得到了邏輯上的支持，也獲得了敘述的合法性。這種歷史觀決定了，啓蒙鄉土文學敘事極盡所能地描述著傳統與禮教之罪使整個鄉村處於灰暗、衰敗的狀態之中，這樣的渲染讓讀者從文本中得到的感覺是鄉村破敗到了無以復加的地步。

而革命作家的歷史觀是由階級革命理論所決定的，在《共產黨宣言》中，歷史是這樣被規定的，「全部歷史是階級鬥爭的歷史，這些鬥爭是社會發展不同階段上被剝削階級與剝削階級、被統治階級與統治階級之間的鬥爭」〔註 72〕。對於階級理論範疇中的中國歷史而言，和啓蒙歷史觀一樣，同樣也沒有時代之分，只是由傳統與禮教統治的「吃人」歷史，變成了由階級對立貫穿

〔註 70〕李大釗：《Bolshevism 的勝利》，《李大釗全集》，北京：人民文學出版社，2006 年，第 2 卷第 263 頁。

〔註 71〕魯迅：《兩地書》，《魯迅全集》，第 11 卷第 40 頁。

〔註 72〕〔德〕恩格斯：《〈共產黨宣言〉1883 年德文版序言》，《共產黨宣言》，馬克思、恩格斯著，成仿吾譯，北京：人民出版社，1978 年，第 7 頁。

始終的「鬥爭」歷史。所以啓蒙知識分子看到的中國是一個「灰色」、毫無生氣、行將就木的中國，而革命知識分子看到的同樣是一個「灰色的中國」（李大釗語），前者的灰色源於舊傳統禮教，後者的灰色源於階級統治。同時，傳統禮教對於人的壓迫是以精神馴服爲手段的，而階級統治則是強制性的剝削與壓迫，並伴以暴力的方式來維護這種剝削，其統治的殘酷程度遠遠深於啓蒙時代所認爲的禮教吃人。因此，採用階級理論來分析，作家們看到的中國社會是這樣的，「在國際上，中國處於帝國主義之最殘酷的壓迫下；在國內，軍閥與反動的封建資產階級勾結帝國主義，肆行對於勞苦群眾的虐待與剝削」〔註 73〕，感情色彩極爲濃厚的詞彙勾勒出了一個災難深重、水深火熱、階級對立也極爲嚴重的階級社會。

既然是階級社會，那麼溫文爾雅的思想啓蒙顯然對社會進行了錯誤判斷，從而發動的一次錯誤的文化運動，啓蒙知識分子妄想用思想啓蒙來救國也同樣是落後的做法，掌握了階級革命思想武器的激進知識分子對此有了充分批駁的理由，「德謨克拉西獲得了嗎？只不過爲新興資產階級奪得了部份的自由。賽恩斯發達了嗎？只不過爲新興的資本家改善及促進了生產的方法。創造中國自身的文化了嗎？只不過弄成了一群甘爲支配階級做走狗的無廉恥的智識階級」〔註 74〕。因此，激進知識分子絕對不能重蹈思想啓蒙運動的覆轍，必須跟上時代的腳步，不僅要在社會上進行階級革命，在文藝上也必須要創作革命文藝，否則的話，就像新文化運動一樣，「四五年前的白話文革命，在破了的絮袄上雖打上了幾個補綻，在污了粉壁上雖塗上了一層白堊，但是裏面的內容依然還是敗棉，依然還是糞土」〔註 75〕。如此看來，新文化運動時期產生的文藝作品對於階級鬥爭來說是沒有任何價值的，對社會進步來說也於事無補，只有眞正的革命文藝才有存在的價值。在這一理論判斷的基礎上，對於鄉土文學本身來說，只有那些表現了鄉村尖銳的階級對立與深重的階級壓迫的作品，才能夠稱得上是有價值的作品。這樣的創作目的規定了革命鄉土文學敘事的寫作視角與內容。

〔註 73〕蔣光慈：《現代中國文學與社會生活》，《蔣光慈文集》，上海：上海文藝出版社，1988 年，第 4 卷第 158 頁。

〔註 74〕彭康：《五四運動與今後的文化運動》，黃候興主編：《創造社 —— 文藝理論卷》，北京：學苑出版社，1992 年，第 293 頁。

〔註 75〕郭沫若：《我們的文學運動》，《郭沫若全集》（文學編），北京：人民文學出版社，1989 年，第 16 卷第 4 頁。

社會歷史觀決定了革命作家書寫的是一個階級社會，那麼作爲一種用文字構建的視覺圖像，如何將鄉景納入階級敘事當中來呢？文學是表現現實的方式之一，但是「文學並不是機械的照相」〔註 76〕。蔣光慈這一看法意味著，革命文學並不需要單純的現實主義，將社會場景如實描摹出來即可，對於革命作家來說，更爲重要的是用文學來表現一個充滿了殘酷剝削與鬥爭的階級社會。但是這種思想觀念上的認知與社會現實之間或許有一定的距離，直接的、未經階級革命理論篩選與調和過的文學書寫，是不會符合革命文學要求的。也就是說，鄉景作爲一種社會現實情景。儘管是客觀的，但是並不等於可以用文字進行直接的素描，而是要有所選擇的。正如柄谷行人所言，「我們稱之爲『現實』者，已經成了內在化的風景，也即是『自我意識』」〔註 77〕，革命作家就要用這種自我意識去把握鄉景的書寫，所以「一方面要暴露舊勢力的罪惡，攻擊舊社會的破產，並且要促進新勢力的發展，視這種發展爲自己的文學的生命」〔註 78〕。注意此處「攻擊」二字，與啓蒙主義鄉景敘事只是以一種憂國憂民的知識分子情懷表達對傳統鄉土社會前景的悲觀與絕望之情，引起療救的希望，是不同的。階級革命作家是將自己置身於書寫的情境之中，如蔣光慈對作家獲取革命敘事的合法性身份進行闡述時說，「一個作家一定脫離不了社會的關係，在這一種社會關係之中，他一定有他的經濟的，階級的，政治的地位，無形之中，他受這一種地位的關係之支配，而養成了一種階級的心理」〔註 79〕。所以，革命作家並不是像啓蒙精英那樣，背靠西方現代知識、高高在上地俯視傳統鄉村的一切，而是作爲被壓迫階級的一員，爲勞苦大眾發聲，其階級立場與被書寫的對象是一致的。

信仰階級革命理論的激進知識分子是以被壓迫階級代言人的身份，既是鄉景的觀察者，同時也是鄉景中的參與者，鄉景書寫的主體與被書寫的客體在此合二爲一，這才具有了對鄉村階級社會的罪惡進行揭露與控訴的可信度與合法性，因此他們是以一種主動的、強勢介入的方式來進行鄉景的政治書

〔註 76〕蔣光慈：《關於革命文學》，《蔣光慈文集》，上海：上海文藝出版社，1988 年，第 4 卷第 170 頁。

〔註 77〕〔日〕柄谷行人：《日本現代文學的起源》，北京：生活・讀書・新知三聯書店，2003 年，第 24 頁。

〔註 78〕蔣光慈：《關於革命文學》，《蔣光慈文集》，上海：上海文藝出版社，1988 年，第 4 卷第 170～171 頁。

〔註 79〕蔣光慈：《關於革命文學》，《蔣光慈文集》，上海：上海文藝出版社，1988 年，第 4 卷第 169 頁。

寫，將這種文學創作看作是政治活動，而非文化活動，也許更加恰當。對鄉景描寫作如此的處理，一方面是由於革命作家將文學創作看作是參加革命的一種實際工作，另一方面也與作家對自身的階級屬性的定位有關。在非此即彼的階級革命中，只有獲取了革命的身份才能進行革命的寫作，因此，能夠並且願意進行革命文學創作的作家，其觀看鄉景的視角早就由階級立場所預設，歸根結底，無論什麼樣的風景，最後的落腳點都是對階級革命理論的演繹。

2、鬥爭之見證：革命鄉土敘事的鄉景寓意

「藝術如果以人類之悲喜哀樂爲內容，我們的藝術不能不以無產階級在這黑暗的階級社會之『中世紀』裏面所感覺的感情爲內容」〔註 80〕。這是左聯的理論綱領對左翼革命文學內容的整體要求，也是對之前無產階級革命文學創作理論的整理和總結，從中可以看到革命作家的文學創作必須站在無產階級的立場，或者說身爲無產階級的一員去體會、去表現階級社會的黑暗、以及無產階級對這個階級社會的憤怒、反抗與鬥爭。那麼在革命鄉土敘事的鄉景書寫中，作家是怎樣將階級革命的理論綱領落實到創作實踐之中，以看似並無任何階級屬性的風景來隱喻階級社會的黑暗以及階級矛盾尖銳的呢？我們將從兩個方面對革命鄉土敘事中的鄉景描寫進行論述，第一個方面是自然景物的階級視角化，第二個方面是階級對立明顯的人文景觀。在革命鄉景敘事中，作家更多的是對人文景觀的描寫，因爲這是對鄉村因階級剝削而造成的貧富差別理論的直接闡釋。

首先來看革命作家對鄉村風景中自然景觀的描寫。儘管是自然風景，但是在革命作家的敘述中，客觀風景也在訴說著階級壓迫的殘酷和革命的必然到來。在華漢的《地泉》裏，小說一開始就交代了這是秋天，按常識來說，秋天應是豐收的季節，但是在這裡卻是，「殘秋的山，殘秋的水，殘秋的草木，殘秋的田野，殘秋的……殘秋的……殘秋的一切，都似披上了一層蕭瑟的灰敗的輕紗，擺起了一幅蒼白的，憂鬱的，淒慘的，枯老的面孔」〔註 81〕。由一個「殘」字統攝了整個秋天的風景，「殘」是一種不完整的狀態，餘留的、

〔註 80〕《中國左翼作家聯盟底理論綱領》:《中國現代文藝資料叢刊》，上海：上海文藝出版社，1980 年，第 5 輯第 4 頁。

〔註 81〕華漢：《深入》，上海：湖風書局，1932 年，《地泉》第 2 頁。以下所引此書皆出於此版本。

僅存的，收穫的秋天只剩下了「殘」景，寓意著鄉民經過辛苦的勞動卻被地主階級剝奪了自己應得的糧食，而陷入食不裹腹、衣不蔽體的境地。因此對於鄉民階級來說，豐收並不等於溫飽，他們的生存狀態和殘秋一樣淒涼、無望。在老羅伯尋求九叔叔不果，現實的教訓讓他認清了地主階級的眞實面目，於是下定決心跟著農會一起拼命，此時的天空不再是灰色的，而是「晚秋落日的餘焰，烘射得半天血紅，把蒼茫的大地都映成了一片光明」〔註 82〕。小說一開頭寫到的「灰敗的殘秋」與此時彩霞滿天的夕陽是同時發生的，可見一旦決定了革命，天空也爲之振奮。在農會進行秘密會議的時候，不僅天空變得寬廣、明豔，連鄉野也分明是一種豐收後的景象，「沙地之外，才是一大片空曠的渺遠的田疇，割了稻的田中，只剩著一叢叢的稻樁……」〔註 83〕，而階級革命正是要將這些豐收的果實從地主手裏奪回來，分給參加革命的鄉民，所以此時的豐收景象只有在參加了革命、對革命抱有無限期望的鄉民眼中才有的，因爲在沒有下決心革命之前，在老羅伯的眼裏，這一切都是屬於地主的。對於他來說，只剩下了被剝奪後的不夠養家活口的殘留收穫物，因此秋天才是殘缺的、衰敗的。在小說最後，作者使用了一段對天空景色的描寫來作爲結尾，這是一個寄寓著光明的結束語，也是對未來勝利的預言，「高朗的鮮紅的秋陽，正散射出金箭似的炮針，驅散了滿天的灰敗的烏暗的浮雲」〔註 84〕，和小說開頭風景描寫的關鍵詞「殘秋」有了鮮明的對比，此處的關鍵詞應爲「驅散」，集聚的革命力量驅散的由剝削階級帶來的清冷的「殘秋」，讀者很明顯地可以讀出此處天空描寫的眞實用意在於說明，新興的階級力量終將打敗黑暗的舊勢力，迎來改天換日的新社會。

在蔣光慈的小說《少年飄泊者》裏，父母被地主逼死後，無依無靠的汪中踏上去當土匪的道路，此時的天空，「黑雲漸漸密佈起來了。天故意與半路的孤子爲難也似的」，眼見雨越下越大，「誰知天老爺是窮人的對頭，是不幸者的仇敵，在半路中竟鬼哭神號地下了大雨」〔註 85〕，颳風下雨都是自然界平常的事，但是在汪中看來，因爲他是窮人，所以天氣和地主一樣都會虐待他，可見，天氣在蔣光慈的小說裏也有了階級性。太陽作爲一種代表希望與

〔註82〕華漢：《深入》，《地泉》第 59 頁。
〔註83〕華漢：《深入》，《地泉》第 61 頁。
〔註84〕華漢：《深入》，《地泉》第 167 頁。
〔註85〕蔣光慈：《少年飄泊者》，《蔣光慈文集》，上海：上海文藝出版社，1982 年，第 1 卷第 27～28 頁。

前途的隱喻，在小說中再次以「不出現」而出現，當汪中由於給抵制日貨的學生通風報信而不得不出走 w 埠之後，「滿天的烏雲密佈著，光明的太陽不知被遮蔽在什麼地方，一點形跡也見不著」，不見太陽也就不見未來，所以汪中只能在小說中繼續飄泊。直到小說結束，太陽也終究沒有照亮汪中的未來，只有月亮，「這時已至深夜，明月一輪高懸在天空，將它的潔白的光放射在車窗內來」，在自然界裏，月升日落意味著一天的結束，汪中也以戰死沙場完成了飄泊的一生。

蔣光慈另一部小說《咆哮了的土地》中，鄉景裏也暗藏著階級革命即將到來的秘密，「炊煙隨著牧歌的聲浪慢慢地飛騰起來，彷彿是從土地中所發泄的偉大的怨氣一樣，……烏鴉成群地翱翔著，叫鳴著，宛然如報告黃昏的到臨，或是留戀地夕陽的西落」〔註 86〕。將炊煙形象地比作來自大地的怨恨之氣，而這怨氣將會一直集結，直到最後的爆發，烏鴉在民間傳說中是一種不吉祥的鳥，正是這群烏鴉在大地的怨氣中盤旋和鳴叫，預告的是地主階級末日的來臨。蔣光慈巧妙地將尋常鄉村中落日時分的景象，賦予了階級性，來自鄉民家的炊煙在表達對地主的怨恨，而晦氣的烏鴉則爲地主鳴報末日的來到。但此時一切尙不明朗，所以此時的鄉景也是一種隱晦的表達。但是當張進德回到村裏，宣傳革命之後，就開始了跳動的火苗，「在廣漠的深藍色的天空裏，開始閃耀著星光，而在靜寂的土地上，也同時開始出來幾家微小的燈火」，暗夜裏的星光與燈火，彷彿跳動的希望，無疑指的是正在發展壯大中的星星之火，即將點燃整個村莊的革命之火。

如果說華漢、蔣光慈等作品中自然景觀的描寫對階級革命前後，對革命氣氛的烘託與渲染的話，那麼葉紫小說裏的自然風景起到的便是對地主階級的指代作用。在《豐收》裏，對於鄉民來說，天氣是和地主一樣的死對頭，一開始，葉紫就用惡劣的天氣了預兆了一個災年即將到來，「天，下著雨，陰沉沉的沒有一點晴和的徵兆」〔註 87〕。雖然在鄉民的企盼中，天氣終於放晴了，但是災難仍然在繼續，在鄉民們不得不下了用高利貸換來的種穀、滿懷期望地等待豐收時，「天老爺又要和窮人們作對。一連十多天不見一點麻麻

〔註 86〕蔣光慈：《咆哮了的土地》，《蔣光慈文集》，上海：上海文藝出版社，1983 年，第 2 卷第 157 頁。

〔註 87〕葉紫：《豐收》，書林主編：《葉紫文集》，北京：線裝書局，2009 年，第 55 頁。以下所引此書皆出於此版本。

雨，太陽懸在空中，像一團烈火一樣」，鄉民們在焦急等待，希望老天爺能體諒一下飢餓、貧因的鄉民，但是上天與地主一樣無情，此時田地裏的情景是「火樣的太陽，將宇宙的存在都逗引得發了暴躁。……田中的泥土乾涸了，很多的已經綻破了不可彌縫的裂痕，張開著，像一條一條的野獸的口，噴出來陣陣的熱氣」〔註 88〕。

通過葉紫的描述看到，上天並不憐憫賣兒賣女、苦苦求存的鄉民們，但是上天的殘酷並不是葉紫描寫的根本目的，因爲畢竟最後還是下了雨，獲得了豐收。自然環境再壞，勤勞的鄉民們也有辦法來應付，例如乾旱時鄉民可以挖井車水，可以求關帝爺開恩，洪災來臨時鄉民們拼命抬高堤壩、塡決口，這些自然的災害都是可以戰勝的，眞正的苦難與壓迫是來自於兇殘的地主階級，因此葉紫在文本中安排了雲普叔在稻穀被搶光、立秋被抓走後，才幡然醒悟的情節：「世界整個兒都是吃人的！〔註 89〕」同樣是「吃人」，我們看到，魯迅在《狂人日記》裏的狂人在深夜翻看歷史書，滿紙仁義道德的背後「吃人」。在此外，葉紫同樣發出了「吃人」的呼聲，但是吃人的早已不是傳統文化，而是充滿了剝削與壓迫的階級社會。

葉紫確實通過自然景觀的描寫成功實現了對階級社會罪惡進行控訴的目的，正如劉西渭的評價，「及時反映了當時極端尖銳的階級鬥爭，銳敏地表達出時代的脈搏，從而使文學成爲戰鬥的工具」〔註 90〕。雖然葉紫、蔣光慈等作家對自然景觀的描寫階級話語化，確實實現了他們的創作意圖，但是他們以一種直白的方式將之與階級敘事直接關聯起來的創作手法，存在著明顯的圖解階級革命理論的問題。這個問題在茅盾那裏得到了解決，有學者認爲茅盾的創作符合馬克思主義式寫作的要求，即「不以修辭的誇張爲特點，而是通過某種敘述來支撐既定的原則」〔註 91〕，那麼《農村三部曲》裏的自然風景正是以一種看似客觀、平和的態度進行描述，將其在情節發展不同階段的景物描寫組合來看的話，可以看出確實是參與了階級敘事。

〔註 88〕葉紫：《豐收》，《葉紫文集》，第 68～69 頁。

〔註 89〕葉紫：《火》，《葉紫文集》，第 110 頁。

〔註 90〕劉西渭：《葉紫的小說》，葉雪芬編：《葉紫研究資料》，北京：知識產權出版社，2010 年，第 213 頁。

〔註 91〕劉再復、林崗：《中國現代小説政治式寫作——從〈春蠶〉到〈太陽照在桑乾河上〉》，唐小兵編：《再解讀：大眾文藝與意識形態》，北京：北京大學出版社，2007 年，第 35 頁。

在《春蠶》的開頭部份，老通寶的眼睛所及之處都是正在茁壯生長的桑樹，似乎在預示著蠶繭的豐收，「這密密層層的桑樹，沿著那『官河』一直望去，好像沒有盡頭」，在這位老蠶農的眼裏，「大片的桑林，矮矮的，靜穆的，在熱烘烘的太陽光下，似乎那『桑拳』上的嫩綠葉過一秒就會大一些」〔註92〕。果然，蠶繭獲得了難得的大豐收，全村人在沉浸在豐收的喜悅中，但是低廉的洋繭卻將本地的蠶繭的價格擠了下去，包括老通寶在內的全村人並沒有因爲這次豐收而脫貧，反而還因此背上了一身債。

在第二部《秋收》裏，全村人又將希望寄託在了即將豐收的稻穀身上，此時稻田裏的景象也是一派欣欣向榮的好兆頭，「稻又生青壯健起來了。……雨後有微溫的太陽光。稻更長得有精神了」，全村人都暗地裏相信天無絕人之路，「天老爺還是生眼睛的！〔註93〕」這裡的老天與葉紫、華漢的小說中被窮人詛咒的老天，有了明顯的區別，這裡的「天」顯然是遂窮人願的，風調雨順，稻穀也獲得了豐收。但不幸的是，和蠶繭同樣的豐收一樣，未能逃出豐收成災的結局，米價下跌，所有的希望成了泡影。

到了《殘冬》裏，就再也不見前兩部小說中所寫的可以讓人憧憬的景象了，取而代之的是呼嘯而過的冷風與殘缺的樹枝，「連刮了幾陣西北風，村裏的樹枝都變成光胳膊。小河邊的衰草也由金黃轉成灰黃」〔註94〕。從《春蠶》裏郁郁蔥蔥的桑樹成林，到《秋收》裏金黃的稻田，再到《殘冬》裏寒冷天氣下枯死的植物，茅盾用自然景觀由盛到衰的變化，訴說了一個由於外來資本的無情掠奪，將中國鄉民的辛勤勞動化爲泡影，在帝國主義與地主階級的雙重壓迫下，中國鄉村即將破產的道理。這種鄉景敘事顯然比葉紫和華漢作品中的鄉景敘事更加高明，茅盾並沒有將太多的情感色彩直接賦予在自然風景上，如果單獨看茅盾的這幾段風景描寫沒有特別的指向，幾乎可以判斷爲單純的景物描寫，但是將它們連在一起後發現，在這些風景的背後是有邏輯可遵循的，因此茅盾的鄉景敘事是含蓄的，並不是對階級理論完全生硬的圖解，而是對階級革命理論更加深層的文學解讀。通過茅盾的鄉景描寫，讀者可以推論到的是，上天並不是鄉民階級的眞正對頭，自然災害並不是人力可控制的，即使風調雨順，鄉民也依然逃不出破產命運，因此鄉民階級難以生

〔註92〕茅盾：《春蠶》，《茅盾全集》，北京：人民文學出版社，1985年，第8卷第313頁。以下所引此書皆出於此版本。

〔註93〕茅盾：《秋收》，《茅盾全集》，第8卷第367頁。

〔註94〕茅盾：《殘冬》，《茅盾全集》，第8卷第369頁。

存下去的根本原因不在於天，而是在於階級壓迫的社會制度。一旦推翻了「吃人」的階級剝削制度，風景就會呈現出完全相反的景象。

葉紫、蔣光慈等人書寫的都是國民黨政權統治下的鄉村，因此他們未能以一個勝利者的姿態描寫階級革命勝利之後的鄉村風景。但在解放區、根據地的作家們在書寫鄉村的時候，對於鄉村的自然景觀並沒有太多的描寫，我認爲原因在於，一是響應《講話》精神，要盡可能用直白、簡單的方式講述老百姓自己的故事，更多的使用民間喜聞樂見的文藝形式，說書、傳奇、快板等，即使是小說，也力爭不拐彎抹角，如山藥蛋派的作品一樣，以鄉民可以理解的語言來講述解放區的新面貌，自然景觀的隱喻功能在這樣的作品裏顯然是多餘的。二是政權的獲得，使得自然景觀應該充分地去言說「解放區的天是明朗的天」。但是當階級革命獲得整體性的勝利以後，需要用一種歷史性的對比敘事來證明新政權取代舊政權的合法性，或者利用自然景觀的反差來加深對舊社會的仇恨記憶，從而增加對新社會的認同，這種鄉景敘事策略在《豔陽天》中得到了體現。小說的《引子》部份，一開頭便是鄉村淒慘的景象，「黑夜，沒頭沒腦的黑夜，好像把人世間的一切都扣在鍋底下了。乾燥的狂風，卷著沙子粒兒、爛樹葉子，吼吼地慘叫，滾過荒野，折斷了樹枝，搖撼著汶河莊西頭兩間孤零零的小土屋」〔註 95〕，與啓蒙主義鄉景敘事中那種絕望的荒涼感不同，這裡的描寫透露出的是人爲摧殘的情景，雖然表面上是狂風、沙暴，實際上象徵著逼死鄉民的地主階級。這是階級革命前村莊與鄉民的悲慘狀況，革命勝利後，一切「新生」，此時的村莊已是另一番天地，「清晨，一輪紅日從東方地平線上騰騰升起，噴射出千萬道光芒，給寬闊平展的大草甸子和古老村莊的磚房草屋，鍍上了一層金黃」〔註 96〕。紅色的太陽作一種特定的政治隱喻，是此時鄉景能夠如此呈現的最終原因。由此可見，在革命鄉景敘事中的自然景觀描寫一直都遵守著固定的語法，即自然風景的書寫是取決於階級革命理論的需要，從這個角度上來說，無論在作品中所描寫的自然景觀是什麼樣的，其背後實質都是相同的。

在自然風景書寫之外，是革命鄉景敘事中對人文景觀的描寫，對此可以分爲兩種類型，即家庭內景與鄉村外景。家庭內景是對鄉村外景的補充與細化，是將敘述的攝相頭從一個村莊的整體意象深入到單一農戶家庭內部，是

〔註 95〕浩然：《金光大道》，北京：華齡出版社，1995 年，第 1 部第 1 頁。
〔註 96〕浩然：《金光大道》，北京：華齡出版社，1995 年，第 1 部第 47 頁。

對革命階級敘事更加形象的說明。如果說在革命鄉景敘事模式中的自然景觀更多表現的是階級話語的內在語法規則，那麼革命作家對於人文景觀更多的是通過鄉民階級的貧窮與地主階級的富裕，來形象地體現階級革命中的階級對立的理論。而這種貧與富的反差對比，只是一種表面現象，最終需要揭露的是造成這種極貧與極富對立是剝削制度，由表及裏、由淺入深地引申出推翻舊的社會制度，這才是革命文學能夠用成爲階級鬥爭宣傳工具的理由所在。

首先來看革命作家對於家庭內景的描寫。在《地泉》中，老羅伯的茅屋可謂是似乎在風雨之中再也無法支撐，由於「骨幹太枯瘦了」，房屋已經到處都是「東一塊西一塊的破裂了的大洞和小洞」，更有甚者，「茅屋的右後方有一個大的肥料池，靠近的草棚下又有一個小糞坑」，如此的居住環境與牲畜並無二樣，「相鎔相合的淝水的奇味和屎尿的怪臭，已經令人夠受了！〔註 97〕」我們注意到，在李渺世的短篇小說《買死的》裏，全貴家「破舊得不像房了的房子」也有令人噁心的糞味，同老羅伯的家一樣。可以看出，啓蒙作家與革命作家除了在對房屋物理性結構的破爛描寫之外，還有引起人生理性厭惡的描寫來增加貧窮的程度，這一點似乎是一樣，但是李渺世小說中的全貴家貧困到極點，但是並沒有具體寫明貧困的原因，從整篇小說來看，作者控訴的是整個社會，對象是模糊的。但是老羅伯家的致貧原因卻是非常清楚的，可謂是「冤有頭債有主」，就是身爲惡霸地主的王大興，這是明確的階級剝削所造成的。

因此，同樣是糞臭味，卻已有了階級的差別。與老羅伯家被糞坑散發出來的惡臭所圍繞的情景，形成鮮明對比的是田主王大興的家，僅王大興的招待客人的房間布置得就非常精緻典雅，室內掛著名人的字畫，書桌上有文房四寶，「窗外是一個小花園。有小小金魚池。有各種各樣的將殘的菊類」，但是在這個看起來古樸的房間內，卻陳設著整套的鴉片煙具，大紅木的花床中間是「一切擦亮了的煙具都在微黃的燈光之下，發出耀眼的光亮」〔註 98〕。可見鴉片煙具是因爲時時使用，所以光亮如新，在整個本來很古雅的房間裏形成了一個突兀的視覺焦點。鴉片使人精神萎靡不振，同時它的高昂價格不是人人能夠負擔，能夠使用如此精美的煙具吸食鴉片的人足見其雄厚的財力。但是這個財力是建立在剝削廣大的老羅伯們身上的，是階級壓迫的結果。

〔註 97〕華漢：《深入》，《地泉》，第 1～2 頁。

〔註 98〕華漢：《深入》，《地泉》，第 95～96 頁。

老羅伯的家與王大興的書房，正是貧窮與奢侈的反差對比，由表面的貧富延伸到深層的制度，這正是作者如此書寫的最終原因。華漢此處把筆觸伸入到了貧富對立的微觀之處，將老羅伯與王大興兩家的內景作了細緻的描寫，以突出貧富差距的程度，這不僅可以讓讀者引起情感上的同情，同時也對「階級」這樣一個抽象概念有一個感性的認知，因此革命作家都是極盡所能去描寫鄉民之貧。

例如在吳組緗的《天下太平》中，王小福的家恰恰與他的姓名相反，與「福」差之千里，此處所描寫的王家內景，其貧困程度與老羅伯家不相上下，寒冬臘月裏，到處是破洞小眼的茅屋裏擠著一家四口，無衣無食，「屋子前後都敞著，咬骨的寒風由門窗裏自由地吹進來」，沒有禦寒的被子，全家都要躲到槁草裏，「那樣子一個個像刺蝟。每個喉嚨都整夜咳嗽著，宛如敲破竹筒一般。兩個孩子每到夜半挨不過冷，就冤鬼似的放出慘厲顫抖的聲音號哭到天亮」〔註 99〕。這種家庭場景讓人不寒而慄，幾乎可以感覺到由文字傳遞出來的寒冷。

在《某日》中農舍也是破敗、即將坍塌，「屋上的瓦有些被風雹打碎，弄了些蘆席橫七豎八地蓋著，上面壓著石頭。牆壁也已破舊不堪，簷水淋得滿處黑色痕跡，……看上去就要崩潰的樣子」〔註 100〕。相同的還有路翎在《王家老太婆和她的小豬》裏對房屋的描寫，這也是一間不像房子的房子，是用「篾條和包穀稈子編起來的棚子裏」，由於颳風下雨，這間「矮棚朽爛了的頂子已經被風掀支了一半，棚子裏各處都潮濕了，而且各處都是草灰和污泥」〔註 101〕。王西彥在《尋常事》中也對貧窮之家進行了具體的內景描寫，「屋子裏已經朦朧發暗，一些污黑而破爛的傢具，影子似的蹲在犄角邊。泥牆彷彿是一堵久經沖蝕的田墈，斑駁而且脫落」〔註 102〕。從上述的家庭內景書寫來看，有著共同的特點，就是在地主階級經濟重壓之下，鄉民階級的生存環境之惡劣，與啓蒙主義鄉景敘事中的人文景觀相較，有過之而無不及，其貧窮程度甚至於更加的極端，但與啓蒙觀念中鄉村貧困的製造者是抽象的傳統

〔註 99〕吳組緗：《天下太平》，《一千八百擔：吳組緗代表作》，北京：華夏出版社，2009 年，第 124 頁。

〔註 100〕吳組緗：《某日》，《一千八百擔：吳組緗代表作》，北京：華夏出版社，2009 年，第 156 頁。

〔註 101〕路翎：《王家老太婆和她的小豬》，《路翎作品新編》，北京：人民文學出版社，2011 年，第 105～106 頁。

〔註 102〕王西彥：《尋常事》，《尋夢者 —— 王西彥代表作》，北京：華夏出版社，2008 年，第 29 頁。

與禮教不同，革命作家刻意使用如此強烈的視覺對比，極貧與極富的對立，最根本的目的在於說明極貧與極富都是源於制度的必然，地主的驕奢淫逸是建立在階級剝削基礎之上，其潛藏的文本正是唯有階級革命才可消滅此種制度，消除貧富差別。

再來看革命作家對人文景觀中的村莊外景的描寫。在蔣光慈的《咆哮了的土地》中，用更加明顯的對比方式點明了鄉民積怨之所在，「那樹林葳蕤的處所，隱隱地露出一座樓閣的屋頂，那景象彷彿是這鄉間的聖地，而在它的周圍的這些小的茅屋，大的村莊，不過是窮苦的窩巢而已」〔註 103〕。豪華樓閣的存在顯得周圍鄉民的房屋都成了窩巢，對於好生活的嚮往是人的本能，因此雖然鄉民們羨慕李家老樓本來是很正常的心理，但是階級革命宣傳將這種羨慕描述成了仇恨，促成了鄉民階級意識的生成，「他們在田野間所受著的風雨的欺凌，在家庭中所過著的窮苦的生活，……都是不公道的，不合理的，而這些罪源都是來自那樹林葳蕤的處所……」〔註 104〕這是階級革命理論最爲典型的思維邏輯，也可以說對鄉民的階級革命啓蒙遠比文化啓蒙更加容易被接受的原因，窮人之所以窮源自富人佔有了窮人的勞動成果，因此富成了一種原罪，既然是一種罪惡，那麼每個窮人都有奪回地主財產的合法性，在接受革命啓蒙的同時，階級的力量也在凝聚。

蔣光慈將地主的高樓與鄉民的茅屋置於視覺圖像的中心，顯而易見的差別除了觸動底層鄉民那最爲隱秘的欲望，也觸及到了階級革命的核心理由，那就是用暴力革命的方式奪回本來應該屬於被剝削者的財富。如果不進行階級革命，剝削就會永遠存在，可以預知的情形早在《少年漂泊者》中，蔣光慈就已經有了描述。對於所有窮人們來說，只有在亂墳崗上，才會脫離貧困的一生，也只有死了，窮人們才能擺脫被地主壓迫和剝削的命運，亂墳崗的情景看起來，確實是觸目驚心，「山上墳墓累累，也不知埋著的是哪些無告的孤老窮婆，貧兒苦女——無依的野魂。說起來這座亂墳倒是一塊自由平等的國土，毫無階級貴賤的痕跡」〔註 105〕。死後才能獲得「自由平等」，那麼活著

〔註 103〕蔣光慈：《咆哮了的土地》，《蔣光慈文集》，上海：上海文藝出版社，1983 年，第 2 卷第 157 頁。

〔註 104〕蔣光慈：《咆哮了的土地》，《蔣光慈文集》，上海：上海文藝出版社，1983 年，第 2 卷第 159 頁。

〔註 105〕蔣光慈：《少年漂泊者》，《蔣光慈文集》，上海：上海文藝出版社，1982 年，第 1 卷第 8 頁。

的世界才是眞正的地獄，對於革命作家而言，將鄉村的人文景觀描寫得越可怕、越貧窮，便越能達到階級革命宣傳的目的。

在《夜哨線》裏，葉紫讓我們所看到的村莊，「荒涼得差不多同原始時代一樣」，實際上，不可能有任何人看到過曾經的原始村落，葉紫此說完全是一種想像性的比喻，那麼如何「原始」呢，村莊裏「沒有人，沒有任何生物。老百姓的屋子裏全空的，有好一些已經完全倒塌下來了；要不然就只有一團烏黑的痕跡」〔註 106〕。這也是小說中的王大炮等人爲什麼要拋棄土地、出來當兵的原因，農民協會被解散，地主的剝削壓迫與報復，原本老實規矩的鄉民卻在鄉村無法生存下去，只好離鄉背井，過著出生入死的亡命生活。鄉民成爲流民，社會混亂導致更加嚴重的鄉村破產。

葉紫在《還鄉雜記》中，回到故鄉時看到了這樣的一幕，一個「陰氣森森的、帶著一種難堪的氣味的地獄」，村莊「十個有九個空空的」，田地也荒蕪，而在這鄉間飄來蕩去的、如同鬼魂一樣的、被「飢餓燃燒著的」，「只剩下一張薄皮包著骨子，僵屍似的」人，除了人，還有另外「一些到處都找不到歸宿的、浮蕩的冤魂，成群結隊地向我坐的這個小洋船撲來了」〔註 107〕。魯迅在《狂人日記》裏寫了傳統禮教「吃人」，鬼氣縈繞的狼子村，若隱若現的月光渲染著神秘的氣氛，「吃人」還是一件需要在正當理由掩護之下進行的事，而且「吃人」的理由只是因爲吃人的傳統，所有人都參與了吃與被吃當中，成爲一個普遍行爲，無法進行善惡好壞的價值判斷，只有歸因於傳統本身。因此，魯迅的「吃人」是一個形而上的問題，也就沒有具體的人文景觀可以描寫，但是當「吃人」轉換到階級革命敘事中的時候，便成爲了一種可以直敘的景象，那些像遊魂一般的鄉民，瘦骨嶙峋、面黃肌瘦地飄蕩在荒涼的村莊裏，階級剝削是造成此種景象的根本原因，看似抽象的階級壓迫由一種具體的形而下的生理性觀感表現出來的，這是階級視角的「吃與被吃」，即「飢餓」的鄉民與村莊。

類似於葉紫這樣人間地獄景象描寫的還有吳組緗的《樊家鋪》，本來是八月桂花香的金秋時節，可原本熱鬧的樊家鋪卻一派沒落，「過亭上面蓋著的稿草，……在明麗的陽光裏呈現著一片灰黑的顏色」，「連杉木的梁柱也多半歪歪倒倒不成個樣子了」，「幾張積著厚灰土的薄板臺凳，都已殘廢不堪，零零

〔註 106〕葉紫：《夜哨線》，《葉紫文集》，第 181 頁。
〔註 107〕葉紫：《還鄉雜記》，《葉紫文集》，第 7 頁。

落落地倒臥在亂草堆裏」，眼前的這一切，作者用了一句「整個的樊家鋪是沉浸在死寂裏」〔註 108〕作爲總結，地主的重租、礱坊的高利貸、土匪的趁火打劫，造成了眼前滿目瘡痍，生存的艱難使人將求生放在了第一位，親情、倫理道德在此時都是奢談，線子嫂的親娘死也不肯把錢分一點給女兒，而線子嫂也終於爲了錢，砸死了自己的娘。如果說葉紫的人間地獄的景觀還有一些個人臆想的色彩在裏面的話，那這裡的樊家鋪簡直就是活生生的將何謂地獄作了現實的描述，衰草叢生、朽壞倒塌的房屋、群群的飢餓乞丐和土匪，組合成了一個雜亂無章的鄉村景象，階級社會的亂象獲得一個完整的體現。如此的景象用蔣光慈的一段話來概括，「現世界爲獸的世界，吃人的世界，……我們試一研究獸類的生活，恐怕黑暗的程度還不及人類啊！〔註 109〕」上述的革命作家將筆墨集中在鄉村社會中地主階級的剝削所造成的慘狀上，而茅盾對於階級革命理論則作了更加全面的闡釋，因爲參與到階級剝削中來的不僅有封建地主階級，還有外來的帝國主義。於是鄉村的整體景觀因爲有了外來者的因素出現，打破了風景的平衡。

在《春蠶》的開頭，老通寶正在欣賞著茁壯生長的桑林，但意想不到的是他的心理突然由愉快變成氣憤，原因在於他看到了代表著外來商業勢力的小輪船，正洋洋得意地在河裏航行，「汽笛叫聲突然從那邊遠遠地河身的彎曲地方傳了來，……一條柴油引擎的小輪船很威嚴地從那繭廠後駛出來」，「滿河平靜的水立刻激起潑剌剌的波浪」，「軋軋軋的輪機聲和洋油臭，飛散在這和平的綠的田野」〔註 110〕，此情此景的描寫極富隱喻色彩。本來和諧的傳統鄉村，靠著傳統產業維持，成片的桑樹、經驗老道的老蠶農，風景是靜態而和睦的，但是刺耳的噪聲、難聞的油味不僅打破了鄉村風景的平靜。更重要的是打破了鄉村原有的生計，地主、高利貸對於鄉民來說早已習以爲常，但是加上外來的經濟剝削勢力，鄉民們便難以承受了。即使有再好的豐收也無法維持舊日的生活，甚至跌破了生存的底線。小輪船的出現是一種鄉村被外來經濟因素打擊而走向衰敗的預兆，這一預兆很快便在《殘冬》裏獲得了應證，寒冬如期而至，不僅是天氣上的寒冬，更是鄉村經濟的寒冬，直接影響到了底層鄉民的日常生

〔註 108〕吳組緗：《樊家鋪》，《一千八百擔：吳組緗代表作》，北京：華夏出版社，2009 年，第 127 頁。

〔註 109〕蔣光慈：《少年漂泊者》，《蔣光慈文集》，上海：上海文藝出版社，1982 年，第 1 卷第 21 頁。

〔註 110〕茅盾：《春蠶》，《茅盾全集》，第 8 卷第 315 頁。

產與生活。鄉民們在春蠶與秋收中都虧本、欠債，所以整個村莊死氣沉沉，「太陽好的日子，偶然也有一隻瘦狗躺在稻場上」，或者一兩個鄉民百無聊賴的抓蝨子，「要是陰天，……稻場上就沒有活東西的影蹤了。全個村莊就像死了的一樣。全個村莊，一望只是死樣的灰白」〔註 111〕。與啓蒙主義鄉景敘事中同樣蕭條、破產的景象再次出現在革命鄉景之中，而後者的情況在階級理論的解讀之下顯然更加嚴重，啓蒙視閾中的鄉景儘管破敗，但是原因是簡單的，與西方工業文明相比而顯得落後的農業文明，但是在階級革命視閾中鄉景破敗的原因則複雜得多，交織著階級剝削的社會制度、階級矛盾的尖銳對立、自然災害與地主階級的共同作用、帝國主義的經濟侵略等合力的結果，所以視覺上相似的鄉景，背後卻有著截然不同的敘事理念。

革命鄉景敘事並不僅僅是單純地用階級視角來書寫鄉村風景，或者表現鄉民的貧窮生活，還要參與到階級革命理論重新解釋的歷史與現實中去，正如學者蔡翔所說，「在『地方』風景敘述中，中國革命有效地統攝進多種話語元素，同時重新發現『地方』，並完成了『國家/地方』的關係互動」〔註 112〕。階級敘述模式採用宏觀全景與微觀內景相結合所製造出來的視覺意象，可以通過與讀者的想像互動，將抽象的階級與階級壓迫演繹爲可把握、可感知的直觀感受，暗示著被壓迫階級的人間地獄似的苦難生活只有通過暴力的階級革命方可解脫，階級革命鄉景敘事成爲了通向認同階級革命的橋梁，詮釋階級革命理論的話語載體。

3、革命之鏡像：鄉村社會現實的理性辨析

「這，這是什麼世界呀！〔註 113〕」對於革命作家而言，這是一個依靠殘酷的階級剝削運轉的世界，是一個處於階級革命爆發臨界點的世界。以無產階級的身份來定位自己的革命作家們，站在勞苦大眾的立場，越是暴露鄉村社會的破產、黑暗、階級矛盾的尖銳與底層鄉民生活的疾苦，其革命的態度也就越堅決。在只有革命與反革命兩端取捨的革命文學，所謂的「現實主義」也是在階級理論範疇之內的現實主義。當然，文學是一種創作，作家可以根據自己的理念來寫作，但是革命文學不是一種簡單的個人文學創作，而是集體性的文化

〔註 111〕茅盾：《殘冬》，《茅盾全集》，第 8 卷第 369 頁。
〔註 112〕蔡翔：《國家/地方：革命想像中的衝突、調和與妥協》，北京：北京大學出版社，2010 年，第 34 頁。
〔註 113〕葉紫：《夜哨線》，《葉紫文集》，第 190 頁。

運動，是屬於階級革命的一部份，僅僅就鄉景敘事而言，也無一不在訴說著階級統治的罪惡。這不禁讓人會產生這樣的疑問，革命作家們是否眞的瞭解鄉土社會，作品中的鄉村風景是否眞的如此，階級革命對於鄉村來說是否眞的迫在眉捷，那麼跳出階級意識的窠臼，究竟應該怎樣去看待和評價革命鄉景敘事。以下將從鄉村整體的經濟狀況、階級關係狀況兩個方面來進行分析。

首先來看，革命鄉土文學中所描繪的鄉村社會的現實經濟狀況。關於民國時期鄉土社會經濟狀況的爭論，由於政治立場的差異，學界也多有爭議，根據張玉法的總結，可以歸納爲五類觀點，即土地分配、承擔租稅、農產品價格，農場大小或者農業技術〔註 114〕，但是無論從哪個角度，有一個起碼的共識，即中國鄉村經濟的狀況以及發展前景都不容樂觀。不可否認，連年的戰亂對於中國鄉村經濟確認有不小的影響，人口的增長與農業技術的前現代化，也使鄉村的經濟難以獲得發展，從整體上來看，民國鄉村經濟確實處於低水平狀態這是一個不爭的事實。有的學者更認爲民國鄉村處於「普遍貧困化」的過程中，「『普遍貧困化』也是 30 年代中國鄉村危機的時代特徵之一」〔註 115〕，需要分清的是「貧困」與「貧困化」之間的區別，普遍貧困是可以理解的，但是如果說民國鄉村一直處於「貧困化」之中，卻是有待於重新來審視的。「貧困化」指的是一種動態的、每況愈下的貧困，這只能相對於動態的、上升式的發展而言的。事實上的民國的鄉村經濟基本處於一個在相對較爲穩定的區間中上下擺動的情況，即使與 1949 年之後很多年相比差距也並不算大。

第一，從農業生產總值來看，根據珀金斯的數據，1914 至 1918 年間，糧食生產總值爲 9.15～10.17 億元（按 1933 年元值），1931 年至 1937 年爲 10.31～10.96 億元，也就是說，糧食產值 1937 年比 1914 年總體趨勢是緩慢增長的，而 1957 年爲 12.32 億元。那麼就糧食生產而言，從 1914 年到 1937 年，處於增長狀態，儘管增幅並不大，但 1957 年的糧食總產值只比 1937 年增長了 1.36 億元，也並不高，同時這個增長還必須考慮到 1956 年完成農業的社會主義改造、農業集體化生產、基層政權有效性得到強化等政治因素。同時，還有一

〔註 114〕張玉法：《山東的農政與農業，1916～1937》，《近代中國農村經濟史論文集》，中央研究院近代史研究所，1989 年，第 46 頁。

〔註 115〕王先明：《試論城鄉背離化進程中的鄉村危機》，《中國近代鄉村的危機與重建：革命、改良及其它》，徐秀麗等編，北京：社會科學文獻出版社，2013 年，第 15 頁。

個值得注意的現象是經濟作物的產值變化。黃豆、油料作物、棉花、煙葉茶葉和蠶絲，牲畜的總產值，從 1914 年到 1937 年都呈增長趨勢，並且增幅較大。反而在 1957 年，除了棉花總產值增長 0.42 億元，甘蔗和甜菜增長 0.03 億元，牲畜總產值增長 1.34 億元之外，其它經濟作物產值均下降，且幅度還不算低〔註 116〕。

再來看糧食的產量。由於中國大部份都區都是以大米與小麥為主食的，所以稻穀產量高低直接關係著鄉村的生存問題，而從革命鄉景敘事中的反映出來的人文景觀來看，總是一種在飢餓與死亡之間掙扎的意象。那麼實際情況又是如何呢？根據珀金斯綜合多方的數據，可以得知，1931 年至 1937 年，全國平均畝產量是 342 斤/畝，農學家卜凱的估算是 447 斤/畝，而在 1957 年則是 359 斤/畝，大多數省份的畝產量出現了下降，如果按照卜凱的數據，下降幅度猶為高。小麥的畝產量 1929 年至 1933 年，全國平均數為 141 斤/畝，1957 年則只有 114 斤/畝〔註 117〕，即後者的畝產量只有前者的 80%，這就很難得出民國時期農業生產水平一直下降、倒退、難以維持的結論。從以上數據，我們可以看到的是，民國時期農業生產雖有增長，但卻是緩慢的，總體趨勢也還是可維持的。

革命鄉景敘事中有一個普遍現象便是，鄉村之所以出現荒無人煙的破產景象，原因在於除了地主階級的剝削外還有帝國主義的經濟侵略，這一點正是《春蠶》想要傳達的理念。那麼外來經濟勢力是否對中國鄉村經濟產生如此大的影響，可以再作進一步的考察。晚清以來，西方經濟與中國鄉村經濟的互動越來越多，城市的逐漸擴大就是一個明顯的例證，在 1929 年至 1933 年期間，世界性的經濟危機席捲全世界，絕大多數國家未能幸免，中國也不可能例外，但是卻不能與農業商品化程度高的國家所受到的影響相提並論。

中國農產品進入市場的數量是極其有限的，並且大多數只是本地交易，「在周圍不過幾十英里的有限地區之內農民所銷售的大約占到農產品的百分之二十到百分之三十」〔註 118〕，其它的省際貿易或出口貿易所佔比例則更小。所以國際市場的變化對於中國鄉村市場的農產品交易影響有限，「農戶在市場

〔註 116〕〔美〕珀金斯：《中國農業發展（1368～1968 年）》，宋海文等譯，上海：上海譯文出版社，1984 年，第 35 頁，表 2-8。以下所引此書皆出於此版本。

〔註 117〕〔美〕珀金斯：《中國農業發展（1368～1968 年）》，第 362～369 頁，表 4-2、表 4-3。

〔註 118〕〔美〕珀金斯：《中國農業發展（1368～1968 年）》，第 150 頁。

上銷售的糧食，不到糧食作物總產量的 1/4，其中大部份是在不受國際市場影響的集市上賣出的」，同時，「對農業區域的大多數人來說，全國物價平均下降 25%，就意味著實際收入的下降要比這少得多，可能只有 5%」〔註 119〕。由此可見，國際經濟危機對中國鄉村經濟的實際影響是存在的，但是似乎還沒有足夠大的力量可以撼動傳統農業經濟，而對鄉民生存造成致命的打擊，「世界經濟蕭條的影響和其它價格變化的上升或下降，對中國內地省份來說，也許還比不上氣候波動所造成的不可避免的災難」〔註 120〕。所以，革命鄉土文學中所出現豐收成災的情況也許發生，但是其嚴重程度仍有商榷的空間。現實狀況用經濟學專家楊格的話來說，雖然經濟危機早已在 1929 年爆發，但是直到 1931 年至 1932 年的冬春之交，「中國沒有受到嚴重影響，事實上比世界上任何重要國家都小。中國當時幾乎是僅有的物價沒有慘跌反而上漲的國家」〔註 121〕。

儘管在隨後的一二年間，這次經濟危機對中國經濟的影響有所加深，但同時政府也採取了相應的措施，特別是幣制改革，迅速扭轉了農業困境，「1936 年主要穀物收成的價值達法幣五十六億元，比自 1933 年至 1935 年的平均產值高出十七億元，即幾乎增加了 45%〔註 122〕。所以，對於《春蠶》中由於世界經濟危機、鄉村經濟因外來經濟勢力侵略而出現破產的情況，正如茅盾自己所說，先是從創作理念上確定了帝國主義和國內資階級操縱蠶繭市場，「加重剝削，結果是春蠶愈熟，蠶農愈困頓。從這一認識出發，算是《春蠶》的主題已經有了，其次便是處理人物，構造故事」〔註 123〕。也就是說茅盾的創作是基於闡釋馬克思主義經濟理論的，實際上是否因價格下降而影響鄉民的生產生活、或者影響的程度是多少，茅盾並不是真正的在意，甚至於現實中究竟有沒有發生過「豐收成災」對於茅盾來說，也不是那麼重

〔註 119〕〔美〕費正清等：《劍橋中華民國史》，楊品泉等譯，北京：中國社會科學出版社，1994 年，上卷第 73 頁。以下所引此書皆出於此版本。

〔註 120〕〔美〕費正清等：《劍橋中華民國史》，上卷第 73 頁。

〔註 121〕〔美〕楊格：《一九二七至一九三七年中國財政經濟情況》，陳澤憲等譯，北京：中國社會科學出版社，1981 年，第 213 頁。

〔註 122〕《中國銀行年報》：《北華捷報》1937 年 4 月 2 日，第 27 頁，轉引自楊格《一九二七至一九三七年中國財政經濟情況》，陳澤憲等譯，北京：中國社會科學出版，社 1981 年版，第 281～282 頁。

〔註 123〕茅盾：《我怎樣寫〈春蠶〉》，《茅盾全集》，北京：人民文學出版社，1996 年，第 24 卷第 214 頁。

要。茅盾只是需要這樣的題材，來完成「對馬克思主義觀念的自覺轉述」，因此《春蠶》所描述的「意象和故事所包含的隱喻都是嚴格編定的，它完全是當時剛剛占上風的社會政治分析的直接的、形象的譯解」〔註 124〕。以上各項經濟數據說明了，鄉村經濟並非處於破產而不可控的狀態之中，革命鄉景敘事中那種種慘不忍睹的人文景觀，更多的是出於一種爲了闡釋階級革命理論而故意爲之的想像，傳統鄉土社會仍然在自己的軌道上穩定行駛。

第二，從鄉民人均農業產值變化來看鄉村社會經濟，因爲這意味著將更清楚地瞭解革命鄉土敘事中人文景觀中的內景，是否是以一種普遍現象存在。首先來看從 1914 年到 1957 年的農產品人均產值，1914 年至 1918 年的人均產值爲 36.1～38.4 元（按 1933 年元値），1931 年至 1937 年爲 38.1～39.4 元，那麼從 1914 至 1937 年整個區間來看，人均產值穩中有升，升幅不大。但是到了 1957 年，人均產值跌落至 35.7 元〔註 125〕，比 1914 年還低。繼續來看人均農業生產指數，如果將 1914～1918 年指數定爲 100 的話，那麼 1931 年～1937 年的糧食生產指數爲 89～106，其它作物生產指數爲 163，牲畜爲 109，從中可以看到在糧食指數有所下降的情況下，其它作物指數攀升很快。這說明農民加大了經濟作物的種植，而獲取了更多的經濟利潤，但是糧食指數最後的結果是高於 100 的，說明對於糧食或者經濟作物的種植，農民是根據市場的需要而有所選擇。再來看 1957 年的人均生產指數，糧食 90～100，其它作物 97，牲畜 165，可見糧食生產並未有太大的提升，經濟作物的種植大幅減少，這意味著農民經濟收入的減少。就綜合指數來看，1931～1937 是 99～109，而 1957 年則是 98～104〔註 126〕，相差並不太多。

因此，就人均產值來看，在一個較長的歷史時期裏來看，是相對穩定的。這也就很難得出由於階級壓迫而導致農民生活無法維持下去的結論，當然，平均數並不能代表所有鄉民的具體情況，但是這起碼說明了當時鄉村農業生產的一個平均水平。貧富差別從來都存在，個別農民在生活平均線以下，這是不足爲奇的。因此不能將這一小部份鄉民的經濟狀況概括爲鄉民階層的整體水平，費維愷認爲「在 1912 年至 1949 年間的經濟總增長量是很慢的，人

〔註 124〕劉再復、林崗：《中國現代小說的政治式寫作——從〈春蠶〉到〈太陽照在桑乾河上〉》，唐小兵編：《再解讀——大眾文藝與意識形態》，北京：北京大學出版社 2007 年版，第 37 頁。

〔註 125〕〔美〕珀金斯：《中國農業發展（1368～1968 年）》，第 35 頁，表 2-8。

〔註 126〕〔美〕珀金斯：《中國農業發展（1368～1968 年）》，第 36 頁，表 2-9。

均收入沒有提高，也沒有任何下降的趨勢」〔註 127〕。鄉民的經濟狀況基本處於一個穩定的狀態之中，對於鄉景中那些由於貧困而造成的慘絕人寰的人倫悲劇，也許是偶有發生，但大多數的鄉民的生活仍然依靠著傳統的農業技術、手工業延續下去。那麼現在我們需要考慮除了鄉村經濟情況之外，鄉景敘事中非常重要的一部份，那就是風景爲何如此成相的原因，對於革命作家來說，無論是自然景觀還是人文景觀都蘊涵著深層的階級意識，剝開表面的風景展示，實質上言說的是階級剝削的社會制度。那麼中國傳統鄉土社會，階級矛盾與階級剝削眞的如此深重，階級統治是以截斷鄉民的生存之路爲最終目的的嗎？

首先來看階級結構的動態構成，鄉村中各階層的成員上向流動或下向流動使階級成員不固定，誰都可能成爲下一個地主或者下一個貧農，不可調和的階級矛盾在傳統鄉土社會中難以形成。第一，複雜的血緣宗族關係也是難以產生階級矛盾的重要原因之一。中國傳統鄉土社會是以血緣爲基礎的宗法社會，各種血緣關係、親屬關係交織在一起，貧窮與富裕從來沒有絕對的對立過，他們之間或近、或遠的親戚關係使他們無法完全斷絕關係，民間有句俗話：皇帝也有草鞋親。但是階級革命理論規定社會群體必須以經濟地位來劃分階級屬性，這種劃分在理論上是可以行得通的，可在現實生活中，卻難以眞正的做到，「宗族世系增強了名門望族的安全性和連續性，並爲較窮的宗族成員提供照顧和機會，一個人的社會地位，有可能同樣取決於屬於哪一宗族和他的經濟、職業地位」。所以鄉村裏的窮人與富人之間，是不可能簡單用「階級」就可以切斷的，「在貧富之間，宗族紐帶往往較階級對抗爲強」〔註 128〕。因此，地主與農民之間不會單純地只存在一種尖銳的階級矛盾關係，也不可能完全是溫情脈脈的宗族親戚關係。

原因之二，階級成員之間上向或下向的流動，使階級的成員不固定，階級地位與階級屬性也不確定。造成這種結果緣於中國傳統鄉土社會的繼承制，從來沒有像西方那樣實行過嫡長子繼承制，而是實行家產平分。地主經過一生的積蓄，田產達到一定的規模，但是傳到子輩時，爲了保證子輩中每個人的生活，所以將田產平均分配，家族繁衍，子孫的數量是在不斷增多的，所以到了孫輩，每人所分到的田產已經有限，「一個人的遺產，由他諸子均分。

〔註 127〕〔美〕費正清等編：《劍橋中華民國史》，（上卷）第 31 頁。
〔註 128〕〔美〕費正清等編：《劍橋中華民國史》，（下卷）第 31 頁。

所以大地產一代兩代之後，就不大了。若遇著子弟不知勤儉，沒落更快。這就是說，縱有大地產，保持正不易。〔註 129〕」這種家產的平分法，是鄉土社會都遵守的規則，不僅適用於地主家庭，農民家庭也是一樣。所以，不僅地主的田產可能越分越小，農民的田產也會出現同樣情況，但這只是暫時的，幾代之後，田產又會集中，正如中國人所認同的「天下大勢，合久必分，分久必合」一樣，田產也是一樣，所以地主身份也好，農民身份也好，都是流動的。

民國時期進行的農村調查也顯示，地主、富農、中農、貧雇農的人數是不斷變化的，例如河南鎮平，1928 年每百戶中地主占 6.9，到了 1933 年則占 6.4，富農由 192 年的 5.7 上升到 1933 年的 6.7，地主的戶數在減少，而浙江龍遊則正好相反，1928 年每百戶中地主占 6.6，到了 1933 年占 7.2，富農由 1928 年的 6.6 降低到 6.0〔註 130〕，此消彼長，同樣的情況在全國都存在，地主、富農、中農等各個階層的戶數或上升、或下降。雖然我們不能把田產的分割作爲鄉村階級地位變化的唯一原因，但它無疑是值得重視的原因，因爲田產的不斷分割將帶來土地買賣流轉次數的增加，「在以前，每家的田地肯定比現在更大。由於父親的財富要在兒子之間平均分割，因此田地就有一個分割和再分割的無窮過程。同時大量小筆土地的買賣也使得小塊土地增加了」〔註 131〕。在由於分割田產而帶來土地流轉之外，佃農或者半自耕農擁有自己的土地成爲完全自耕農或者富農也不是完全沒有可能，例如，「在當時定縣中等土地每畝値錢普通不過四十元。而一個長工（雇農）食宿一切由主人供給外，每年工資普通都要四十元以上。節儲幾年，他自己買一畝地，有何不可能？這是說，有地並不難」〔註 132〕。所以，我們可以得到這樣的一個結論，即在地權不斷流轉的過程中，鄉民所擁有的土地數量也在不停地變化中，鄉村中成員的階級屬性也隨之變化，這更多的是與經營方式、個人勤勞程度有關。

再來看中國傳統鄉村中的階級矛盾尖銳程度又是如何的。我們從革命鄉景敘事中形成的固定意象是地主階級佔有鄉村絕大多數的土地，而占人口大

〔註 129〕梁漱溟：《梁漱溟全集》，濟南：山東人民出版社，1992 年，第 3 卷第 148 頁。
〔註 130〕嚴中平等編：《中國近代經濟史統計資料選輯》，北京：中國社會科學出版社，2012 年，第 179 頁，表 7-8。
〔註 131〕楊懋春：《一個中國村莊——山東臺頭》，張雄等譯，南京：江蘇人民出版社，2012 年，第 14 頁。
〔註 132〕梁漱溟：《梁漱溟全集》，濟南：山東人民出版社，2005 年，第 3 卷第 148 頁。

多數的農民卻只佔有極少部份的土地，需要租佃地主土地才能生存，因此鄉景中屢屢出現了因爲沉重的地租而使農民家庭一貧如洗，求生不能的他們只能依靠階級鬥爭才能救自己。那我們現在需要進一步瞭解的是地主階級所擁的耕地面積與農民所佔的耕地面積情況究竟是怎樣的，地主與農民之間普遍的階級關係又是如何的呢。第一，耕地面積的佔有情況。根據地域的不同，以耕地面積來劃分地主並不是絕對的方法。例如在東北，地廣人稀，佔地標準也大大提高，而即使同在東北，不同的省區也也有不同的標準，在北滿（大體黑龍江屬界），擁有 20～99.99 垧（一垧等於一公頃）的才是富農，而中農則擁有 5～19.99 垧，中滿（大體吉林屬界），100～499.99 畝的爲富農，中農的標準則是 30～99.99 畝〔註 133〕。那麼到了地少人多、經濟發達的江南一帶，這個標準就完全不適用了。

我們只能根據各階級所佔耕地比例來看地主階級佔有耕地面積是否已威脅到了農民的生存。從 1928 年至 1933 年農村各階級百畝土地佔有百分比的變化來看，實際情況正好相反。例如陝西所調查的謂南四個村、鳳翔五個村、綏德四個村，地主與富農在每百畝的土地中的佔有率，1928 年分別爲 24%、17.3%和 18.9%，但是到了 1833 年卻都出現了下降，分別爲 19.1%、10.5%、15%，下降的幅度還是比較大的，而中農與貧雇農在百畝土地中的佔有比例卻有了提高，分別從 1928 年的 76%、82.7%、81.1%提升到了 80.6%、89.5%和 85%〔註 134〕。同樣的情況出現在進行調查的其它省份中，如河北、河南、江蘇、浙江和廣東等地，這裡我們暫不討論爲什麼會普遍性的出現此種情況，只是從這些佔地數據來說，地主所佔耕地的比例是有限的，同時也是變動的。第二、需要瞭解的是鄉村中自耕農的比例，因爲自耕農比例的高低意味著租種地主田地的農民數量的多少。根據 1936 年的統計數據，在全國 1120 個縣的調查中，自耕農占 46%，半佃農占 24%，佃農占 30%〔註 135〕，也就是說自耕農與半自耕農占到了農民總數的 70%，即 70%的農民都或多或少地擁有自己的土地，那麼因地租而與地主發生矛盾的人數在農村中是占少數的。

〔註 133〕許滌清等編：《中國資本主義發展史》，北京：人民出版社，1993 年，第 3 卷第 289 頁。

〔註 134〕嚴中平等編：《中國近代經濟史統計資料選輯》，北京：中國社會科學出版社，2012 年，第 189 頁，表 7-19。

〔註 135〕嚴中平等編：《中國近代經濟史統計資料選輯》，北就京：中國社會科學出版社，2012 年，第 176 頁，表 7-2。

梁漱溟根據定縣社會調查報告所得出的結論也證明了這一點，在所調查區域內的鄉村中，「一、百分之九十以上人家都有地。二、無地者（包含不以耕種爲業者）占百分之十以內。三、有地一百畝以上者占百分之二；三百畝以上者占千分之一二。四、有地而不自種者占百分之一二」〔註 136〕。由此可見，在鄉村中大多數鄉民是擁有自己的土的，只是在於數量上的差別，即使沒有土地，也可以通過自己的勞動來購買土地，「在當時定縣中等土地每畝値錢普通爲過四十元。而一個長工（雇農）食宿一切由主人供給外，每年工資普通都要四十元以上。節儲幾年，他自己買一畝地，有何不可能？這是說，有地並不難。有地人家百分比之高在此」〔註 137〕。通過以上數據，我們可以看到，自耕農、半自耕農的人數占鄉村人口的大多數，也就是鄉村經濟形態實際上是一個棱形，最爲富有的地主與最爲貧窮的鄉民在兩頭，人數有限，而中間就是一般的鄉民。

這種經濟形態之下，階級矛盾的產生不太可能是鄉村中的普遍現象，因爲自耕農與半自耕農的經濟狀況決定了與地主之間的經濟關係不可能太緊密，同時即使是佃農也不是沒有依靠自己的工資購買土地成爲半自耕農、或完全自耕農的可能性。因此，階級矛盾的程度也許並非如階級革命敘事中描述得那樣劇烈，從經濟的角度來分析其程度究竟如何的呢？繼續來看鄉村中最可能出現階級矛盾的地主與佃農之間，兩者的關係是否眞的劍拔弩張、隨時可以點燃階級革命的怒火。事實上，正如我們上述數據所分析的那樣，正是由於「經濟地位變化頻繁」，「大量曾經貧窮的家庭也會變得相對富裕」，從而就會發生「長期雇用勞力的家庭很可能在同一代發生受雇於其它人的情況」，所以「家庭成員與雇工的關係通常是融洽的」〔註 138〕。在新時期脫離了階級書寫模式的鄉土敘事中常常可以看到這樣的情景，地主與雇農之間沒有你死我活的對立，相反他們之間由於共同勞動，相處融洽。

例如《罌粟之家》裏，地主劉老俠和長工陳茂可以在一個桌上吃飯喝酒，而在《白鹿原》中族長同時也是地主的白嘉軒與長工鹿三可謂是情深意長、親如一家，所以在革命鄉景敘事中將人文景觀絕對對立化，地主的富裕只能

〔註 136〕梁漱溟：《梁漱溟全集》，濟南：山東人民出版社，2005 年，第 3 卷第 147～148 頁。

〔註 137〕梁漱溟：《梁漱溟全集》，濟南：山東人民出版社，2005 年，第 3 卷第 148 頁。

〔註 138〕楊懋春：《一個中國村莊 —— 山東臺頭》，張雄等譯，南京：江蘇人民出版社，2012 年，第 28 頁。

建立在殘酷剝削貧農身上，而貧農也對地主除了階級仇恨再無其它關係，這不能不說「階級鬥爭模型將革命政治學過於簡單化。首先，剝削關係不像階級鬥爭論預先假設的那樣顯而易見。佃戶可能還與地主有親戚關係。在佃戶和地主之間可以存在友誼和義務的關係」〔註 139〕。在一個鄉村社會裏，貧窮與富裕從來都存在，社會地位也有高低之分，這是鄉村社會習以爲常的認知，因此將地主與雇農之家的關係定義爲敵對的階級關係，不能不說是一種偏激。

以上我們從鄉村經濟的宏觀狀況、鄉民個體的微觀經濟狀況、鄉村中階級結構、階級關係等方面來瞭解了現實中的民國鄉村社會，從中我們看到的是鄉土社會與革命鄉景敘事所呈現出來的鄉村有著比較大的差距，雖然我們不能完全地否定革命鄉景敘事中的鄉村意象，但可以說這只是局部的，並不代表著當時主流的鄉村社會圖景。對於傳統社會的鄉民們來說，安居樂業是永遠的夢想，在他們的眼中，鄉景或許就是鄉景而已，只是一種日常，是生於斯長於斯的故土，也是繁衍生息的棲身之所，正如《大地》中王龍用他那對土地充滿熱愛的眼睛看到的風景一樣，那是他自己的土地，「經過冬天的冰凍，現在鬆散而生機勃勃地躺在那裏，正好適合耕種」，清淺的池塘青蛙在鳴叫，「桃樹上粉紅色的花蕾鮮豔欲放，柳樹也已舒展開嫩綠的葉片。從靜靜等待耕種的田地上升起了銀白色的薄霧，宛如月光，在樹木間繚繞不散」〔註 140〕。作爲都是依靠土地生存的人，充滿著生機活力、風調雨順的田野風景，才是他們的共同所願看到的。

所以，當革命作家將文學作爲宣傳的工具，他們的鄉景敘事是爲了無產階級革命理想而去作了符合理論的想像，「革命」用它那無所不能的力量詮釋著何謂信仰，只有革命才能驅雲散霧，而也只有信仰革命的人才能沐浴到它的無限光輝，就像戴錦華在評價電影《紅色娘子軍》時，提到「瓊花與紅蓮逃離了國民黨與惡霸地主南霸天統治的椰林寨」，進入了紅軍所在紅石鄉時，「黑暗的雨夜瞬間變換爲紅霞滿天的清晨」〔註 141〕，「革命」敘事的潛在語法規則使鄉村風景的變換也參與了「敢教日月換新天」的時代變革之中。

〔註 139〕〔美〕李丹：《理解農民中國：社會科學哲學的案例研究》，張天虹等譯，南京：江蘇人民出版社，2009 年，第 183 頁。

〔註 140〕〔美〕賽珍珠：《大地》，王逢振等譯，北京：人民文學出版社 2010 年版，第 83 頁。

〔註 141〕戴錦華：《昨日之島》，北京：北京大學出版社，2015 年，第 81 頁。

第三節　自在與和諧：自由主義視角下的田園鄉景

在啓蒙主義視角下陰鬱絕望的鄉景，以及階級革命視角下交織著壓迫與鬥爭的鄉景之外，現代鄉土文學作品中還存在著另一種鄉土風景，那就是自由主義視角下的鄉景書寫。在自由主義作家的的作品中，鄉土風景脫離了啓蒙焦慮心態之下的灰暗，也不再是革命理論的文學圖解，而是回歸了文學創作的本眞，爲了審美或爲了自我而書寫，他們的鄉土文學創作目的在大多數時候與時代、政治的要求沒有太大關係。對於自由主義知識分子來說，鄉土就是他們永恒的精神家園，他們與鄉土的心靈距離遠遠超越了啓蒙作家或階級革命作家與鄉土之間的距離，正因爲這一份源自內心的依戀，所以在作品中竭力地展示著鄉景之美。

1、心靈之抒發：自由主義鄉景的創作理念

首先，我們需要對「自由主義」作家及其作品作一個界定。因爲「自由主義」一詞本身是來自於西方的一種思想觀念，包含著經濟、政治、個人權利等內容，它的基本內涵爲，「不論是政治上關注個人與國家，經濟上從強調個人財產權利到提出經濟自由主義，還是對個人思想自由的重視，也都是以個人自由爲中心展開」〔註 142〕。從這個角度來說，似乎將之作爲一種文學流派或文學現象的命名，是不太適合的，但是我們注意到「自由主義」最爲重要的一點是強調個人的自由，其經濟、社會與政治權利得到保證的訴求是建立在個人自由的基礎之上的。僅就「個人自由」這一點來說，也同樣可以包括文學藝術取向上的自由。在思潮峰湧的現代中國，確實有這樣一部份作家秉持自己的創作理念與風格，不願意接受某種特定的意識形態的影響或指揮，因此他們的創作更多的是審美與自我的體現。對這部份作家而言，「自由主義」主要是創作思想的相對自由，但這並不意味著這一部份作家的作品就不具備社會人文關懷與豐富內涵。相反，正是由於他們脫離了意識形態的局限，反而更能體現出文學的本眞，我們將這一部份作家稱爲「自由主義」作家，在於突出他們在文學創作上的特點。他們所創作的文學作品就可命名爲「自由主義文學」，有學者作了如下定義，「所謂中國自由主義文學，大體是指在現代中國文學史上出現的那些深受西方自由主義思想和文學觀念影響的獨立作家和鬆散組合的文學派別，他們創作的

〔註 142〕陳國恩等著：《中國「自由」派文學的流變》，北京：中國社會科學出版社，2014 年，第 19 頁。

那些具有較濃厚的超政治超功利色彩，專注於人性探索和審美創造的文學作品及相關的文學現象」〔註 143〕。在這個定義中我們可以看到以下幾個關鍵詞：獨立、超政治、人性、審美，基於以上特點，自由主義文學作品具有以下三個思想特徵，一是「它把文化鬥爭與社會革命運動分離開來，主要承擔反封建的任務」，二是「大量表現人性的主題，尤其是強調自然人性的優美和鄉村民風的淳樸」，三是「在文學批評中提倡寬容的精神」〔註 144〕。

通過以上對「自由主義」文學概念的釐清，我們可以將符合上述特徵的作家及其作品納入自由主義文學的範疇當中。自由主義鄉土文學敘事是自由主義文學中的一個重要組成部份，周作人、廢名、沈從文等的鄉土文學作品非常充分地體現了自由主義文學的創作原則與理念。就鄉景書寫而言，他們的共同特點是都著意描寫鄉土社會超越意識形態的傳統性，更加貼近鄉村的日常生活，但正是由於「自由主義」的創作原則，這些看似雷同的鄉村美景背後，卻有著各自不同的創作緣由。需要注意的是，自由主義作家的創作出發點也許有所差別，但萬變不離其宗，而這個不變的「宗」就是自由主義作家對於傳統鄉土社會眞心地嚮往與依戀。

作爲新文化運動中最爲重要的理論建構者，周作人的鄉土文學創作是對他自己文學思想的踐行。其鄉土文學作品基本上都是散文，這一體裁形式決定了周作人對於鄉土社會的敘述基本落到了對風景的描寫上，使鄉村風景成爲了他作品中的主角。鄉景也擔負起了體現周作人文學觀與藝術觀的任務，正是由於周作人異於啓蒙時代所要求的文學與藝術思想的支撐，才使他的鄉景書寫與同時代的鄉景敘事有了共時性上的差異，反而與晚明小品文有了歷時性的呼應，從而成爲了當時鄉土文學的另類存在。

同樣站在啓蒙隊列的周作人，爲何可以拋離啓蒙主義鄉景中的陰冷與落後，創作出不符合歷史現場要求的鄉村風景呢？我認爲原因有二點，一是對於自由和審美的個人追求；二是類似於中國傳統寫意繪畫的文學意境追求，可以概括爲鄉景藝術化。首先來看第一點，周作人追求藝術與人生的自由與審美。這裡的「自由」並不是政治學上所說的民主自由，也不是新文學運動所倡導的掙脫傳統倫理關係的個人人身自由或個性自由，而是一種人生態度，或者說是

〔註 143〕劉川鄂：《中國自由主義思潮與自由主義文學》，《中國現代文學研究叢刊》1998 年第 3 期，第 181 頁。

〔註 144〕陳國恩等著：《中國「自由」派文學的流變》，北京：中國社會科學出版社，2014 年，第 6～8 頁。

一種可以超脫現實的精神狀態和思考狀態，審美活動也是在「自由」的精神空間裏進行和完成的，所以周作人所欣賞的「自由與審美」與來自於西方、原義上的自由與審美並不完全相同，倒是與傳統士大夫所推崇的隱逸有著精神傳承關係，這是他進行學術研究、文學創作與生活的一個根本出發點。

從表面上看這似乎與新文化運動中，知識分子擁抱現實、改造社會的啓蒙理想相悖，但實際上，自由與審美對於周作人來說彷彿是思想的土壤，此種土壤培育了他的整個思想體系，啓蒙只是其中的一朵思想之花，也就是說，他的學術研究、文學創作，以及對各種社會事件參與及種種看法都是這一根本思想的外在體現。出於對於自由與審美的欣賞與追求，我們也就不難理解周作人對於言志文學的欣賞與認同，他在《新文學的源流》中認爲，文學史上主要有兩種主流文學形態，一是言志，另一個就是載道。這兩種文學類型是伴隨著歷史潮流而起伏的，在社會動蕩的歷史時期，沒有強有力的政治權力規範，那麼文學則是自由的，文人們盡可能地抒發自我，到了承平時期，統治力量的強化，要用文學去治國傳道，使作家們的創作思想受到了限制，所以「文學方面的興衰，總和政治情形的好壞相反背著的」〔註 145〕。所以，言個人之志的文學更加鐫永，可以世代流傳，而載道文學則只爲一時一世所作，無論是教化之用，還是歌功頌德之用，個人眞實的思想情感都被功利的創作目的所取代，因此也就難有傳世之佳作出現。

儘管我們今天看來，「志」與「道」在某種程度上是互通的，因爲個人之志與國家之道並不衝突，相反在大多數情況下還是重合的，或者相互之間是有交集的，當然也可能出現個人之志與國家之道完全無關的例外情況。雖然不能說周作人完全將志與道對立來看，但顯然他在志與道之間是有所取捨和價值評價的。我們需要清楚的是，周作人所認爲的「言志」中的「志」是傾向於自我意志的言說，以抒發自己的情感與思想爲主，他強調的「志」是瞬間的，突發的、未添加權衡利弊的情感，「言志派的文學，可以換一種名稱，叫做『即興的文學』」〔註 146〕，即興是源自於內心的，還沒有被外在因素影響或綁架。從這個思想立場出發，晚明時期興起的小品文在周作人看來，正好符合他對於自由與審美的人生與藝術要求，因此他對於晚明小品文給予了非

〔註 145〕周作人：《中國文學的變遷》，鍾叔和編訂：《周作人散文全集》，桂林：廣西師範大學出版社，2009 年，第 6 卷第 64 頁。以下所引此書皆出於此版本。

〔註 146〕周作人：《清代文學的反動上——八股文》，《周作人散文全集》，第 6 卷第 81 頁。

常高的評價，「小品文則在個人文學之尖端，是言志的散文，它集合敘事說理抒情的分子，都浸在自己的性情裏」，所以「小品文是文學發達的極致」〔註147〕。被周作人如此高度讚譽的晚明小品文，被海外學者看作是「非正式寫作」，他們認爲之所以被稱之爲「小品」，是「將這些作品置於其它那些爲帝國服務的正統文學的對立面」〔註148〕，小品文的「小」正是它的價值所在，名爲「小」，是人爲地摒除經天緯地、治國平天下這些「大」的主題，它們「對個人生活經歷的小小歡愉津津樂道。雖然形式各異，它們卻共有一種否定性的姿態」〔註149〕，也就是說，「小品文」是對載道文學的一種反動。

1921 年，周作人曾在《新青年》上發表了《個性的文學》一文，開篇他便提出「假的、模仿的，不自然的著作，無論他是舊是新，都是一樣的無價值；這便因爲他沒有眞實的個性」，相較於大的時代，個人的個性則是微不足道的「小」，但周作人認爲眞正的好的新文學便是有獨創性的個性的文學，因爲「個性的表現是自然的……，個性是個人唯一的所有，而又與人類有根本上的相通點」〔註150〕，此處周作人所提出的「個性」，應該與晚明時期袁宏道所說的，「獨抒性靈，不拘格套，非從自己胸臆流出，不肯下筆」〔註151〕裏的「性靈」之「性」相通的，從這個意義上來講，啓蒙時代的文學應該是一種「大」的文學，也就是周作人所認爲的「賦得的文學」。對於周作人而言，正在進行的新文學，與所謂的西方現代文化相去甚遠，而與中國本來的文學傳統密不可分，「明末的文學，是現在這次文學運動的來源，而清代的文學，則是這次文學運動的原因」〔註152〕。

因此，周作人雖然在進行新文學理論的建構工作，但實際上，在他所提出的文學理論背後或者基礎，則是深厚的中國文學傳統。從這裡我們也可以看到，秉持晚明小品文講求自由與審美創作思想的周作人，未能隨當時的思想潮流去創作爲啓蒙而啓蒙的載道文學，所以他的鄉土散文學體現的是個人

〔註147〕周作人：《〈冰雪小品選〉序》，《周作人散文全集》，第5卷第694～695頁。

〔註148〕〔美〕孫康宜、宇文所安主編：《劍橋中國文學史》，北京：生活·讀書·新知三聯書店，2013年，下卷第113頁。

〔註149〕〔美〕孫康宜、宇文所安主編：《劍橋中國文學史》，下卷第115頁。

〔註150〕周作人：《個性的文學》，《周作人散文全集》，第2卷第289～299頁。

〔註151〕〔明〕袁宏道、熊禮彙選注：《敘小修詩》，《袁中郎小品》，北京：文化藝術出版社，1996年，第235頁。

〔註152〕周作人：《清代文學的反動上——八股文》，《周作人散文全集》，第6卷第73頁。

思想的自由與審美的愉悅，也就不可能像啓蒙鄉景敘事一樣去刻意想像虐人虐己的殘破鄉村風景，這也是他的鄉景書寫在同時代的鄉土文學中獨樹一幟的原因之一。

再來看周作人的鄉景書寫對於傳統寫意繪畫的借徑，以營造藝術審美的意境。中國傳統繪畫最爲重要的是眼觀的風景與內心的感悟相結合，才能創造深遠的、可供觀者領悟揣摩的意境，「山川草木，造化自然，此實境也。因心造境，以手運心，此虛境也」〔註 153〕，所以中國山水畫的精髓在於從畫中表達出抽象的「道」，供觀者領悟，而非西方油畫那種講究細節的眞實可信，正如高居翰對中國傳統繪畫總結的那樣，「中國繪畫重表現山水之眞諦，而非稍縱即逝的現象；其目的在重視內在的本質，而非外在的形式」〔註 154〕，而周作人的鄉景書寫與傳統山水繪畫就有異曲同工之意，當他如同運用畫筆一般描繪鄉景的同時，更多的是帶給讀者對於意境的感受和想像，此處風景的藝術美與意境有機地融合在一起。事實上，周作人也常常將文學與藝術等量觀之。在周作人看來，文學創作也就等同於藝術創作，因此用藝術研究的方法同樣可用於文學研究，他在談到研究文學的路徑時，提出一爲科學研究法，二爲藝術研究法，那麼後者更是可以貫穿整個文學研究活動過程之中，「第二條路子是藝術的，即由我們自己拿文學當作一件藝術品而去創作它或作爲一件藝術品而對它加以鑒賞」〔註 155〕。在創作層面上來說，好的文學與藝術作品都需要天賦，雖然通過後天努力也可以進行文學或藝術創作，但是眞正好的作品所達到的境界卻不是只靠後天刻苦可以得來的，這也是後天訓練無法達到的。

在文學鑒賞層面，也和藝術鑒賞是一樣的，從實質上來說，鑒賞文學就如同在觀賞一幅畫作，因爲閱讀與觀賞可以給人以直觀的意象，「賞鑒文學，是人人都可以作得到的，並無需乎天才。看見一幅圖畫，假如那圖畫畫得很好，各種顏色配合適度，即在不會作畫的人看來，是也會覺得賞心悅目的」〔註 156〕。周作人將文學與繪畫相提並論，除了與傳統的詩畫之間不可割捨的對應關係之外，還與學者趙憲章近年來提出的「文學圖像論」有著相通之處，「文

〔註 153〕〔清〕方志庶：《天慵庵筆記》，商務印書館，1936 年，第 1 頁。

〔註 154〕〔美〕高居翰：《氣勢撼人：十七世紀中國繪畫中的自然與風格》，李佩樺等譯，北京：生活・讀書・新知三聯書店，2009 年，第 2 頁。

〔註 155〕周作人：《關於文學之諸問題》，《周作人散文全集》，第 54 頁

〔註 156〕周作人：《關於文學之諸問題》，《周作人散文全集》，第 6 卷第 56 頁。

學與世界的圖像性關係一方面表現爲文學對於世界的『語象』展示，而不是通過『概念』說明世界」〔註 157〕。也就是說，文學與繪畫並無二致，只是前者用直觀圖像來表達對世界的理解，文學則是用文字組成的意象來表達對外在世界的感受，而周作人所喜愛的晚明遊記散文正具有圖像性的特點。例如袁宏道的遊記《虎丘記》、《上方記》等，風景的描寫極具畫面感，讀者閱讀之時則會在腦中進行構圖、想像。閱讀完畢，就相當於完成了一幅山水畫卷。周作人將竟陵派的文學風格概括爲「清新流麗」，同樣我們也可以將這個詞用於對於繪畫風格的描述。晚明散文所追求的「景在文中，文在景中」的文學風格，在周作人的鄉土散文中得到了很好的發揚，晚年他就將一篇描寫故鄉風景的散文直接命名爲《紹興山水補筆》，這似乎也可以是一幅畫作的名字，只是補的不是畫筆，而是文筆罷了。因此，周作人的鄉景書寫從主觀上來說，他對自由與審美理想的追求，客觀上則將文學圖像推向了如寫意山水畫般的藝術意境。

再來看另一位自由主義鄉土文學創作的重要作家廢名的鄉景敘事理念，從其作品中的風景描寫來看，廢名與周作人給讀者以相似的閱讀感受，那就是對鄉村風景之美的盡情抒發。在現實中，廢名與周作人的私人關係也很密切，廢名的幾部重要作品，周作人都爲之作序並肯定其創作成就。如果從文學思想與藝術追求來看，即創作原則上，廢名與周作人可說是如出一轍，他們熱衷於建構自我的精神家園，追求精神上的獨立與自由。但是在這個原則之外，廢名對於鄉景有著自己獨特的表達，那麼爲何會出現這樣的獨特，我認爲其中有兩個重要的原因，一是廢名對於鄉村現實風景的詩意表達，除了豐富的想像力，還與他對文學審美的極致追求有關；二是廢名在宗教哲學方面的思考影響了他的鄉景描寫。首先來看第一點，廢名對於鄉景的詩意理解與表達。廢名從來都不是一個有功利性創作目的而進行創作的作家，他在意的是自己對於現實或世界的理解，並將這種理解用他所喜愛的文學形式表現出來，因此在不少研究者的評論中，廢名的作品常被評價爲晦澀、難懂，但是他卻並不以爲然，後期所作的「莫須有先生」系列，更像是自說自話，似乎無意讓外人讀懂。所以雖然都在需求獨立的精神空間，廢名又與周作人有著些許的差別。也可以說，相較於喜歡居於十字街頭塔中的周作人來說，廢名更加徹底，更加自我邊緣化，畢竟周作人的塔還是在街市之中，鬧中取靜而已。

〔註 157〕趙憲章：《文體與圖像》，北京：人民文學出版社，2014 年，第 262 頁。

廢名曾說「中國文章裏簡直沒有厭世派的文章，這是很可惜的事」，原因在於「大凡厭世詩人一定很安樂，至少他是冷靜的」，這種狀態下寫出來的「風景眞是寫得美麗，也格外的有鄉土的色彩」〔註 158〕，厭世意味著無所欲求，要在這樣極致情形之下，才能寫出絕美的鄉村風景，由此可見，廢名對於文學確實達到了一種絕對自我的境界。雖然並不能肯定廢名的鄉土文學作品都是在厭世的心理狀態下創作的，但是他筆下的鄉景有一種寧靜沉澱其中，故意地摒棄了其它因素對於鄉景描寫的影響，他只寫他願意寫的、或者他所感受到的風景，因此在同類型的風景描寫中達到了某種程度的極致。那麼廢名所欣賞的這種鄉景的「極致」究竟呈現的是怎樣的圖像呢？對於廢名而言，「極致」的風景是極盡自然，如同白描的繪畫一樣，不需要過多的語言和色彩的修飾，也由於此，他對於陶詩高度評價，認爲「陶淵明之詩又與《論語》是一樣的分量，他的寫景與『子在川上曰，逝者如斯夫，不捨晝夜』是一樣的質樸」，陶詩的風景之所以能與《論語》比肩，原因在於陶淵明寫詩「好像做日記一樣」，所寫的景物都是「耳目之所見聞，心意之所感觸」〔註 159〕。廢名對陶淵明的這番評價也是符合中國傳統詩歌理論的。例如鍾嶸在《詩品》中認爲陶詩「文體省淨，迨無長語」〔註 160〕，同樣也符合司空圖對「自然」這一文學風格所作的闡釋，即「俯拾即是，不取諸鄰。俱道適往，著手成春」〔註 161〕。

從表面上看，廢名對於風景的書寫似乎是認同中國古代文人隱逸風格，但是據廢名自己所言，他並不同意如鍾嶸所說的陶淵明是「古今隱逸詩人之宗」，因爲廢名認爲，隱逸實際上是對自己責任的一種逃避，而陶淵明詩的內容以及詩的風格自然曠達並不出於隱逸，陶詩直面現實，描寫的都是隨處可見的日常景物，所以廢名贊同的陶淵明在平凡的俗世之中仍然保有難得的審美之心，這種自然眞實的風景才是他想表達的，這也是廢名將自己的鄉景書寫歸於陶詩一類的原因，「我大約同陶淵明杜甫是屬於白描一派」〔註 162〕。可

〔註 158〕廢名：《中國文章》，王風編：《廢名集》，北京：北京大學出版社，2009 年，第 4 卷第 1370 頁。以下所引此書皆出於此版本。

〔註 159〕廢名：《關於派別》，《廢名集》，第 3 卷第 1309 頁。

〔註 160〕〔梁〕鍾嶸：《詩品譯注》，周振甫譯注，北京：中華書局，1998 年，第 66 頁。

〔註 161〕〔唐〕司空圖：《二十四詩品》，北京：中華書局，1985 年，第 6 頁。

〔註 162〕廢名：《談用典故》，《廢名集》，第 3 卷第 1461 頁。

以說，廢名的鄉景書寫是有意識地靠近陶淵明、杜甫的詩歌寫景風格，以素樸、常見的語言對日常景物進行描畫，在看似不經意間編織出詩意的鄉景。影響廢名鄉景表達的第二個因素是對於宗教哲學的思考。在由「民主與科學」掀開的新時代裏，廢名卻是異於一般知識分子對「科學」的肯定看法，在《阿賴耶識論》中，他首先就是「以摧毀進化論爲目標，因爲他是一個無根的妄想而做了近代社會一切道德的標準」〔註 163〕。對於廢名而言，認識世界、理解世界在於「心」，因爲「世界是心不是物」〔註 164〕，我們只能只有用「心」去觀「心」，「說見說聞並不是如一般人的意思去見，以耳朵去聽，而是以眼識依眼了別色，耳識依耳了別聲，眼識便是眼的心，耳識是在耳的心」，所以，「眼識耳識鼻識舌識身識意識都如水流之波」，是無時不在、無處不在流動的，而「阿賴耶識如水流」〔註 165〕。一切眼觀耳聽、所感所念，皆出於「阿賴耶識」。因此，廢名自然是用「心」來觀看、理解這個「心的世界」，從「心」感受到的才是存在的，「你看見的花果是你的心，你看見的山河大地是你的心」，「所以物與心是一體，有心無所謂物」〔註 166〕。由此可知，廢名所看到風景，雖然是客觀存在的，但是必須先由「心」去觀看，在這之前風景都只是無物之物，通過「心」的投射之後，風景才成爲「風景」。因此，我們在廢名的作品中所看到的鄉景總有一種處於眞實與虛幻、現實與想像之間的感覺，有些虛無，但又彷彿確實存在，我想這正是廢名的宗教思想體現在鄉景書寫中的結果。所以，雖然我們都可以用「美」來概括周作人與廢名的鄉村風景描寫，但是周作人散文中的鄉景是一種人間煙火的俗世美景，而廢名的鄉景由於滲透著宗教思想，所以儘管依然是日常凡俗之美景，卻另有一番形而上的出世之意境。

「美就是善的一種形式」〔註 167〕，沈從文對鄉村風景的表達與周作人、廢名相比較，其內涵更加豐富。如果說周作人的風景是在自由與審美理想的寄託的同時，營造著古遠意境，廢名的風景在俗常之中又有虛空的美感，那麼沈從文則更加注重風景地域性的凸顯，他想要表現湘西風景之「美」，因爲

〔註 163〕廢名：《阿賴耶識論》，《廢名集》，第 4 卷第 1842 頁。

〔註 164〕廢名：《陳賴耶識論》，《廢名集》，第 4 卷第 1895 頁。

〔註 165〕廢名：《阿賴耶識論》，《廢名集》，第 4 卷第 1897～1989 頁。

〔註 166〕廢名：《阿賴耶識論》，《廢名集》，第 4 卷第 1864 頁。

〔註 167〕沈從文：《〈看虹摘星錄〉後記》，《沈從文全集》，太原：北嶽文藝出版社，2002 年，第 16 卷第 343 頁。以下所引此書皆出於此版本。

這也是湘西之「善」的重要組成部份，沈從文描寫風景之「美」不是其創作的主要目的，讓美景與人性、人情相互融合，這才是他想要表達的完整意圖。對於沈從文來說，自然美景，美則美矣，獨立來看，大同小異，也就是一幅美麗的視覺圖像，只有風景與美好的人情和諧依存時，這樣的美景才具有生命力，所以描寫湘西美景的同時，沈從文也盡情地吟詠湘西人民的善良、淳樸，人景合一，兩者才能相得益彰，成爲具有生命力的有機體。沈從文的鄉景書寫蘊含著審美、抒發個人情緒記憶與內心情懷的多重因素。首先來看源自沈從文內心深處的故鄉情結對於鄉景審美的影響。身份認同對於沈從文來說是一直存在著的一種焦慮，他的精神總是遊移在城市與故鄉之間，直到生命結束前兩年所寫的序言中，他仍然如此認爲，「我自 1922 年離開湘西，來到都市已六十四年，始終還是個鄉下人」，按常理說，六十四年的城市生活是不可能不形成固定的生活習慣與心理習慣的，但沈從文卻身在都市，心在湘西，「我不習慣都市生活，苦苦懷念我的家鄉。懷念我家鄉芳香的土地，青翠逼人的山巒和延長千里的沅水」〔註 168〕。記憶和懷念中的故鄉與現實中的故鄉並不等同，實際上，沈從文一心掛念的是由思鄉之情所剪輯和拼貼而成的那個故鄉，它經過了情感過濾與篩選，才在沈從文的筆下成爲獨一無二的湘西風景。宗白華曾經引用瑞士思想家阿米爾的一句話來說明風景與內心之間的關係：「一片自然風景是一個心靈的境界」〔註 169〕，作家的創作心態決定著風景呈現的狀態，也反映著作家的精神世界。對沈從文而言，他將藏於西南一隅的湘西山水描畫得美輪美奐、令人想往，正是由於故鄉記憶在他內心的倒影，從而產生了如此的審美藝術效果。繼續來看第二點，抒情因素對於沈從文鄉景書寫的影響。此處的「抒情」並不是簡單的指寓情於景的寫作方式，而是類似於周作人所說的言志文學中的那個「志」，學者宋劍華先生就直接指出周作人「是將『志』理解爲『情』，贊成『緣情』而反對『詩教』」〔註 170〕。而此處的「緣情」中的「情」在周作人看來是源於內心瞬間、未加修飾的眞情實感，那麼沈從文所抒之「情」與之有所差別的是，沈從文的「抒情」是來源於內心深層次的情感體驗，與童年記憶、成年經歷相連接，可以說是影

〔註 168〕沈從文：《〈新與舊〉譯序》，《沈從文全集》，第 16 卷第 410 頁。

〔註 169〕宗白華：《中國藝術意境之誕生》，《宗白華全集》，安徽教育出版社 1994 年版，第 2 卷第 327 頁。

〔註 170〕宋劍華：《「言志」詩學對中國現代文學的內在影響》，《中國社會科學》2010 年第 6 期。

響沈從文的文學創作最爲重要的因素，已經成爲了無法解開的情結。

因此，沈從文抒發的「情」與他的湘西情結有直接關係，而他所寫的「景」是他所抒的「情」不可分割的一部份。例如，沈從文在評論廢名的創作時，與其它評論者不同的是，他並不認爲廢名是在寫夢境一般的鄉村，而是認爲廢名作品中的鄉村與現實並無兩樣，「差不多都可以看得到一個我們所熟悉的農民，在一個我們所生長的鄉村，如我們同樣生活過來的活到那地上」，難道沈從文眞的將廢名作品中的唯美鄉景與現實合二爲一嗎，同樣身爲作家的他，不可能不明白兩者之間或遠或近的距離，但這顯然也不是故意的溢美之詞，事實上，沈從文首先肯定的是廢名作品中展現出來的「平凡的人性的美」〔註 171〕。鄉村風景好像養分一樣滋養了人性、人情之美，而同樣地，有了如此的人性美才會有如此的鄉景美，缺一不可，所以美好的人性必須與恬靜優美的鄉景同時存在。廢名作品中的鄉景是否可以現實存在並不重要，重要的是這個風景對於表現人性的作用，因爲我們不能通過對一個窮山惡水的景象描寫，在得到的一種並不舒適的視覺和心理感受之下，再去接受作家講述人性如何美好的故事，對於講究自然與人性相互映襯美學風格的沈從文來說，這是不能認同的。所以他對於廢名的高度評價，也是由於廢名的鄉村美景是情與景交相融合所得到的效果，這種「美」才是眞正體現了鄉村內在的「美」。

沈從文的抒情是其鄉景書寫的支撐，有了「情」才了有他念念不忘的湘西風景，也可以說風景是湘西人性的物化表現，能夠成爲抒情的對象或者載體，屢屢論及寫作，他總是將風景與人事連接在一起，「筆下涉及社會面雖比較廣闊，最親切熟習的，或許還是我的家鄉和一條延長千里的沅水，及各個支流縣分鄉村人事」〔註 172〕。所以在沈從文的創作中，人和景是不可能分開的，「人雖然在這個背景中凸出，但最終無從與自然分離」〔註 173〕。他的鄉景書寫因爲將人的因素深刻地參與其中，而使風景不再是對象化的他者，而是融入了創作主體之中，變爲了「有情山水」，沈從文自己也認爲他所創作的小說，是「在寫實中依舊浸透著一種抒情幻想成分」〔註 174〕，所以「我主意不在領導讀者去桃源旅行」，而是要借用桃源之行來表現「一種人生的形式」，「一

〔註 171〕沈從文：《論馮文柄》，《沈從文全集》，第 16 卷第 146 頁。
〔註 172〕沈從文：《〈沈從文小說選集〉題記》，《沈從文全集》，第 16 卷第 375 頁。
〔註 173〕沈從文：《〈斷虹〉引言》，《沈從文全集》，第 16 卷第 340 頁。
〔註 174〕沈從文：《〈沈從文小說選集〉題記》，《沈從文全集》，第 16 卷第 375 頁。

種『優美、健康、自然，而又不悖乎人性的人生形式』〔註175〕。由此可見，鄉景是沈從文抒情的一部份，他所抒發的「情」也有著豐富的內涵，不僅是包含著一般意義上的對故鄉的懷念之情，還有著將理想的人性或人情寄託其中的目的。更爲重要的是，這也是作家本身釋放個人情緒、對人生、社會的思考，他的遺作是一篇名爲《抽象的抒情》的文章，將他所有的創作最後落腳於「抒情」二字，可見抒情在他的創作中所佔的重要地位。在這篇文章中，沈從文將知識分子「見於文字、形於語言」的所有表現都歸之於「抒情」，「因爲本質不過是一種抒情」，而這種抒情更多的是面向自我，是內向的，「這種抒情氣氛，從生理學或心理學來說，也是一種自我調整，和夢囈差不多少」〔註176〕。沈從文在抒情氛圍中所書寫的湘西鄉景除了具有獨特的地域審美特點之外，還滲透著他對於健康人性、完美人生理想的思索，景與人、景與情形成了水乳交融的狀態，沒有湘西純美的景致，便沒有湘西美善的人性與人情，而這一切都爲了實現他創作的終極目的——「我的寫作就是頌揚一切與我同在的人類美麗與智慧」〔註177〕。

總體來說，自由主義作家在鄉景書寫時都不約而同地將審美本質化了，但這只是他們對於鄉景表達的表象呈現，在這表象之下，則是他們在各自不同的創作初衷中對於鄉景的個性化書寫，正是由於他們的這種自由的個性書寫，使他們的鄉景敘事與時代拉開了距離，成爲可以跨越時空的文學想像。

2、個性之體驗：傳統桃源想像的現代重構

自由主義作家之所以被稱爲「自由」，最爲主要的原因在於他們對於個人內心體驗的重視，作爲一個獨立的創作主體，無論他們是在有意識，或者無意識地的情況之下，都與他們自身所處的周遭現實保持著一定的距離，不至於貿然地捲入某種熱鬧的思潮中去，他們是大時代裏隔岸觀火的冷靜者。雖然自由主義作家並非完全獨善其身、不問世事，但是他們總是可以爲自己留出創作空間。例如周作人，這位新文學運動中不可或缺的理論建構者，他的文論可以說是高調地順應著時代的需求，甚至成爲了運動中的旗幟，但是回到他自己的文學創作，在他的散文中頻頻出現的是與時代基本無關的日常小

〔註175〕沈從文：《習作選集代序》，《沈從文全集》，第9卷第5頁。
〔註176〕沈從文：《抽象的抒情》，《沈從文全集》，第16卷第535頁。
〔註177〕沈從文：《蕭乾小說集題記》，《沈從文全集》，第16卷第325頁。

景，一草一木、一情一景皆可以成爲散文裏的主角，而這些進入周作人鄉景敘事中的情景正是由於其「小」，正如晚明小品文一樣，著意於「小」中見深遠之意境。因此周作人的鄉景書寫最顯著的一個特點就是，以景致之瑣細見人生之境界。

與沈從文時時不忘自己的「湘西鄉下人」身份不同，從表面上看，周作人是沒有故鄉情結的，他自己也這樣認爲，「我的故鄉不止一個，我住過的地方都是故鄉。故鄉對於我並沒有特別的情分」〔註 178〕。但實際上，無論是回憶性散文還是民俗學小品文，故鄉無疑是他敘述的主要對象。在《故鄉的野菜》中，開篇雖自認只要住過的地方都可以稱之爲故鄉，可當時身居北京的他，因爲聽妻子偶然說起薺菜，便陷入了對故鄉的回憶之中。在這個回憶裏，並不起眼的野菜佔據了幾乎全部的篇幅，周作人對於野菜種類、烹飪方法如數家珍，特別是春天裏的野菜都成了鄉間的美景，它們生機勃勃，如同繁花一樣，點綴著大地。一種名爲草紫的野菜，「花紫紅色，數十畝接連不斷，一片錦繡，如鋪著華美的地毯，非常好看，而且花朵狀如胡蝶，又如雞雛」〔註 179〕。

在《苦雨》中，題目雖是「苦」雨，對於周作人來說，讓人感覺「苦」的是北京的雨，而不是回憶裏故鄉的雨。在這個書信體的散文中，周作人向孫伏園講述烏篷船在雨中航行的情景，本來行船本無特別之處，但因爲有雨聲敲打在船篷上，讓這一切都有了「一種夢似的詩境」〔註 180〕，由北京的雨而想到故鄉雨中行駛的烏篷船，這不能不說是文人的雅好，但周作人是眞誠的，在文末，他也意識到能給自己帶來詩情的大雨對於普通鄉村來說可能並不是件好事，對作者本人來說，與其虛僞地去感歎鄉民之生計不易，不如大方承認欣賞自然「只是個人的事情，與人生無益」〔註 181〕。

烏篷船對於周作人而言，可以說是故鄉的一個符號，除了在《苦雨》裏提到這一浙江水鄉普通的交通工具之外，他還專門以烏篷船爲題寫了一篇散文，採取的同樣是書信體，詳細描述了烏篷船的外形，以及乘船的樂趣，在周作人的生花妙筆中，烏篷船彷彿有了生命，有了喜怒哀樂，「篷是半圓形的，

〔註 178〕周作人：《故鄉的野菜》，《周作人散文全集》，第 3 卷第 393 頁。
〔註 179〕周作人：《故鄉的野菜》，《周作人散文全集》，第 3 卷第 394～395 頁。
〔註 180〕周作人：《苦雨》，《周作人散文全集》，第 3 卷第 451 頁。
〔註 181〕周作人：《苦雨》，《周作人散文全集》，第 3 卷第 454 頁。

用竹片編成，中夾竹箬，上塗黑油」，顏色分明，有趣的是船頭的形狀，「船頭著眉目，狀如老虎，但似在微笑，頗滑稽而不可怕」，坐在這樣童趣生動的烏篷船裏，如周作人所說就要有一種遊山玩水的悠閒之心，只有這樣才能感受到水鄉的風景，「隨處可見的山，岸旁的烏桕，河邊的紅蓼和白蘋，漁舍，各式各樣的橋」，再來幾杯清茶，「夜間睡在艙中，吸水聲櫓聲，來往船隻招呼聲」〔註 182〕，這樣的風景讓人彷彿身處於一幅清描淡寫的山水畫中。烏篷船被概括成爲了紹興風景的一個意象符號，不僅在於它在當地使用的普遍性，更在於船在中國傳統文化的特殊地位。我們可以在古代許多畫作中發現文人墨客泛舟水上的場景，而之所以泛舟，或因貶謫寄情山水、或因隱逸融入山水，或因閒趣遊於山水，所以船在中國傳統文化語境中是有特定的語義指向的，是既可駛向仕途、又可歸隱田園的中間物（和周作人喜歡的「十字街頭的塔」或者「自己的園地」實質是一樣的，都處於可進可退的微妙位置。）。而無論是朝哪個方向，對於知識分子來說都是既定的、可以接受的人生選擇，因此周作人將「烏篷船」作爲故鄉的象徵，一是由於它確實是在關於故鄉的記憶中不可缺少的實物，二是作爲一個傳統知識分子，周作人內心深處認同「船」這一傳統文化符號。而當他描述在烏篷船中以一種逍遙的心情如何欣賞河岸上的雞犬相聞、鄉野舊戲時，彷彿就是在爲讀者深度解讀一幅水墨丹青中舟中人的行動和心態，「雇一隻船到鄉下去看廟戲，可以瞭解中國舊戲的眞趣味，而且在船上行動自如，要看就看，要睡就睡，要喝酒就喝酒，我覺得也可以算是理想的行樂法。」〔註 183〕

故鄉之於周作人，那就是一個可以安放身體與心靈的棲居地，儘管他可以將曾經住過的都看作是「故鄉」，但是在精神上牽絆的依舊是生於斯、長於斯的紹興故鄉，其餘的地方不過都是在「故鄉」憶故鄉而已。周作人曾在 1899 年 10 月 26 日的日記中，記錄了他與家中親戚一起在進行完拜祭活動之後，傍晚時分乘舟回家，此時「炊煙四起，但見霧光映水，而暮山更蒼紫可愛，鄉間風景眞不殊桃源矣」〔註 184〕。故鄉的景色與桃源聯繫在一起，我們都知道桃花源是中國文人對於人生、社會最爲理想的想像，可以說想像有多美，

〔註 182〕周作人：《烏篷船》，《周作人散文全集》，第 4 卷第 796 頁。

〔註 183〕周作人：《烏篷船》，《周作人散文全集》，第 4 卷第 796 頁。

〔註 184〕周作人：《周作人日記》（影印本），魯迅博物館藏，鄭州：大象出版社，1996 年，（上冊）第 83 頁。

桃花源就有多美，而周作人認爲，故鄉與桃花源可以相提並論，足見故鄉在周作人心目中不可取代的特殊地位。

他在 1901 年 3 月 16 日的日記記載了由於前晚夜不能寐，第二天便早起外出賞春，景中的故鄉正是桃紅柳綠的好時節，「堤長計二百丈，皆植千葉桃垂柳及女貞子各樹，……山中映山紅牛郎花甚多，又有蕉藤數株，著花蔚藍色，狀如豆花，……路旁皆竹林……忽聞有聲如雞鳴，閣閣然，山谷皆響，……小雨簌簌衣袂間，幸即晴霽」〔註 185〕，如果說，之前他對於「眞不殊桃源」只是對故鄉景色的意象概括的話，那麼此時則是對何謂「桃源」進行了詳盡的描述，這個春天之景顯然給周作人留下了不可抹去的美好記憶，以至於在事隔三十幾年後的 1936 年，他發表了一篇名爲《北平的春天》的文章，其中大半的篇幅是在重憶這篇日記裏的故鄉春景，文末得出的結論依然是，「春天總是故鄉的有意思」。即使到了 1957 年，歷經了人生大起大落、跨越了三個不同時代的周作人在《紹興山水補筆》一文中，仍然以一片思鄉之情絮絮講述紹興的種種古蹟，還是在念叨著「雇一隻烏篷船，大小適中，緩緩的作一日之遊」，幾十年未見的鄉景不是否有所變化，依靠著古縣志裏的記載，周作人認定宋朝時故鄉就很美，儘管已流過千年時光，但他還是執於一念，「那水鄉景色，無論何時總是好的」〔註 186〕。周作人對於故鄉的深情厚意不禁讓人聯想到，身爲其兄的魯迅所寫出來的故鄉卻總是充滿著陰鬱、低沉、蕭條的鄉景，顯示出故鄉似乎給魯迅帶來過某種難以抹去的傷害，從而使他在作品中總以一個嫌惡的態度怨恨著故鄉，除了少數描述童年記憶的文字中流露出短暫而有限的對故鄉留戀的情緒。

同樣的生長環境與兩種截然相反的鄉景敘事，周作人的「桃源」和魯迅的長滿衰草的老屋、冷漠的魯鎮，這兩種意象讓人難以將之統一在同一個地點。由此可見，魯迅在創作上選擇了思想啓蒙，便選擇了爲讀者塑造一個落後的鄉景意象來作爲中國傳統鄉村社會的視覺印象，實際上魯迅是以故鄉之名書寫的是整體傳統社會，這就是與周作人鄉景書寫的根本區別。周作人作品中的故鄉就是他所感知的故鄉，這種身體或情感的體驗都來自於自身，所以這是屬於周作人的個性鄉景敘事。

〔註 185〕周作人：《周作人日記》（影印本），魯迅博物館藏，鄭州：大象出版社，1996 年，（上冊）第 125 頁。

〔註 186〕周作人：《紹興山水補筆》，《周作人散文全集》，第 12 卷第 706～707 頁。

廢名是受到周作人格外欣賞和喜愛的作家，用周作人的話來說，「馮君著作的獨立的精神也是我所佩服的一點，……發展他那平談樸訥的風，這是很可喜的。〔註 187〕」，創作獨立與平淡樸訥也可以說是周作人自己文學創作的特點，這是他們的共同點。但具體來看，與周作人執著地在鄉景描寫中抒發對故鄉的回憶不同，廢名專注於描繪他的夢中田園，或者說是廢名「阿賴耶識」所見之田園。對於讀者來說，廢名的鄉景之美看似來自於日常，但這些日常又彷彿在讀者的經驗之外，因爲他的鄉土世界太過於純淨，有一種似夢似眞的感覺，以至於周作人都認爲「這不是著者所見聞的實人世的，而是所夢想的幻景的寫象」〔註 188〕。例如在《菱蕩》中，廢名對於陶家村的自然風景描寫可謂是達到了完美的境界，說是世外桃源也並不過份，陶家村綠水環繞，竹林叢叢，「綠葉堆成了臺階的樣子，傾斜至河岸，河水沿竹子打個灣，潺潺流過」，而村中房屋的石灰磚，在「太陽底下更有一種光澤，表示陶家村總是興旺的」，站在高處看菱蕩圩，更是美不勝收，「花籃的形狀，……從底綠起，—— 若是蕎麥或油菜花開的時候，那又盡是花了」，菱蕩的色彩隨著四季農作物的變化而發生著變化，但無論哪個時節，就像是地上的一個大花籃，這樣的美景引得遊城的人常常在太陽落山的時候，從城垛上看陶家村，「但結果城上人望城下人，彷彿不會說水清竹葉綠，—— 城下人亦望城上。」〔註 189〕在這段風景描寫中，我們看到村中的綠竹、黑瓦、灰牆、小橋流水人家，清新的色彩與如畫的風景在閱讀過程中自然流淌在讀者在想像中。

同樣的，在《史家莊》裏，這個村莊的獨特之處在於，從外形上來看，幾乎是封閉的，「現在這一座村莊，幾十步開外，望見白垛青牆，三面是大樹包圍，樹葉子那麼一層一層的綠」，從外部看史家莊，視線是被三面環繞的參天大樹所遮蔽，外人是看不出究竟來的，就如同陶淵明的那個武陵桃花源，並不是開放的，只能經過一個關口才得以進入一樣，所以史家莊就像「有無限的故事藏在裏面一樣」，而從高高的牆垛上「露出來的高枝，更如對了鷂鷹的腳爪，陰森得攫人」，這是史家莊的外觀給人的神秘之感，覺得史家莊確實深不可測，不知裏面還有怎樣的景色。如同繪畫一般，廢名用點睛之筆結束

〔註 187〕周作人：《〈竹林的故事〉序》，《周作人散文全集》，第 4 卷第 307 頁。
〔註 188〕周作人：《〈桃園〉跋》，《周作人散文全集》，第 5 卷第 507 頁。
〔註 189〕廢名：《桃園・菱蕩》，《廢名集》，第 1 卷第 206～207 頁。

了這段風景描寫，「瓦，墨一般的黑，仰對碧藍深空」〔註190〕，強烈的色彩組合給人留下深刻的視覺印象，這個村莊在閱讀中逐漸生動起來。由於史家莊地形設置的封閉性，作者只能通過小林的所見所聞所感來告訴我們村莊的故事，這也和《桃花源記》中闖入桃花源的漁人一樣的視角，小林和漁人一樣成爲了風景的講述者。因爲是由小林這樣一個少年的視角和話語，所以風景的視覺呈現也充滿了童趣。

在《沙灘》中的一開頭，就描寫史家莊風景的特點，除了之前所說的神秘之外，就是「青」，滿眼的綠色幾乎快要溢出來，「樹則沿壩有，屋背後又格外的可以算得是茂林。草更不用說，除了踏出來的路只見牠在那裏綠」，這樣的景色對小林來說，最大的意義在於，「河與壩間一點草地，是最好玩的地方，河岸盡是垂柳。」〔註191〕也許，這才是風景存在的本來意義，在思想啓蒙、階級革命賦予鄉景許多「有用」的功做之時，廢名的鄉景書寫恰恰相反，是爲「無用」準備的，當然有用與無用都是相對的，實質上廢名的鄉景也並不是絕對的無用，而是「無用之用」，他的「用」不是爲時代之「大用」，是關於個人的「小用」。在《黃昏》裏，我們看到，優美的風景冥想是絕佳的環境，小林「此刻沈在深思裏，遊於黃昏的美之中」，「黃昏是這麼靜，靜彷彿做了船」〔註192〕。在這樣靜謐的環境裏，只見景物不見人，天地之寬，仿若只餘自己，關於存在的問題便自然而然的提了出來，而此時小林所思考的「存在」問題便是廢名在《阿賴耶識論》中所論述的。因爲眺望遠處的山而引發小林想到了，「有多少地方，多少人物，與我同存在，而首先消滅於我？不，在我他們根本上就沒有存在過」〔註193〕。在同一時空之中，雖然除了「我」還有其它的事物存在，但是由於我不能感知到，這些事物便如同沒有存在一樣，這實際上就是「物不是離心獨在，物是與心合而爲一，說心就應有物，猶如說鏡子就應有像，……所以物與心是一體，有心無所謂物。汝所謂物者，是汝心的範圍而已」〔註194〕的文學表達。所以，觀看風景的既是小林的眼睛，也是廢名的眼睛，小林所思亦廢名所思。

因此，在廢名的作品中，風景是引發思考的原因，或者說是思考的載體，由風景延伸而去思索哲學、人生問題，這正是廢名鄉景敘事的獨特之處，在

〔註190〕廢名：《橋・史家莊》，《廢名集》，第1卷麼347頁。
〔註191〕廢名：《橋・沙灘》，《廢名集》，第1卷第477頁。
〔註192〕廢名：《橋・黃昏》，《廢名集》，第1卷第488頁。
〔註193〕廢名：《橋・黃昏》，《廢名集》，第1卷第489～490頁。
〔註194〕廢名：《向世人說唯心》，《廢名集》，第4卷第1864頁。

他的佛學眼光觀照之下，包括風景在內的所有一切，「天地萬物，俱以表現為存在，鳥獸羽毛，草木花葉，人類的思維何以與之比映呢？滄海桑田，豈是人生之雪泥鴻爪？」，當風景參與到了廢名的哲學思考之中時，它就不再是自在之物，是與「心」同在的，但是一旦放下思考，風景也就退出心外，「這一度記憶，自畫光陰，等待落到思想之幕後，今日之樹林，依然寂寞自在」〔註195〕。因此，廢名的鄉景書寫似乎總有著一種畫外之音，並不是單純寫景，除了遼遠的意境之外，景外之景、景外之思讓人感到玄妙　。

廢名所寫的風景穿梭在現實與虛幻之中，當時就有評論者認為「沒有現代味，沒有寫實成分，所寫的是理想的人物，理想的境界。作者對現實閉起眼睛，而在幻想裏構造一個烏托邦」，廢名所描寫的「田疇，山，水，樹木，村莊，陰晴，朝，夕，都有一層縹緲朦朧的色彩，似夢境又似仙境。」〔註196〕確實，在廢名的風景書寫裏，我們看到的可以是現實，也可以不是現實，這全在於讀者以何種心態去閱讀，在周作人和沈從文看來，廢名就是對當時鄉村現實的反映，周作人認為「馮君的小說我並不覺得是逃避現實的。他所描寫的不是什麼大悲劇大喜劇，只是平凡人的平凡生活，——這卻正是現實」，當然，周作人也承認鄉村社會不僅是廢名所表現的這樣，他不否認社會存在著黑暗的一面，可是我們也並不能用黑暗就去指責廢名所寫的就不現實，因為廢名有選擇書寫內容的權力，「特別的光明與黑暗固然也是現實之一部，但這盡可以不去寫他，倘若自己不曾感到欲寫的必要，更不必說如沒有這種經驗。」〔註197〕沈從文也是持同樣的觀點，「作者的作品，是充滿了一切農村寂靜的美。差不多每篇都可以看到一個我們所熟悉的農民，在一個我們所生長的鄉村，如同我們同樣生活過來的活到那地上」〔註198〕。沈從文對廢名風景中的一草一木甚是親切，似乎可以嗅到那「略帶牛糞氣味和略帶稻草氣味的鄉村空氣」，換句話說，沈從文認為廢名作品中風景描寫之眞實幾乎觸手可及的現實重演。所以，廢名風景的現實與否，是一個見仁見智的問題，但是有一點可以確定的是，無論是否與現實重合或疏離，這都是廢名「心」中所想要書寫的鄉景。

〔註195〕廢名：《橋・行路》，《廢名集》，第2卷第617頁。

〔註196〕灌嬰：《橋》，《新月》，1932年11月1日，第4卷第5號，《書報春秋》第19～20頁，上海：上海書店，影印本1985年，第7冊。

〔註197〕周作人：《〈竹林的故事〉序》，《周作人散文全集》，第4卷第307頁。

〔註198〕沈從文：《論馮文柄》，《沈從文全集》，第16卷第146頁。

與廢名關注內心、有些不問世事的鄉景書寫相比較，沈從文對於鄉景的描寫顯然是有較爲明確的目的，但是這個目的性與作者自身的經歷有關，而與意識形態無關，沈從文始終都是以獨立的創作主體在進行文學創作，這個「獨立」指的是在某種特定的意識形態之外，當然這個主體並不是絕對自由，也會受制於社會現實。在晚年接受淩宇採訪時，沈從文說起當時創作的「最主要企圖，還是能維持最低生活，作品能發表就成」〔註 199〕，如果將沈從文在 1949 年之後所經歷的政治風浪考慮進去，在承認此話眞實性的前提下，也許這也只是創作目的的部份原因。

當我們回到沈從文的 20 歲，那時的他由於一個偶然的機會進入了報館作校對，也正是由於這次機會，他間接地受到了新文化運動的影響，於是下決心「儘管向更遠處走去，向一個生疏世界走去，把自己生命押上」，也總比這裡「病死或無意中爲流彈打死，似乎應當有意思些」〔註 200〕。但是理想是豐滿的，現實卻是骨感的，從窮鄉僻壤走出去的沈從文到了北京，鄉村的印記卻一生未能褪去。如果說從一開始是由於自身的外形、氣質讓人一看就是鄉巴佬，而讓他自覺被排斥的話，那麼以書寫湘西鄉村而成名的沈從文，正是得益於鄉下人的經歷與身份，以至於他從此固執於以「鄉下人」自居，爲他和周圍的浮華都市劃開了一道屏障。但是我們也必須清楚的是，儘管沈從文一直都認爲自己是湘西鄉下人，但是他並未離開他所抨擊的都市、回到故鄉，遠離湘西的他以「鄉下人」的身份獲得了書寫湘西的合法性，而不斷地去回憶湘西也是一個不斷確認「鄉下人」身份的過程。從這個目的出發，湘西的鄉景書寫是湘西回憶中不可缺少的重要組成部份，沈從文在以異域似的風景描寫區隔湘西與城市的同時，也是爲來自於這個異域似存在的他做身份的確認。因此，沈從文筆下的湘西風景是否優美還是其次，最爲重要的是湘西之景，無論是自然風光，或者是湘西的日常風景一定是獨特的、陌生化的，這除了湘西自身的地理與文化因素之外，還源於沈從文用文學的方式建構起來的湘西意象。

《邊城》在沈從文的湘西系列是佔了絕對重要的地位，而這部小說中的鄉景書寫建立起湘西意象的一種模式，或者說是框架，沈從文曾在題記中這樣寫道：「他們眞知道當前的農村是什麼，想知道過去農村有什麼，他們必也

〔註 199〕沈從文：《答淩宇問》，《沈從文全集》，第 16 卷第 522 頁。
〔註 200〕沈從文：《從文自傳》，《沈從文全集》，第 13 卷第 364 頁。

願意從這本書上同時還知道點世界的一小角隅的農村與軍人。」〔註 201〕可見，他是要通過「邊城」來告訴讀者湘西的鄉村是什麼樣的，那麼這個邊城一定是具有典型性、代表性的，可以用來當作湘西的代名詞。邊城茶峒只是湘西的一個山邊小鄉鎮，三省交界的地理位置與行政區劃，對於任何一個省來說，它都處於「邊緣」。而「邊緣」正是茶峒與湘西的一個共同特點。從某種程度上來說，我們可以這樣推論，即茶峒就是湘西。也就是說，通過閱讀茶峒的風景而建立起來的意象，也就是沈從文想要建立的湘西意象，這兩者是重合的。邊城群山環繞，一條溪流連結兩岸，「小溪寬約廿二丈，河床爲大片石頭作成。靜靜的河水即或深到一篙不能落底，卻依然清澈透明，河中游魚來去皆可以計數」〔註 202〕，清到見底的溪水與自由游動的魚兒，說明這是一個尚未被污染的地方，藏於深山使得茶峒還保留著仿如史前人跡罕至時景色，現代文明未至，邊城就安然如昔。

同自然環境未受污染一樣，邊城的人文景象也同樣不染纖塵，沈從文筆力所及之處，都讓讀者感到，陶淵明的桃花源不在別處，它就是邊城的現實風景。「兩岸多高山，山中多可以造紙的細竹，長年作深翠顏色，迫人眼目」，深綠的底色中，有尋常人家的世俗氣息，「近水人家多在桃杏裏，春天時只需注意，凡有桃花處必有人家」，桃紅竹綠，這樣的色彩出現在同一畫面裏太富於美感，「夏天則曬晾在日光下耀目的紫花布衣袴」，連曬出衣服的顏色，沈從文也予以描寫，讓人感到他不僅在創作文學作品，更著意用文字描繪出生動的視覺圖像，「秋冬來時，人家房屋在懸崖上的，濱水的，無不朗然入目。黃泥的牆，烏黑的瓦，……自然的大膽處與精巧處，無一地無一時不使人神往傾心」〔註 203〕。這樣的風景描寫看不出究竟是處於哪一個時代，時間在此處是缺失的，時間對於湘西來說，彷彿是一個無意義的存在，日出日落只是提醒著鄉民們的飲食起居。時間的流動如同圍繞山村的河水一樣，只是流動，無謂向前或者退後。

沈從文顯然是願意停留在這樣不計較新舊的時間裏，因爲沒有比較，便沒有前進或者落後的焦慮感。也許這正是沈從文的用心之處，湘西作爲邊緣之地，是被遺忘在歷史之中的，也正由於此，湘西擁有自己未受外界干擾的

〔註 201〕沈從文：《〈邊城〉題記》，《沈從文全集》，第 8 卷第 59 頁。

〔註 202〕沈從文：《邊城》，《沈從文全集》，第 8 卷第 61 頁。

〔註 203〕沈從文：《邊城》，《沈從文全集》，第 8 卷第 67 頁。

文化習俗，所以「一切莫不極有秩序，人民也莫大安分樂生。……中國其它地方正在如何不幸掙扎的情形，似乎就永遠不曾這邊城人民所感到。」〔註 204〕三十年代的中國正是翻天覆地，外侵內擾不斷，但是在邊城，這個封閉的空間裏，人民卻安居樂業，湘西與外界兩相忘，「這些人又似乎與歷史毫無關係。從他們應付生存的方式與排泄感情的娛樂看來，竟好像古今相同，不分彼此。這時節我所見的光景，或許就與兩千年前屈原所見的完全一樣。」〔註 205〕這不由得讓人想起魯迅在《吶喊・自序》中所提到的鐵屋子，同樣是一個失去時間感的封閉空間，魯迅感到的是一種瀕於窒息的壓抑，而這種被時間和世界遺忘的感覺到了沈從文這裡，他感到的是難能的可貴。「遺忘」使邊城成爲了世外桃源。

如果說被遺忘對於邊城居民來說是一種不自覺的錯覺的話，那麼對於沈從文來說，則是刻意爲之的錯覺，從另一方面來說，既然只是一種錯覺，那就終究會有正視現實的一天。所以邊城的「邊緣」只是相對的，不會永遠處於「邊緣」之地，經濟版圖與政治版圖的挪移與擴張，會將邊緣變爲中心或者將中心變爲邊緣。在小說結尾處，突如其來的大暴雨，改變了邊城原來的樣子，「一股濁流便從塔後嘩嘩的流來，從前面懸崖直墮而下。……下到碼頭去的那條路，正同一條小河一樣，嘩嘩的泄著黃泥水。過渡的那一條橫溪牽定的纜繩，已被水沖去了。泊在崖下的渡船，已不見了」〔註 206〕。更爲重要的是暴雨將邊城的地標白塔也一併毀去。暴雨後的邊城變得面目全非，這實際上是一種雙重的隱喻，外表的改變可以修復如昨，但是內在的毀滅卻是根本的，「重修的『白塔』已不再是原來的質料，再造的『湘西』也失去了傳統的精髓」〔註 207〕，而這樣的變化遲早會發生，在小說中沈從文選擇了一種劇烈的方式來結束邊城曾經被外界所遺忘的歷史。

正如茶峒大河終會匯入旁支河流一樣，邊城的時間歷程也將會和外面的世界同步。在《長河》裏，我們看到已經有越來越多的外來因素在慢慢影響著原本平靜的湘西，而風景的描寫也不再是以一種沉浸於山水風光的愜意心

〔註 204〕沈從文：《邊城》，《沈從文全集》，第 8 卷第 73 頁。
〔註 205〕沈從文：《箱子岩》，《沈從文全集》，第 11 卷第 277 頁。
〔註 206〕沈從文：《邊城》，《沈從文全集》，第 8 卷第 145 頁。
〔註 207〕宋劍華：《〈邊城〉：人性的想像與沈從文的幻滅》，《生命閱讀與神話解構——20 世紀中國文學經典文本的重新釋義》，廣州：廣東人民出版社，2010 年，第 57 頁。

情，取而代之的是一種難以言說的憂鬱。秋天本是收穫季節，特別是湘西的秋天更是美不勝收，「野花多用比春天更美麗眩目的顏色，點綴地面各處，沿河的高大白楊銀杏樹，無不為自然裝點以動人的色彩，到處是鮮豔與飽滿」，這段風景描寫讓讀者對於湘西秋天的想像到達了一個高點，比春天的繁花似錦更加美，但是在這和往常一樣的美景中，又有了新的變化，「然而在如此景物明朗和人事歡樂笑語中，卻似乎蘊含了一點兒淒涼。……過去一千年來的秋季，也許和這一次差不同完全相同，從這點『靜』中即見出寂寞和淒涼」〔註208〕。果不其然，「新生活」即將來到這塊邊地上，「這地方原來的一切，都必然會要有些變化」〔註209〕。從湘西走出去的沈從文非常清楚變化之於湘西會帶來什麼，但這不是以人的意志為轉移的，桃花源似的湘西再美好，也只能留在回憶之中。正如王德威評論的那樣，「他的湘西鄉愁不僅源於對出生地的眷戀，也出於對文學佳作的想像。由這兩種因緣出發，沈從文展開對往昔和故土的獨特闡說。正當中國作家大多忙於描述戰爭、飢饉和社會不公之際，沈從文進而創造出自己的田園國度。」〔註210〕

曾在 40 年代嶄露頭角，而經過了漫長的蟄伏期，在 80 年代聲名鵲起的汪曾祺，可以說是從整體上承繼了自由主義作家的文學創作風格。從汪曾祺自述的創作目的來看，與周作人等人如出一轍，汪曾祺認為他寫作是沒有任何功利性的目的，「我要寫，寫了自己玩」，而選擇這樣的方式「玩」是出於自己「美學感情的需要」，所以要把「他們的情緒、情操、生活態度寫出來，寫得更美，更富於詩意」〔註211〕。實際上，這裡是有矛盾的，無目的的創作與要將作品寫得更美、更富於詩意之間有著一種微妙的關係。雖然我們不能說「寫了自己玩」與要將作品寫得更美和更有詩意之間就一定相悖，但是這畢竟也是有目的性的「寫了自己玩」，所以汪曾祺並不是純粹以「審美」為終極目的來創作的，以「美」和「詩意」來表現鄉村社會，終究是為了「我所追求的不是深刻，而是和諧。」〔註212〕這種對於和諧的追求究竟與當時的主

〔註208〕沈從文：《秋（動中有靜）》，《沈從文全集》，第 10 卷第 22 頁。
〔註209〕沈從文：《秋（動中有靜）》，《沈從文全集》，第 10 卷第 38 頁。
〔註210〕王德威：《寫實主義小說的虛構：茅盾 老舍 沈從文》，上海：復旦大學出版社，2011 年，第 271 頁。
〔註211〕汪曾祺著、林斤瀾整理：《〈汪曾祺全集〉出版前言》，鄧九平編：《汪曾祺全集》，北京：北京師範大學出版社，1998 年，第 1 卷第 11 頁。以下所引此書皆出於此版本。
〔註212〕汪曾祺：《〈汪曾祺全集〉出版前言》，《汪曾祺全集》，第 1 卷第 9 頁。

流意識形態有多遠的距離，或者說在八十年代的語境中是否需要這種傳統鄉土社會和諧寧靜的鄉野風景來治癒政治動蕩帶來的心靈創傷，可能有著或多或少的原因。

從汪曾祺四十年代的作品來看，他的文學風格具有一貫性，因此八十年代汪曾祺的作品被接受與傳播，或許只是一種語境相遇的巧合。在四十年代所寫的《雞鴨名家》中，汪曾祺對於大淖的風景描寫與沈從文的湘西風景有著異曲同工之妙，大淖位於水路交通的交界地帶，四通八達，「乘小船往北順流而下，可以在垂楊柳、脆皮榆、茅棚、瓦屋之間，高爽地段，看到一座比較整齊的房子，兩旁八字粉牆，幾個黑漆大字，鮮明醒目」，南來北往的商客們與當地居民聚集於此，春夏秋冬四季熱鬧，「炕房無字號，多稱姓某幾房，似頗有古意」〔註 213〕。從此處的描述中看到，儘管與湘西因與世隔絕而形成的純樸風景不一樣，但是大淖這種世俗的熱鬧分明也失去了時代的印記，它可以放置於任何時代背景之中，因此寧靜的湘西與熱鬧的大淖在本質上是一樣的，是時代縫隙中的另類存在，始終處於自在自爲的狀態之中。和大淖相似的還有《受戒》中的庵趙莊，這個地方連信仰的清規戒律都視若無物，所有的一切盡在於「順其自然」四字當中，寺廟裏的和尚娶妻、殺生、念經掙錢、甚至還放債放租，這所有不合規矩的事情，在庵趙莊這個地方全部都習以爲常。這樣的人文風景確實如汪曾祺所說，他是爲了追求「和諧」，如果信仰守戒是爲了來生，那麼對於現世就是一種折磨，也就不可能出現這樣的只爲順從自然法則而出現的和諧鄉景了，於是念經收錢、念咒殺豬也就被「和諧」在一起了。而汪曾祺描寫的小英子的家更是營造出一種最爲典型的農耕文明的理想圖景。小英子的家三面臨河，只有一條小路通向外界，整個島上也只有他們一家，在這裡，有自種的各種蔬菜瓜果，自給自足，「島上有六棵大桑樹，夏天都結大桑椹，三棵結白的，三棵結紫的；一個菜園子，瓜豆蔬菜，四時不缺」，除了農作物，還有充滿了生活情趣的鮮花，「房檐下一邊種著一棵石榴樹，一邊種著一棵梔子花，都齊房檐高了。夏天開了花，一紅一白，好看得很。梔子花香得沖鼻子」〔註 214〕，這一家人更是在這個小天地裏種田、養雞，男耕女織，其樂融融。這個農家小院裏的一切只與他們一家有關，遺世獨立，自成一體。

〔註 213〕汪曾祺：《雞鴨名家》，《汪曾祺全集》，第 1 卷第 81 頁。
〔註 214〕汪曾祺：《受戒》，《汪曾祺全集》，第 1 卷第 331～332 頁。

可以說，這樣的情景基本上是沈從文筆下那個邊城的縮小版，但是沈從文意識到這種狀態的不穩定性或者說短暫性，將邊城終將被打破平靜的景象展現出來，因爲沈從文的創作目的從來不是爲了「和諧」，汪曾祺則就是爲了表達對和諧的期望而摒棄雜質，這是一種刻意爲之的與世無爭的自在鄉景。而在小說結尾處，汪曾祺寫到：「寫四十三年前的一個夢」，從未成爲現實的願望才被稱之爲「夢」，這個桃花源似的庵趙莊只存在於汪曾祺的想像中，四十三年前如此，四十三年後也如此，因此汪曾祺作品中的鄉村風景是片斷式的，不涉及過去，也不涉及未來，只是一個適時地存在的和諧之夢。

同樣是沒有爲某種特定的政治意識形態而創作，淪陷區的作家則不可能如周作人等作家一樣可以抒發一種來自於自我的舒緩、閒適的情緒，在淪陷區成爲亡國奴的事實深深刺痛著作家們的內心。此時，他們更多的是作爲一個中國人在寫作，表達的是對國家前途的焦慮、對侵略者的憤怒，國破家亡的悲痛心情，因此淪陷區作家的鄉土敘事匯入了民族抗戰的洪流之中，而作品中的鄉景書寫也是通過文字圖像的角度爲我們展現出一個殘破的國土和哀號的家園。

沈寂的《大荒天》描寫了日本人侵略下的村莊由於天災人禍，田地一片荒蕪，當年「萬年萬收的田畈」，現在卻「褪盡了綠色，整塊死僵著。禾苗橫滿一田，露出了根。泥土像石塊一般彈硬，不規則地一小塊一小塊龜裂開」，旱災使莊稼變得一無所有，「荒天，絕望的大荒天」〔註 215〕，如果旱災屬於自然災害不可避免，那麼在日本人統治下，無人救災，漢奸更是爲虎作倀，眼睜睜地看著鄉民餓死，「他的大牆門外變成萬人坑，橫橫豎豎倒滿屍首，一堆一堆爛掉」〔註 216〕，這是多麼觸目驚心的場景，有一種末日到來的感覺，死屍堆砌的可怕景象是一個高度濃縮的視覺圖像，這正是對日本侵略政策下的中國現狀的終極概括。死亡，成爲了淪陷區中國人的生活常態，將本來富饒的鄉村變爲死亡的地獄，作者直指日本侵略者的罪惡。關永吉在小說《牛》裏，描寫了兵荒馬亂中一個鄉鎮的衰落，本來充滿了生氣的小鎮甸在經過了一次兵禍之後，「變得蒼老和瘠瘦了。小巷寂寞而衰頹，毫無活氣，……現在

〔註 215〕沈寂：《大荒天》，范智紅選編：《中國淪陷區文學大系：新文藝小說卷》，南寧：廣西教育出版社，1998 年，（上）第 395 頁。以下所引此書皆出於此版本。

〔註 216〕沈寂：《大荒天》，《中國淪陷區文學大系：新文藝小說卷》，（上）第 403 頁。

是一個枯槁的腐朽的骷髏。……每個窗子都有戰敗的傷痕」〔註 217〕。鄉村社會環境的整體墮落，讓本來痛恨都市「荒淫而無恥」、認爲自己是「大地之子」的高賢，由城返鄉，想要在鄉村「培養一種新的人性，……在鄉下辦一個小學，而且成立可以提高一切文化水準的機關」〔註 218〕，但是鄉村卻無法安放他的理想，甚至於他自己，因此他不得不放棄，再次離鄉進城。在小說結尾處，作者指出土地仍然是安身立命之本，抱著這樣的信念，此時的鄉村風景成爲了作者抒情的對象，「冀魯大平原三角澱地帶——由子牙河和大清河交叉灌溉的沃土地帶，是很豐饒的呢」，而就在這片土地上，「大地孕育著一切有生命和沒有生命的東西，一切有思想和沒有思想的東西」〔註 219〕。對於土地懷著如此深厚的情感，與作者身處淪陷區的環境是密不可分的，土地與民族之間有著密不可分的關係，失去了國土的民族只能無根飄零、任外族欺侮，我想這一點是處於非淪陷區的人無法眞切感受到的。雖然在《牛》的文本中並沒有明確指出究竟是哪裏的軍隊，但是大鎮甸一天比一天沒落顯然與這群和強盜沒有兩樣的軍隊有著直接的關係，我們可以將他們看作是中國軍閥趁亂蜂擁而起，也可以認爲是日本侵略者，作者之所以不明寫。其中的原因不言而喻，因爲無論是哪支軍隊，對於原本平靜的鄉村來說，都是秩序的破壞者，對於傳統鄉土社會來說，他們的破壞都是毀滅性的打擊。所以作者的鄉景書寫既批判了鄉村混亂的社會場景、凋落的人性，但是依然懷念舊日鄉土，作者在小說結尾處將富於生機的土地看作是未來的希望，爲讀者留下了一個光明的尾巴，同時對於土地的讚美也可以激起民眾對於外來侵略者的仇恨，因爲在肥沃的土地上竟然無法建立一個安居樂業的家園，顯然這是外來因素所致，作者將批判的矛頭直指侵略者。

關永吉將最後的希望寄託在了土地上，「冬天快要來了，冬天過去的時候，就是春天」〔註 220〕，這意味著來年的春天，萬物復蘇的鄉景將取代慘淡的冬天鄉景，而馬驪的《生死路》則是用一種近乎於絕望的鄉景來表達對日本侵略者統治的痛恨，「五月的太陽似一爐高熱的烈火，燒天空，燒著大地，也燒著人心。五月的大地衰似深秋，四十里不見一片碧綠的原野，一個蓊鬱

〔註 217〕關永吉：《牛》，《中國淪陷區文學大系：新文藝小說卷》，（下）第 280 頁。
〔註 218〕關永吉：《牛》，《中國淪陷區文學大系：新文藝小說卷》，（下）第 277 頁。
〔註 219〕關永吉：《牛》，《中國淪陷區文學大系：新文藝小說卷》，（下）第 343 頁。
〔註 220〕關永吉：《牛》，《中國淪陷區文學大系：新文藝小說卷》，（下）第 343 頁。

的村莊」。〔註 221〕乾旱的天氣，絕收的莊稼，經過土匪、日本人洗劫和當過戰場的村莊，成爲了一片荒地，到處都是「燒毀的房子，是前些天日本兵跟游擊隊在這裡打仗燒的，天爺爺，直著了一天一夜，也沒有人敢救」，而在這些燒毀的房屋周圍，隨處可見的則是「血跡和死屍」〔註 222〕，這種人間地獄似的鄉景描寫觸目驚心，完全是周作人廢名式鄉野小景的絕對反面。所以，自由主義作家的鄉景除了田園牧歌，還有戰爭狀態下的悲慘畫面。

綜上所述，我們看到，自由主義作家們無論出於何種原因去描畫鄉景，總體說來，他們都著意於表達鄉村中永恒靜美的一面，而當他們身處淪陷區時，在民族存亡的生死關頭，他們竭力去書寫鄉村遭受破壞、毀滅的場景，這也正是出於對於往昔美好田園的懷念，書寫的場景越可怕，越能反襯出曾經的鄉村是多麼的平靜。在歷史敘事中跌宕起伏的現代中國，無論是微觀的個人生活，還是宏觀的社會生活，流變成爲一種常態。對於不願意跟隨主流意識形態而動的自由主義作家來說，用一種接續傳統士人精神的方式，建構一個能夠安於世界一隅的現代桃花源，是他們對於動蕩社會的主動規避，也是一種來自於文學的安靜反抗。

3、沒落之趨勢：民國鄉土社會的現實危機

在自由主義作家書寫的鄉景中，我們發現，它們有一個共同的特徵，那就是相對封閉的敘述話語空間，在這個特定的敘述語境中，他們重構了現代中國的鄉村桃花源，如詩如畫、滲透著日常生趣的鄉景亦眞亦幻。也許我們並不需要追究這種沒有時代印記的鄉村風景是否現實存在。但既然是鄉土文學，而不是虛幻小說，正如沈從文所說的，他寫《邊城》是因爲「他們眞知道當前農村是什麼，想知道過去農村有什麼，他們必也願意從這本書上同時還知道點世界一小角隅的農村與軍人」〔註 223〕。可見他是要通過自己的作品來展示湘西鄉村，但是究竟要展示什麼，用何種方式來展示，這就是作家自己的選擇了，但無論如何選擇，都是在沈從文所瞭解的現實中擷取材料，這是毋庸置疑的。如廢名的作品，在其它評論者認爲是作者是講述與現實無關的夢境時，周作人強調廢名作品中鄉景的現實存在，「馮君的小說我並不覺得是逃避現實。他所描寫的不是什麼大悲劇大喜劇，只是平凡人的平凡生活，—

〔註 221〕馬驪：《生死路》，《中國淪陷區文學大系：新文藝小說卷》，（下）第 379 頁。
〔註 222〕馬驪：《生死路》，《中國淪陷區文學大系：新文藝小說卷》，（下）第 449 頁。
〔註 223〕沈從文：《〈邊城〉題記》，《沈從文全集》，第 8 卷第 59 頁。

—這卻正是現實」〔註 224〕。沈從文也爲廢名作了同樣的辯護。可實際上，是否「現實」並不是一個文學作品最爲重要的存在理由，在我們並不苛求自由主義作家的作品要像階級革命鄉土文學一樣，要去反映現實、干預現實，但是問題在於爲什麼都以「創作自由」爲寫作宗旨的自由主義作家都在意自己作品中的鄉景是不是現實呢？問題還在於，爲什麼在他們堅持自己筆下的鄉村是現實的同時，大多數的評論者認爲並不是現實呢？雖然我們並不想糾結自由主義作家的作品是否反映了當時當地的鄉村現實，因爲評論者也不可能是先去考察了自由主義作家作品中特定的某地，才得出是否符合現實的結論，他們是從鄉土現實的普遍現象出發去觀照作品的。另外，我們也不需要去驗證文學作品與現實的重合度究竟是怎樣的，因爲文學創作並不等於現實重述，問題的癥結在於爲什麼評論與作者自辯會出現這樣的反差，除了文學評論的立場與角度因素之外，我們是否可以通過更爲客觀的方式找尋這一問題產生的答案呢？以下將從兩個方面來進行考察，一是鄉村經濟的整體發展趨勢以及出現的經濟問題，二是在經濟發展的總體水平之中的微觀鄉村社會生活。

首先來看民國鄉村經濟發展的整體表現。早在 1930 年，就有人提出雖然表面上讓農村陷入破產的是「地主，帝國主義，軍閥，貪官劣紳。而實際上，引起中國農村經濟崩潰的第一個動力，是帝國主義經濟侵略」〔註 225〕，我們暫且不去評判這個論斷的正確與否或者言過其實，但可以肯定的一點是當時的農村經濟與外來資本確實已經成爲了一個必須引起足夠重視的問題。那麼，當時鄉村經濟究竟出現了哪些問題。首當其衝的就是由於人口增長對農業生產造成的不良影響。據統計，「1912 年的中國大陸人口約爲 4.3 億，1933 年大約爲 5 億，到 1953 年至 5.8 億人口」，而在這些不斷增長的人口當中，「在 1933 年，全國就業人口爲 2.5921 億，其中 2.0491 億，即 79%從事農業」〔註 226〕，這個數據只是從事農業的比例，那麼眞正生活在鄉村的人口比則應該大大高於農業就業人口比例。丁達根據 1914 年北京農商部所調查的結果，全國農業總戶數爲 59402315 戶，「每戶以六口計，則中國農民人口差不多在 360,000,000 左右，即是說，差不多占全國人口總數百分之九十」〔註 227〕。人

〔註 224〕周作人：《〈竹林的故事〉序》，《周作人散文全集》，第 4 卷第 307 頁。
〔註 225〕丁達：《中國農村經濟的崩潰》，上海聯合書店 1930 年版，第 27 頁。
〔註 226〕〔美〕費正清等：《劍橋中華民國史》，上卷第 38～39 頁。
〔註 227〕丁達：《中國農村經濟的崩潰》，上海聯合書店 1930 年版，第 14 頁。

口總數在增加意味著農村人口也是增長，而在土地不可能和人口增長同步增加的同時，勢必造成人多地少的情況，因而出現了農業經濟內卷化。在單位面積不變的土地上，不斷增加的人口，造成了「許多小農家庭因生活的需要被迫投入極高密度內卷性的勞動量。爲此，他們會付出一定的代價：勞動力的邊際報酬遞減」〔註 228〕，其結果是每況愈下的生產狀況。內卷化是一個惡性循環的過程，由於勞動生產率的下降，在人口增加，即使單位面積的土地效益保持不變，那麼人均農業產值也是下降的，因此，黃宗智將民國時期的鄉村經濟總結爲小農經濟貧農化也是不無道理的。因此，人口壓力與土地之間的緊張關係是鄉村經濟出現下滑的原因之一。

第二，外來資本對於中國鄉村經濟的影響。在之前的論述中，我們可以看到，儘管晚清時，外來資本確實以一種強勢的姿態進入了中國，打破了中國經濟相對封閉的狀態，但是外來資本在中國整個農村經濟總量面前，還未構成完全改變中國經濟性質的力量，小農經濟仍然普遍存在，傳統鄉土社會仍在維持的狀態之中。但是外來資本畢竟是一種異於傳統小農經濟的新力量，總是會或多或少地產生一定的影響，因爲在中國經濟內部並未產生可以與外來資本對話或者博弈的經濟實力，所以這種影響將會愈加擴大爲對中國經濟的負面乃至破壞作用。馬若孟指出，「到 19 世紀末，三種新的現象開始產生並緩慢地慘入農村經濟」，它們分別是工業品的進口、農產品出品受租，還有就是中國企業無法與西方企業競爭，「而在狹義的經濟意義上，通商口岸以犧牲內地農村利益爲代價得到發展」〔註 229〕。同時城市在不斷的發展與擴大，進入二十世紀，外來資本在中國經濟中扮演了越來越重要的角色，部份地影響到了國計民生。特別是 1929 年至 1933 年，世界範圍內的經濟危機，儘管對於中國基本自足的小農經濟產生的危害是有限的，但是也不可避免地負面影響到了中國農業經濟，用經濟學家的話來說是「中國農業陷入了恐慌」。作爲一個農業國，農產品出口是中國農業獲取利潤的主要方式，但是在這次經濟危機期間，農產品出口銳減，1928 年爲指數 100，五穀及其產品，從 1929 年逐年下降，在 1934 年出口指數僅爲 24.5，豆及豆產品類情況

〔註 228〕〔美〕黃宗智：《華北的小農經濟與社會變遷》，中華書局 2000 年版，第 161 頁。

〔註 229〕〔美〕馬若孟：《中國農民經濟》，史建雲譯，江蘇人民出版社 2013 年版，第 29 頁。

就更爲嚴重，從 1929 年的 106.4 下降到 1933 年的 1.8，各類農產品出口總指數則由 1929 年的 102.3 下降到 1934 年的 39.9，而與此同時，外來農產品的進口增加對於中國農業經濟給予沉重打擊，如 1932 年，米和小麥的進口量爲 52852 千市擔，占國內米麥商品量的 20.1%，1933 年則占 20%〔註 230〕，這意味著國內農產品價格由於受到了進口農產品的衝擊而急劇跌落，隨之而來的是農民收入銳減，而造成國內市場的萎縮，這也對鄉民的日常生活產生了極端負面的影響。

除了前面所說的人口壓力、外來資本對於中國農業經濟的不良影響之外，還有一個重要的因素就是自然災害的頻發對經濟帶來的災難性後果。民國期間，各種自然災害，例如水災、旱災、蟲災、地震等接連不斷，據統計，從 1912 年至 1948 年，全國共計發生災害的縣次爲 16698，年均 451 縣次，「即每年約有 1/4 的國土籠罩在各種自然災害的陰霾之下，而其極值年份如 1928 年、1929 年，竟高達 1029 或 1051 縣，幾占全國縣數之一半」，這些自然災害造成的農作物歉收而使經濟受損嚴重。那麼我們再具體來看一下沈從文所在的湖南、廢名的湖北和周作人的浙江，這三地同屬長江中下游地區，在 1912 年至 1948 年間，湖南遭遇到的自然災害縣次爲 1199，年均約 32 縣次；湖北爲 1010，年均約 27 縣次；浙江爲 709，年均約 19 縣次〔註 231〕，而湖南是在同一區域遭遇自然災害最多的省份，湖北居第二，浙江在六個省份中居第五。如此看來，這三個省境內遭受災害的範圍還是比較廣的，另外災害的平均年縣次也並不能說明每一次災害所造成的損失，有可能一次災害就能帶來巨大的損失。例如，1935 年 7 月發生在湘鄂兩省的由特大暴雨引發的水災，造成了「長江中下游平原區受災田畝 2264 萬畝，受災人口 1003 萬人，死亡人口 14.2 萬人，損毀房屋 40.6 萬間」〔註 232〕。這還只是一年中的一次水災造成的損失，其餘的更具破壞力的自然災害造成的損失就更加不可計數了，例如旱災，如果說水災的過程還比較短，那麼旱災持續的時間更長，也更具有破壞力，對農業生產更是毀滅性的打擊。而自然災害也具有影響面積廣的特點，

〔註 230〕劉克祥等：《中國近代經濟史》（1927～1937），人民出版社 2012 年版，（二）第 486～488 頁，表 2-6、表 2-7。

〔註 231〕夏明方：《民國時期自然災害與鄉村社會》，北京：中華書局，2000 年，第 34～35 頁，表 1-3。

〔註 232〕胡明思等：《中國歷史大洪水》，北京：中國書店出版社，1989 年，（下）第 305 頁。

水災、乾旱所及之處沒有哪一個地方可以獨善其身。另外，連年不斷的戰爭也使政府很難實行休養生息的農業政策，再加上上述的幾個原因，整個民國時期，農村經濟雖未致於崩潰，但也只是在邊緣狀態之中苦苦維持，總體是呈沒落趨勢。

再來看在農業經濟整體趨向下滑的狀況下，鄉村社會生活又呈現出怎樣的態勢呢？我們將從兩個方面來進行考察，一是鄉村日常生活水平，二是對於租稅對於鄉民收入的影響。首先來看鄉村的生活水平發生了哪些變化。農業生產技術對於勞動生產率提高有很大的影響，但是中國的農業生產技術在進入二十世紀之後卻未有明顯的改進，「雖然有了細枝末節的變化，某些部份的規模或質量方面有了改變，但它的技術與組織，1911 年與 1870 年相去不遠（甚至進入 20 世紀 30 年代，它基本仍保持不變）」〔註 233〕。儘管中國的農業生產技術雖然達到了前現代的頂峰，它畢竟不是現代農業生產技術，勞動生產率也就可不能出現新的變化，這也帶來的也是農作物產量始終未能提高，但是人口在不斷增加。黃宗智認爲，中國鄉村的分家制度也是造成農業生產內卷化的一個重要原因，經營式農場由於分家碎裂爲幾個家庭式農場，所以「農場面積過小（相對自家所有勞動力和家庭生計而言），會逼使一個農戶採用內卷式的經營方式」，這樣就使得鄉民家庭將勞力過多的耗費，而無法取得相應的勞動報酬，使家庭越來越陷入貧困當中。

另一方面，由於家庭擁有的土地過少而勞動力相對過剩，就使得雇農數量不斷增加。根據民國時期的調查顯示，1931 年自耕農占 45%，而到了 1936 年就只占 30%，半自耕農則由 1931 年的 40%下降到 1936 年的 35%，與之正好相反的是佃農比例的上升，從 1931 年的 15%上升至 1936 年的 33%或 35%〔註 234〕。從急劇變化的時間範圍內，我們可以看到，雖然世界經濟危機對於鄉村的影響不容忽視，但鄉村農業的內卷化也是其中的一個重要原因。雇農數量的大幅增加導致雇農的工資下降，「把工資壓到約勞動者所生產的總值的 1/3 的水平，即只夠維持勞動者本身的生計，而不足以維持他一家人的生活」〔註 235〕。

〔註 233〕〔美〕費正清等：《劍橋中國晚清史》，北京：中國社會科學出版社，1985 年，下卷第 2～3 頁。

〔註 234〕章有義編：《中國近代農業史資料》（第三輯 1927～1937），北京：生活・讀書・新知三聯書店，1957 年，第 733 頁。

〔註 235〕〔美〕黃宗智：《華北的小農經濟與社會變遷》，北京：中華書局，2000 年，第 304～306 頁。

因此，鄉民家庭生活的貧困化，即向下流動成爲一種普遍現象。與此同時，城市的發展也給鄉村增加了負擔，「工業資本向農村滲透，並通過不等價交換把財富從農村吸引到城市，而把貧困留給農村。即使農民轉而種植工業用作物以阻止他們生活水平的惡化，也無法改變自己的命運。」〔註236〕由於鄉村社會貧困範圍在逐漸擴大，不停的戰爭、政局的動蕩，使政府難以兼顧鄉村基層社會，同時自然災害造成的災難與損失也就很難得到有效的解決，由此而造成了大量的流民、災民離村求生。在喬啓明所列出的遷徙原因中就提出，「近年來我國農村人口感於農村經濟衰落，從事農業，勞而寡功，於是稍有能力者，尤以青年男女，紛紛離村，投奔城市謀生」〔註237〕。也正是由於農村的貧困，其勞動所得無法滿足日常生活，因此鄉民們也在農閒時節外出乞討，「用以購買種子、肥料、耕牛或清償宿債，繳納捐稅等」，喬啓明特別指出，「湖北黃梅、江西九江等縣農家更有於農隙時，結隊成群，藉逃荒爲名，出外乞食，至農忙時始歸者」〔註238〕。湖北黃梅正是廢名筆下那個如夢如幻的「竹林」家鄉，如果僅是閱讀廢名的小說，我們是很難想像這樣一個樂土家園也會出現乞討爲生的情景。當然，廢名的文學創作並不需要一定要反映當下的現實，但是從這一角度，我們似乎也可以理解評論者爲何要如斯評論了。由上所述，農業技術的停滯、農業生產的內卷化，以及由於貧困、戰爭、自然災害等造成的離村，使鄉村社會生活整體貧困化，這是一個不爭的現實問題。如果說上述這些問題都是客觀因素造成的，那麼租稅的上漲，便是鄉村危機發生的一個重要人爲因素。國民政府並非不重視對於佃農租稅權益的保護，也制定了相關法規來保障，使農戶租佃土地時有法可依，但是如果租稅是整體性上漲的，那麼當上漲租稅成爲一種普遍現象，法規便很難給予有效及時的保護了。例如在浙江，「田賦是農民普遍的負擔，亦是農村大宗的支出」，有的地方如嘉興等地，每畝田賦達到了地價的百分之十二，而各種名目雜捐全省竟有七八十種之多，「名目一多，稅額自然較重，於是浙江各縣平均計算，附加稅數額超過一倍至二倍」，其結果必然是，「浙江農村在這樣的的田賦制度下，受到了極大的摧殘」〔註239〕。

〔註236〕〔美〕馬若孟：《中國農民經濟》，史建雲譯，南京：江蘇人民出版社，2013年，第19～20頁。

〔註237〕喬啓明：《中國農村經濟學》，商務印書館，1947年，第135頁。

〔註238〕喬啓明：《中國農村經濟學》，商務印書館，1947年，第146頁。

〔註239〕行政院農村復興委員會編：《浙江農村調查》，商務印書館，1935年，第11～12頁。

再來看 1934 年的土地調查，我們發現，在各省田賦正附稅額及其比率的調查中，全國正附稅的平均百分比爲 100.55%，即附稅是正稅的一倍，而湖南的附稅是正稅的 337.54%，浙江爲 111.11%，湖北爲 123.13%〔註 240〕，從中可以看到湖南的附稅是最重的，竟然是正稅的 3 倍以上，另外浙江與湖北也超過了全國平均水平。而在這些正附稅之外，尚有許多臨時攤派，不得不說戰時政府本身就無法給予鄉村安定寬鬆的生產環境。而政府的田賦稅收只是鄉村農業負擔的一部份，另有半自耕農或佃農的地租仍然是一個需要重視的問題。政府所收的田賦都在不斷上漲之列，那麼鄉間地租的上漲更是一個必然的趨勢。

在全國土地調查報告中，對於地租一項的調查結果顯示，在總計 135 個縣、佃戶數 1807 戶，平均額定租金占收益的 43.22%，平均實付租金占收益的 38.7%，具體到浙江，額定租金占收益的 45.30%，實付占收益的 35.29%，湖南的額定租金占收益的 41.67%，實付則占 29.61，湖北的額定租金占收益就高達 46.65%，實付占 35.09〔註 241〕，這些地租額早已超過了政府土地法所規定的限制，成爲鄉村農戶的沉重負擔。因此，在維持自身生存之外，鄉民不可能有多餘的資金用於農業基礎設施的建設或農業技術的革新，農業生產率無法提高，內卷化更加嚴重，所以鄉民無論投入多少勞力，都只能處於一種維持現狀、甚至每況愈下的狀態之中，如遇災年，則更加艱難一些。

在此，我們可以得出這樣的一個結論，即民國時期鄉村經濟在外來資本、自然災害、人口、戰爭等因素的多重作用下，無法按照正常軌道發展，始終處於前現代的低勞動生產率狀態之中，抗風險能力與農產品商業化都很低，所以「大多數人民託命於依賴自然力多之農業，而營其掙扎於飢餓線上之小農生活。其易困於災荒、流於愚鈍，日趨貧乏，自爲當然之結果，於民族前途，實堪殷憂。」〔註 242〕鄉村問題積聚已久，非一朝一夕可以改變，而鄉村

〔註 240〕土地委員會編：《全國土地調查報告綱要》，李文海等編：《民國時期社會調查叢編（二編）》（鄉村經濟卷），福州：福建教育出版社，2009 年，（下）第 375 頁。

〔註 241〕土地委員會編：《全國土地調查報告綱要》，李文海等編：《民國時期社會調查叢編（二編）》（鄉村經濟卷），福州：福建教育出版社，2009 年，（下）第 355 頁。

〔註 242〕土地委員會編：《全國土地調查報告綱要》，李文海等編：《民國時期社會調查叢編（二編）》（鄉村經濟卷），福州：福建教育出版社，2009 年，（下）第 378 頁。

經濟的沒落也拖慢了中國整體社會的發展，最爲重要的是直接影響到的了鄉村日常生活，因此費孝通認爲，「中國農村的基本問題，簡單地說，就是農民的收入降低到不足以給維持最低生活水平所需的程度。中國農村眞正的問題是人民的飢餓問題」〔註 243〕，如何讓鄉村底層社會在一個有制度保障的情況下，保證和維持溫飽仍然是一個需要直面、并且亟待解決的嚴峻問題。那麼回到開頭提到的當時評論與自由主義作家自辯「現實」的問題。評論者們將鄉村現實問題作爲批評自由主義作家的一個重要支點，因爲鄉村現實與作品中的鄉村確實有著較大的距離，從表面看起來，評論者們應該是有的放矢。特別是在一個國難當頭、救亡成爲主流聲音的時代裏，只關注於「自己的園地」似乎也是不合時宜的做法，放下自我去擁抱現實才是得到肯定的做法。「天下興亡，匹夫有責」，這是中國知識分子所認同的入世精神，思想啓蒙也好，階級革命也好，知識分子都是投入自我以改造社會，他們所持的思想觀點、改造路徑各不相同，但是在這些表象的背後，則都是傳統知識分子擔負天下的思想背景。所以，評論者認爲自由主義作家的創作未能反映現實是可以理解的。但是，我們應該理解，中國知識分子在積極入世的同時，還存在著隱逸出世的習慣做法。例如周作人喜愛晚明小品文，看重的正是小品文可以表現出眞摯情感，在平常生活中看到值得欣賞的美。

實質上，這也是擁抱現實的一種，只是這個現實不是國家、社會那種層面的「大」現實，而是自我的「小」現實。從大的環境上來說，中國鄉村確實陷入了深切的危機之中，文學可以去表現這種苦難與殘酷的現實，但是我們也不能否認文學同樣可以表現鄉村傳統、靜美的一面。自由主義作家們作品中的鄉景，也許並不是虛妄的幻想，在某時某地確實可能存在那樣的桃花源式的鄉景，用審美的眼光去打量鄉村，可以過濾掉藏於鄉村內部的生存問題，以一種積極的視角去書寫鄉景，我們也可以將之看作對鄉村社會絕望心理的鼓舞。例如革命作家孫犁的創作，他的《荷花澱》系列，是對抗日根據地鬥爭的描寫，照理說，與日寇的武裝鬥爭應該是充滿了血腥與殘酷，但我們從孫犁的小說中看到的卻是荷花澱美麗的風景和輕鬆笑語間就將日寇消滅的畫面。那孫犁筆下的鄉景是抗日根據地的現實嗎，這似乎是不必去追究的，我們會將他的小說看作是抗戰的浪漫化表現，能夠在艱苦卓絕的抗戰中給予人精神安慰，現實已經如此殘酷，需要用文學作品來撫平創傷。

〔註 243〕費孝通：《江村經濟》，《費孝通全集》，第 2 卷第 264 頁。

同理，自由主義作家選擇了他們願意看到或者欣賞的鄉土風景來加以敘述，我們可以理解爲出於審美或對現實的安慰將鄉村風景浪漫化、藝術化，又或者如一位學者所說的，自由主義作家「關注從鄉土世界中呈現生命的本眞性，它們要去掉加在生命之中的傳統的、現代的、物質的、觀念的各種遮蔽，在時間中將個體生命的價値無蔽地呈現出來。」〔註244〕所以，評論者所指出的「非現實」這一問題，與自由主義作家強調的「現實」，實際上是兩個層面的問題，本身並沒有構成觀點的交鋒，因爲「現實」並不是評論文學作品的唯一標準。自由主義作家所強調的「現實」是他們選擇的現實，這是一種超越時代的恒常存在的「現實」，也可以說一種抽象的眞實存在，他們所書寫的是一種傳統的、形而上的鄉土精神。從這個意義上來說，自由主義作家的創作未嘗不是另一種「現實」，正如費孝通所說，「鄉土社會是安土重遷的，生於斯、長於斯、死於斯的社會。……在這種不分秦漢，代代如是的環境裏，……一個在鄉土社會裏種田的老農所遇著的只是四季的轉換，而不是時代變更。一年一度，周而復始。」〔註245〕這種不問世事變遷的鄉土才是自由主義作家願意從喧囂虛浮的城市景象回歸的精神家園。實際上，自由主義作家對於鄉景的書寫，無論是想像也好，抑或是現實也罷，我認爲這是對鄉土社會的一種樂觀寫作。

綜上所述，在現代鄉土敘事中，作家們從不同的視角與理念出發，對鄉村風景進行了各不相同的表現。啓蒙知識分子以鄉村落後爲前提，從而爲我們展開了一幅破敗、凋敝的鄉村畫卷，滲透其中的是啓蒙知識分子在追求現代性理想過程中而產生的對傳統鄉土社會的深深憂慮；階級革命作家有著明確的創作指導思想，在將文學整體性的轉化爲意識形態宣傳工具的時候，鄉村風景就不再有了自主性，注定了它只能是在服務於階級革命宣傳這一目的下的「被革命化」，於是鄉景中充滿了階級的仇恨與革命的激情；自由主義作家自覺地遠離任何功利性的創作目的，他們標榜著「創作自由」，實際上承繼的是傳統言志文學的創作宗旨，他們重視個人情感與審美的表達，所以他們的鄉景書寫符合中國傳統美學的要求，自在和諧的鄉景與現實大環境的距離，讓我們看到了作家們對中國傳統鄉土精神的懷念，他們作品中那些周而

〔註244〕吳海清：《鄉土世界的現代性想像》，天津：南開大學出版，2011年，第339頁。

〔註245〕費孝通：《鄉土中國》，《費孝通全集》，第6卷第149頁。

復始、生生不息的鄉土社會對於動蕩流離的民國時代顯得特別珍貴。不管是哪一種視角下的鄉景呈現，鄉景書寫已然成爲了作家言說自我思想的重要載體，構成了一種敘事話語，而成爲現代鄉土敘事的重要組成部份。

第二章　鄉紳敘事：錯綜複雜的文化符號

「勞心者治人，勞力者治於人；治於人者食人，治人者食於人，天下之通義也」〔註 1〕。對於中國傳統社會來說，這是一條適用於任何朝代的通行法則，這個法則也顯示出勞心者與勞力者之間，治與被治、食與被食的對立關係，對立雙方的平衡關係在某些情況下有著隨時被打破的可能，因此要維持社會的穩定和統治的延續，需要第三方的參與和週旋，於是連接著勞心者與勞力者的士紳階層的存在便成爲歷史的必然與需要。對上層統治者來說，士紳階層是一個可以提出統治建議的知識精英群體，對基層民眾來說，士紳階層是一個可以將他們的需求傳達至上層的意見領袖。就士紳階層本身而言，他們並不是完全中立於朝堂與鄉野之間的，而是具有流動性的，他們可以向上成爲勞心者中的一員，也可以久居於勞力者之中，以自身的知識優勢在文化、教育、司法等方面發揮作用。因此，無論從哪個立場來說，士紳階層在中國社會結構中的重要性是毋庸置疑的，費正清曾說「在過去 1000 年，士紳越來越多地主宰了中國人的生活，以致一些社會學家稱中國爲士紳之國」〔註 2〕。但是將士紳群體如此的社會重要性放置到棄舊迎新的二十世紀時，這一群體階層便成爲了眾矢之的，無論是政治上的還是思想上的，人們都需要通過如何對待士紳階層的態度上來證明自身革新或保守的觀點，而士紳階層本身也面臨著前進或留守的分化問題。

〔註 1〕孟子：《孟子》，萬麗華、藍旭譯注，北京：中華書局，2006 年，第 111 頁。
〔註 2〕〔美〕費正清：《美國與中國》，張理京譯，北京：世界知識出版社，1999 年，第 32 頁。

這意味著士紳階層將以複雜的方式進入到二十世紀的政治與社會生活、思想文化場閾之中，在士紳階層的自我言說與被他人言說過程中折射出時代的裂變聚合。具體到中國現代文學鄉土敘事，士紳的範圍也將縮小至「鄉紳」，我們看到由於不同的書寫視角，在文本中呈現出了差異甚大的鄉紳形象。當文學的虛構性敘事構建起目的性的現實意象時，我們就不得不去追問其敘事話語形成的前因後果。鄉紳形象的現實存在與文學敘事之間的交錯、背離或重合，在某種程度上反映出了歷史的眞實，正是這種敘事話語與時代的互動，讓我們可以從多角度去理解鄉土文學中鄉紳形象呈現的眞正動因，因爲鄉紳階層不僅是一個社會群體，在他們的背後是深厚的文化積纍，鄉紳階層在歷史現實與文學敘事中的命運沉浮，也就是傳統文化在現代中國的命運寫照。在由不同創作理念爲主導而建構的話語系統中，鄉紳形象分別被貼上了守舊的禮教衛道士、兇殘的階級敵人和尚德重義的舊禮傳承者的標簽，持有不同視角的作家當然有按照自己意願塑造或虛構角色的理由和權力，但是長久以來，這種各執一端的文學虛構已然成爲了鄉紳階層的固定意象，而研究者也是以承認這種虛構的眞實性爲基礎進行文學研究，因此我們有必要重新回到當時的文學和歷史原場，重構有關鄉紳形象的敘事話語。

第一節　僞善與衛道：啓蒙主義視角下的鄉紳敘事

啓蒙運動，啓的是思想之蒙，之所以有啓蒙的必要性，是建立認爲當時的思想文化狀況需要改善的基礎之上。任何一個國家或民族的文化傳統都是歷史累積而成，因此啓蒙就必然會追溯到思想文化的傳承淵源。新文化運動中的啓蒙主義者認爲只有徹底地祛除了傳統文化的精神控制，才能去接受西方全新的現代文化。身處社會基層的、作爲中國傳統文化與思想傳承者的鄉紳階層在啓蒙知識分子那裏便成爲了阻礙社會進步的最大障礙，他們認爲，西方先進文化難以在中國迅速的落地生根，根本原因是鄉土社會由一群頑固的封建遺老所掌控。因此，啓蒙鄉土敘事中所呈現的鄉紳形象反映出，啓蒙知識分子對於鄉土社會的思想文化現狀的激烈批判與沉重焦慮的情緒。

1、傳統之符號：思想啓蒙話語的批判邏輯

晚清以來，西方文化與中國傳統文化之間的角力是一個由器物到思想、由淺至深的緩慢過程，在這個過程中，西方文化的進攻與傳統文化抵抗是同

時存在的，雙方亦步亦趨。但是正如河岸堤壩上的裂口，只要衝擊力未停止，裂口總會由小變大，直到毀壞整個堤壩，而中國傳統文化便是這條即將被撕裂的堤壩。在此，我們暫且不論當時輸入的西方文化質量如何，但起碼在中國傳統文化之外爲世人提供了另一種圖景，或者說另外一種文化發展的可能性。但是如何取得社會的共識，將這一可能性付諸實施，更新傳統文化，成爲擺在啓蒙知識分子面前的主要問題，於是鄉紳階層便進入了啓蒙視野之中。那麼，鄉紳階層究竟是怎樣的一種文化存在，以至於成爲了啓蒙鄉土敘事中的傳統符號，備受批判。

首先明確「鄉紳」這一名詞是指，「鄉間的紳士」〔註 3〕，這是從地域上對於「紳士」一詞的限定，那麼「鄉紳」一詞的重點在於「紳」。何謂「紳」，從《辭海》的釋義來看，「紳」有兩個含義，一是「古代士大夫束在衣外的大帶」，二是「束帶」，可見「紳」本來是一種裝束，但是這種裝束卻是一種標誌，是獲得了某種資格的人才可以佩戴的，與「紳」相關的詞語便有「紳衿」、「紳耆」和「紳士」，可以看到，「紳」字的本意與從此字延伸出來的詞語都是與文化有關的，而在傳統社會裏，文化與權力是緊密相連的，「紳」可以「引申以束紳的人士，亦即在地方上有勢力和名望的人。如，鄉紳。」〔註 4〕但是需要注意的一點是，鄉間有勢力和名望的人卻並不一定是「鄉紳」，勢力與名望對於「紳」來說，是可以分離開、也可以重合的。也就是說，勢力並不是成爲鄉紳的必要條件，最爲重要的名望，而名望則來自於民眾的認同與尊重。因此，鄉紳一般是由名望而獲得權威與勢力，與經濟優勢與政治特權有聯繫，但也並不必然。「鄉紳」雖然解釋爲「鄉間的紳士」，表面上看似指代的是鄉間的一個社會群體，但實際上指的是一種身份的歸屬與確認。究竟如何才能獲取「鄉紳」這一身份，這個身份與啓蒙知識分子所竭力批判的傳統文化之間又有著怎樣的關聯呢？因爲這一問題的答案將決定啓蒙鄉土文學敘事中的鄉紳形象的呈現。

從以上對於「紳」的釋義中，我們看到現代語境中的「紳」與「士」是並連在一起，作爲一個詞出現的，紳士或士紳指的就是「紳」，或者就是「士」。但是，由「士」到「紳」再到「士紳」，卻是一個歷史變化的過程。最初意義上的「士」究竟是什麼，並不重要，重要的是，「士」逐漸成爲了一個社會階

〔註 3〕《漢語大詞典》：上海：漢語大詞典出版社，1992 年，第 10 卷第 660 頁。
〔註 4〕《辭海》：上海：上海辭書出版社，2009 年，第 3 卷第 2002 頁。

層的特有稱呼，根據余英時先生的考證，當「士」興起時，這一階層從經濟層面上來說，「處於大夫與庶人之間」，從社會地位上來說，「處於貴族與庶人之間，是上下流動的匯合之所」〔註 5〕。也就是說，從一開始，「士」就是一個具有流動性質的社會階層，而這一階層之所以可以上下流動，最爲根本的原因在於「士」所擁的的文化資本。隨著大一統的王朝建立，國家需要「士」爲之服務，從九品中正制到科舉制，將「士」選爲國用成爲了一項關乎國家前途命運的重要制度，而這也將「士」逐漸過渡爲「紳」。既然是選拔，這就意味著並不是所有的士都可以成爲官僚集團中的一員，有的士可能一輩子都只能是在野的士，而有的士則以出類拔萃的才會成爲了紳，這些曾經的紳在一定年齡或者經歷政治變故之後退出國家機構，再次成爲在野的士，那麼「士」與「紳」這兩種身份時而重疊、時而分離。

蕭公權在論述清代保甲制度時，也是將「士」與「紳」分開說明的，「清朝統治者雖然執行給予縉紳和士子（即未來的縉紳）……」〔註 6〕。從他的描述中，我們可以理解爲縉紳是通過科舉而入仕的讀書人，而士子則是未參加科舉或者科舉仍未中的讀書人，這兩類人看似有區別，但其實質卻是一樣，因此在其後的論述中，我們看到蕭公權直接將縉紳與士子合稱爲了「紳士」，例如「清王朝堅持把縉紳和士子置於保甲組織控制之下的原因非常清楚。紳士階層一方面享有特權，……」〔註 7〕。士與紳可以相提並論，根本原因是科舉制度的實行，一方面保證了這一階層的數量上的穩定性，另一方面也保證了他們無論在野爲士，還是在朝爲紳，他們的共同背景都是儒家文化，都以傳播儒家文化精神和價值觀爲自身的社會使命與文化使命。所以，士與紳逐漸合二爲一，這也就有了後世對於鄉紳的釋義，「鄉里中的官吏或讀書人」〔註 8〕。官吏是通過了科舉考試，獲得國家的認可而參與政權的讀書人，其本質仍然是一個掌握著文化資源的讀書人，但是由於科舉制度的嚴苛，錄取人數極其有限，因此能夠以科舉進仕是所有讀書人夢寐以求的，也是可以獲得社會聲望與尊敬的最爲主要的方式。但未能進仕的讀書人依然可以以掌握了儒家學說而成爲政府在民間事務中倚重的人。在這個意義上，士與紳在社會功

〔註 5〕余英時：《士與中國文化》，上海：上海人民出版社，1987 年，第 10～12 頁。

〔註 6〕蕭公權：《中國鄉村——論 19 世紀的帝國控制》，張皓等譯，臺北：聯經出版公司，2014 年，第 84 頁。

〔註 7〕蕭公權：《中國鄉村——論 19 世紀的帝國控制》，第 84 頁。

〔註 8〕《大辭典》：臺北：三民書局，1985 年，第 4841 頁。

能上發揮著相似的作用，只不過是在朝與在野的區別，而在野的「士」之所以願意「家事國事天下事，事事關心」，根源於儒家文化所賦予的「一種理想主義的精神，要求它的每一個分子——士——都能超越他自己個體和群體的利害得失，而發展爲對整個社會的深厚關懷」〔註 9〕。所以，無論是否成爲政權中的一員，士與紳的社會功能與文化功能都是相同的，士就是紳，紳就是士，兩者終於合二爲一，但就字面含義來說，不是所有的士都是紳，但是所有的紳一定是士，原義爲一種士大夫的標誌的「紳」更能夠概括和代表作爲讀書人的特性，因此，逐漸將「紳」代替了「士」。

從新文化運動時期啓蒙知識分子的話語中，我們更多看到的是「紳士」，可見，他們對於這一社會階層的定義已偏向於作爲「紳」的這一方面。這是因爲，在一般人的概念中，「士」除了是讀書人以外，還與歷史上所習慣認知的自由逍遙的「遊士」、劫富濟貧的「俠士」相關，這樣的「士」顯然並不在啓蒙知識分子的批判範圍內，因此作爲啓蒙運動的批判對象，「紳」的身份背景顯然比「士」與專制皇權有著更多的牽連，以「紳」來代替「士」，這就不僅是一個認知問題，還是一個批判的策略問題。對於這一點，海外研究者在選擇「紳士」一詞的英文對應詞時，也充分考慮到了對於「紳」這一個詞的含義，他們使用的是「Gentry」，而不是「Gentleman」，就是因爲「使用 Gentry 一詞更好地表明這一階層在意識形態、政治、社會、經濟領域居於支配地位的總意思」〔註 10〕，雖然魏斐德對這個詞用於翻譯中國士紳有不同的意見，他認爲，「Gentry 巧妙地表達了紳士的地位與鄉村住所，但不能表明其官僚身份」〔註 11〕，估計魏斐德是認爲 Gentry 的英文原意中未明確涉及這種高尚地位的來源。但是如果將「good social position」看作是一個過程的結果，那麼在中國語境中，只有良好的儒學教育才能帶來這樣良好的社會地位，而這種儒學教育與科舉選官制度之間密不可分的關係，所以在這種高尚的社會地位背後，是必然包含著「爲官」的成份的，因爲 Gentry 一詞與「士紳」對應，應該說是恰當的。而 gentlman 與 Gentry 之間，恰與中文裏面的「士」與「紳」

〔註 9〕余英時：《士與中國文化》，上海：上海人民出版社 1987 年版，第 35 頁。

〔註 10〕張仲禮：《中國紳士——關於其在十九世紀中國社會中作用的研究》，李榮昌譯，上海：上海社會科學院出版社，1991 年，費蘭茲·邁克爾《導言》，第 8 頁。

〔註 11〕〔美〕魏斐德：《中華帝制的衰落》，鄧軍譯，合肥：黃山書社，2010 年，第 21 頁。

之間的差別有著異曲同工之妙，有著良好知識修養的「gentleman」未必可以是「gentry」，因爲在英文中，後者被解釋爲「people of good social position」〔註12〕，這是一個佔有社會資源，包括文化資源在內的社會階層，這種佔有是以依附專制皇權爲前提的，可以說，海外研究者的理解觸及到了「士紳」的眞正存在意義。

隨著晚清社會動蕩與變遷，「士紳」階層本身也發生了變化。晚清中央政府對於地方的控制愈加虛弱，地方士紳的力量得以凸顯，共同的政治利益與文化認同，一種隱性的凝聚力吸引著「士」與「紳」，他們的聯合在鄉村社會秩序的控制上發揮著實際的作用，政府在地方事務上的缺席，使得這一部份參與地方行政或民政事務的除了以儒學經歷而取得社會地位的士紳之外，還有其它在社會上擁有話語權的、并非以進學爲途徑而地方上層人物，這些人與士紳一起爲地方事務效力，他們也以個人影響力進入了士紳的行列，因此可以用「鄉紳」一詞來概括。但是「鄉紳」一詞帶來的是其中對「士」的成份的隱藏，凸顯了「紳」的成份，所以「紳」的群體範圍開始擴大，例如周錫瑞在解釋何謂「鄉紳」時，是這樣定義的：「曾經爲官的地方精英，或通過科舉考試但從未入朝爲官的舉人老爺，以及其它以財富和地位成爲各自地方顯赫人物的縉紳」〔註13〕。可以看出，在周錫瑞認爲的可以劃歸在「鄉紳」裏的人，除了「學而優則仕」和「學而優未仕」的知識精英之外，在地方上有一定社會影響力的人物都可算爲鄉紳，他們都參與和保障了傳統鄉土社會的維持和運行，從這個角度來理解「鄉紳」就意味著，鄉紳階層不僅是傳統社會的政治合作者與鞏固者，也是傳統文化的維護者與支持者。「鄉紳」進入到思想啓蒙的語境之中。正如宇文所安所說，在從西方傳入的知識中，「中國吸收了『大寫日期』這個概念，憑此創造出了『前現代中國』（premodern China）或者『傳統中國』種種不同的說法」〔註14〕，通過這樣的時間觀念，啓蒙者將現在與過去作了乾淨利落的簡單切割，站在此刻時間點上的他們，將之前的一切都劃入了「傳統」之中，揮舞著民主與科學大旗的啓蒙知識分子，正

〔註12〕《新牛津英漢雙解大詞典》，上海：上海外語教育出版社，2007年，第877頁。

〔註13〕〔美〕周錫瑞：《葉：百年動蕩中的一個中國家庭》，史金金等譯，太原：山西人民出版社，2014年，第8頁。

〔註14〕〔美〕宇文所安：《他山的石頭記》，田曉菲譯，南京：江蘇人民出版社，2003年，第309頁。

是要將中國的傳統掃進了專制的垃圾堆裏，而鄉紳在傳統中的位置如此重要與顯著，因此進入啓蒙者的批判視野，可以說是理所當然。但需要說明一點的就是，在思想啓蒙話語中，「鄉紳」與「紳士」兩者是互換的，我認爲這是由於二十世紀初的知識界對於「鄉間的」與「城市的」紳士還未有清楚的辨析，或者說，此時新式紳士還未形成一種獨立的、有別於舊式鄉紳的社會和文化勢力，因此啓蒙主義者對於「紳士」階層進行的是整體性的批判。1901年在《國民報》上有一篇《說國民》的時評，在這篇評論裏，作者抨擊的是通過科舉而成爲士紳的人，「天下至貴至重者莫若士，而中國至愚至賤者莫若士」，這些紳士只爲自己的功名利祿，對於國家民族之事充耳不聞，「有告以國權之放失、異族之剝削、政府之壓制、種族之滅亡者，則瞠目結舌以爲妖言」〔註 15〕。1902 年，康有爲在倡導地方自治的《公民自治篇》中認爲，由於民權缺失，導致地方上「時有巨紳盤踞武斷之弊，而小民尚蒙壓制愚抑之害而不得伸」〔註 16〕，另一方面，康有力認爲造成民眾愚昧的根本原因並不是紳士對地方權力的掌控上，而是國家制度使然，倘若地方自治，紳士便能起到促進社會進步的作用。因爲中國從未實現過眞正意義上的地方自治，我們也就無法驗證康有爲的想法是否正確，但是我們卻可以從他的論述中看到地方紳士階層在民間社會中的重要作用，幾乎可以說，紳士階層的興盛或衰落反映著鄉土社會的現實狀況。

隨著時間的推移，特別是 1905 年廢除科舉制之後，越來越多的讀書人不得已只能選擇通過留學來去適應時代新的需求，這是另一種方式的獲取功名，因此，留學歸來的新式「洋紳士」與「舊紳士」一起被劃入了同一個類屬之中。1908 年在《河南》第四期上，有一篇未署名的題目爲《紳士爲平民之公敵》的文章，針對的不僅是對舊傳統中的儒學，還有留洋回來的新式知識分子。在這篇文章裏，作者認爲紳士階層是與政府勾結在一起，利用自身的有利地位，成爲社會進步的主要障礙，在二十世紀初的中國有兩種紳士混跡於社會中，一種就是「曾作大官之老朽」，這一群人算是舊時代的遺老，因此「本無所謂思想，亦無所謂魄力」，之所有還有存在感，是因爲「紅頂花翎

〔註 15〕《說國民》：《辛亥革命前十年間時論選集》，張枬等編，北京：生活・讀書・新知三聯書店，1960 年，第 1 卷（上）第 74～75 頁。

〔註 16〕康有爲：《公民自治篇》，張枬等編：《辛亥革命前十年間時論選集》第 1 卷（上），北京：生活・讀書・新知三聯書店，1960 年，第 182 頁。

曾貫搖於頭上」，可是這樣的遺老早已「頭童齒豁，已待死於墓中」，另一種紳士便是「乳臭無知之小兒」，此種紳士本來不存在於傳統社會之中，只是由於自近代以來，「寰海交通，留學界中遂發生此物」，這些留學生並沒有眞材實學，「買一紙卒業文憑，抄數篇間接講義，無根柢，無價値，信口妄談，自命通學」〔註 17〕。這些所謂的紳士表面上爲民呼籲，但是實際上只爲了一己私利，而置國民、國家的前途於不顧。在作者看來，時代在進步，但是紳士的素質卻是在退步，「吾生雖晚，然亦習見十數年前之紳士，其腐敗雖無異於今日，然與今日之紳士相比較，其天良猶未如此之盡喪也」，有這樣的紳士存在，國民、國家的希望就不在，紳士階層站在進步的對立面，「夫政府猶發縱之獵人，而紳士則其鷹犬也；政府猶操刀之屠伯，而紳士則其殺人之鋒刃也」〔註 18〕。這篇文章顯示出在思想啓蒙運動中，啓蒙知識分子對於紳士階層的敵視態度，魯迅的鄉紳形象書寫正是這種觀點的體現，在他的作品中無論舊紳士還是新式紳士，他都給予了辛辣的諷刺和批判。啓蒙知識分子認爲，無論是傳統舊紳士，還是接受過西學的新式紳士，其社會地位與文化資本都是以依附強權政治爲基礎，依附政權是實現紳士社會地位、發揮其社會功能的重要原因，反之，紳士的社會地位與功能又能爲政權服務，這也是爲何作者將紳士視爲平民「公敵」。

儘管啓蒙話語對於紳士階層的看法確實近於偏激，但是卻觸及到了鄉間士紳群體的存在實質——如果說廣大鄉民是中國傳統社會的統治基礎，那麼鄉紳階層就是傳統社會中同時兼具統治者與被統治者兩種身份的中堅力量。當社會動蕩，「傳統」搖晃之時，紳士階層本身也發生了劇烈的變化，新舊紳士形成了批判與被批判的對立關係。眾所周知，新文化運動正是由洋「紳士」掀起來的，也可說是，這是一場由「gentleman」反對「gentry」的一場文化運動，也是一場「新青年」與「舊紳士」的對決，而前者使用的批判工具正是後者所不具備的西方知識，要奪取的正是後者所擁有的社會與文化權力。例如，青木正兒曾提到，葉德輝曾著《翼教叢編》來詆毀康有爲的維新思想，「盡力支維護舊思想」，但是後浪推前浪，曾爲「新派底頭目的康先生，後來更踏

〔註 17〕《紳士爲平民之公敵》：張枬等編：《辛亥革命前十年間時論選集》，北京：生活・讀書・新知三聯書店，1977 年，第 3 卷第 303 頁。

〔註 18〕《紳士爲平民之公敵》：張枬等編：《辛亥革命前十年間時論選集》，北京：生活・讀書・新知三聯書店，1977 年，第 3 卷第 304～305 頁。

葉先生底後塵來擁護孔教，而爲新進者攻擊底目標」〔註 19〕。因此，我們應該意識到在思想啓蒙運動中，批判「紳士」是一個動態變化的過程，新與舊也總是相對的，任何一種思潮都有可能隨時地過時，而成爲被批判的對象。此時的啓蒙話語給予紳士的不僅是維護專制政府的幫兇、民權運動的阻礙者等這樣具體的罪名了，而是將「傳統」與舊紳士捆綁批判，他們運用了這樣的一個邏輯，要一腳跨進現代的門檻，必須要與過去決裂。所謂除舊方可迎新，那麼傳統必定是舊的，需要拋棄的，可是「傳統」又是抽象的、宏觀的，但又是具體的、無處不在的，找到一個合適的切入點，才能讓批判發揮最大的效力，於是身處傳統核心內部，又以自己的力量來維護、支撐傳統延續的舊紳士階層，便被選擇爲代表傳統的最好的符號，專制皇權、禮教宗法之過便由他們來代表，或者說他們就等同於專制皇權、禮教宗法。所以破除了這個符號，也就宣告了傳統的死亡。在這樣的形象預設之下，鄉土文學敘事中的鄉紳形象也就不可能擺脫被符號決定的命運。啓蒙鄉土作家又將從哪幾個方面對這個符號進行充分的、多角度的、文學性的演繹呢？

2、禮教之代表：啓蒙鄉土文學的模式書寫

傳統是一個複雜的存在，啓蒙作家卻將之投射在鄉紳的種種行爲、心理上，再通過鄉紳的形象表現傳統，進而表達對傳統的批判，傳統作爲一個客觀存在，經由作家進入文本，但是傳統並不是帶有主觀意識的自主體，它必須要賦予在創作客體上，才能展現自身。所以，啓蒙鄉土敘事中的鄉紳不僅是在作家的創作意識中活動，還必須在傳統的規定中活動，文本中的鄉紳是包裹在作家意識與傳統中的雙重客體，作家通過把握「傳統」來控制鄉紳形象，但是閱讀正是一個反向活動，讀者是通過鄉紳形象去評價傳統的是與非。

啓蒙作家對於傳統的基本態度直接決定了鄉紳形象的呈現，由於其側重點的不同，我們可以將其分爲幾種不同的鄉紳形象，一是頑固守舊的鄉紳，這一類鄉紳爲了延續在鄉村社會中的地位與權力，與新的社會潮流爲敵，或者舊傳統力量超越了舊鄉紳自身更新的力量，不得已退回舊傳統；二是僞善的假道學，其鄉紳的身份與文化、修養無關，反而是這一類的鄉紳用「鄉紳」的身份掩蓋自己的粗鄙、不學無術；三是精神壓迫者，這一類的鄉紳利用自

〔註 19〕〔日〕青木正兒：《吳虞底儒教破壞論》，《吳虞文錄》，合肥：黃山書社，2008 年，第 139 頁。

己在基層社會中的社會與文化權力，反儒家之道而行之。

首先來看第一類，固守舊傳統的鄉紳。啓蒙時代是新思想與舊傳統並存，同時也相互擠壓、各自求存的時代，此時的新式知識分子也並不是與舊傳統完全地絕緣，正如魯迅所說，「在思想上，也何嘗不中些莊周韓非的毒」，而「孔孟的書我讀得最早，最熟」，但這些並不是最爲重要的，因爲「一切事物，在轉變中，是總有多少中間物的」〔註 20〕。如果要將處於新舊交替時代的啓蒙知識分子看作是「中間物」的話，那麼在他們後面的就是拒絕邁入新時代、頑強恪守舊傳統的那一部份鄉紳，對於這一部份鄉紳來說，舊傳統才是他們的時代，他們不僅自己願意停留其中，還要盡自己最大的力量拖住社會前進的步伐。魯迅擔憂舊傳統的巨大力量讓曾經妄圖脫離的知識分子不得不退回原地，再次回到它的懷抱，成爲維護它的一份子。

例如《狂人日記》。從這篇小說的開頭一段文言小序中，我們可以得到關於狂人的身份信息，這個人曾經得過病，但是由於病癒，已「赴某地候補矣。」〔註 21〕能夠成爲政府的候補官員，可知在候補之前就是一個未進仕的讀書人，實際上就是一個鄉紳，因此所謂的「狂人日記」，就是一篇「鄉紳自述」。這個鄉紳的特別之處在於他的「狂」病，而之所以得此病，原因在於他的的思想接受了新的知識來源，讓他得以站在新知識的角度來看待周圍的一切，但是新與舊顯然在魯迅的描述中勢不兩立，狂人沒有機會向外闡釋他的思想，他只能在旁人異樣的眼光中以病人的身份存在，因此他也就不可能沖決羅網，向前一步，成爲一個邁向新時代的「中間物」，拖拽著愚民離開舊傳統的深潭。事實上，狂人只能以暫時性的「瘋病」來作爲自己重回傳統的理由，因爲病中的所有行爲都是可以被原諒的，否則狂人便是另一個夏瑜。但身爲一個鄉紳，注定了是一個以儒家信仰與禮教安身立命的傳統守護者，狂人的結局其實是理所應當的回歸。傳統鄉土社會是一個鄉村共同體，身在其中的鄉民都是共同體的組成部份，即是自覺維護者，同時也是共同體的庇護者，而鄉紳則是這個鄉村共同體的主導者和秩序維護者，正如宋劍華先生在一篇文章裏所寫的那樣，「《狂人日記》的創作主題，是要揭示文化個體與文化共同體之間榮辱與共的辯證關係，如果一個文化細胞游離了它的文化母體，那麼它就必然會失去自己的生存

〔註 20〕魯迅：《寫在〈墳〉後面》，《魯迅全集》，第 1 卷第 301～302 頁。

〔註 21〕魯迅：《狂人日記》，《魯迅全集》，第 1 卷第 444 頁。

基礎」〔註22〕。

從這個意義上來說，狂人的結局只有兩個，或脫離這個共同體，孤獨而終，或如小說中所寫的那樣回歸傳統，但無論哪種結局，本質都是一樣的。傳統的巨大力量溶解了異質成分，傳統既讓狂人具備了接受知識的能力，同時也在他身上施加了被馴服的基因，狂人失去了成爲跨入新時代的資格——啓蒙者的可能性，重新回到原地，再次成爲一箇舊鄉紳。因此，魯迅所說的鐵屋子裏的清醒者，實質上是完全有可能再次成爲昏睡者的，甚至成爲守護鐵屋子的人。連這一部份有具備清醒能力的鄉紳都無法抵抗舊傳統，更何況那些毫無理性認知能力的鄉民階層。將狂人的最後結局設定爲病癒赴任，也透露了魯迅對於啓蒙前景的不樂觀。

再來看《藥》裏的夏三爺，從康大叔等人說話間的態度和他賞出的錢數來說，夏三爺的身份應該是一個鄉紳，同時從夏三爺「大義滅親」地告密行爲來看，除了怕被夏瑜牽連之外，可能最大的原因還是在於其心甘情願地維護現社會現狀，因爲夏瑜要反大清，要把天下變成所有人的，這種顛覆的不僅是政權，這對夏三爺們來說實際是非常遙遠的事情，但是大清倒塌直接影響到的是夏三爺們所依賴的生活秩序、權力背景，夏三爺的反應是正常的。假設，魯迅將夏三爺在小說中設定爲支持夏瑜，那麼夏三爺也會是康大叔等人眼裏的「瘋子」。小說裏的夏三爺識時務，得到了政府的獎勵，也獲得了鄉民認同。魯迅對於夏三爺這個人物採用的是側面描寫的方式，他隱藏在劊子手康大叔的話語裏面，如同他的告密行爲見不得光一樣，這樣的鄉紳對於啓蒙來說更加可怕，因爲他可以不動聲色地潛伏在暗處將啓蒙者置之於死地，掐滅啓蒙的希望。因此，夏三爺這個形象的深層隱喻是鄉紳們爲了固守舊制，在利用禮教維持有利於自己的社會秩序的同時，同時還用不可告人的手段摧毀啓蒙者的肉體與精神，也就是說當啓蒙妄圖用改造思想的方式來改造社會的時候，反啓蒙的力量則在危及自身存在的時候，使用極端的手段維護自己的統治。

同樣是頑固守舊，夏三爺的隱密陰險與《風波》裏的趙七爺迫不及待地跳出來表演形成了鮮明的對比。趙七爺是一個典型的舊鄉紳，「是鄰村茂源酒店的主人，又是這三十里方圓以內的唯一的出色人物兼學問家」〔註 23〕，一

〔註22〕宋劍華：《『「未莊」爲何難容「阿 Q」——也談〈阿 Q 正傳〉中「個體」與「共同體」之間的關係》，《魯迅研究月刊》2015 年第 1 期。

〔註23〕魯迅：《風波》，《魯迅全集》，第 1 卷第 494 頁。

直念念不忘的是朝廷如有趙子龍那樣的猛將，就能力挽狂瀾，大清也就不會滅亡，而他自己也就不會只能坐在櫃檯後面天天歎息，眼睜睜地看著清亡以後像七斤這樣本來低三下四的鄉民，開始出風頭，趙七爺此時感到的是江河日下、大勢已去的危機感，所以他並不死心，只是將辮子盤子頭上，表面上的承認現實，內心卻還期待著可以放下來的那一天。當皇帝又坐龍庭的消息傳來，趙七爺第一件事就是放下辮子，穿上象徵鄉紳身份的長衫，同時帶著投機者的勝利與得意，深藏不露的昔日威嚴終於肆無忌憚地再一次釋放出來了，他氣勢洶洶地恐嚇著七斤，來警告在革命浪潮中被剪了辮子的七斤，末日將至，屬於他趙七爺的時代又回來了。但不幸的是，時代的潮流不會停下來，更不會倒退，趙七爺的希望必然落空，在小說結尾處，我們看到七斤的女人說趙七爺又把辮子盤到了頭頂上，又坐在酒店的櫃檯後面低調的讀書了。趙七爺終究沒有把辮子剪掉，做好了隨時放下辮子的準備，可以預見，如果未來一旦有風吹草動，趙七爺仍然會跳出來故伎重施。

在這場短暫的風波中，趙七爺對於舊時代的消亡始終心懷不甘的內心世界，在他盤起辮子——放下辮子——盤起辮子的過程中徹底表露無遺。將頭髮留爲辮子最初是作爲認同滿族統治者的一種標誌，並非是特有的文化傳統，但是長期的政治規訓將這一政治認同逐漸轉化爲了心理和文化認同，鄉紳對於前朝的留戀和對於現實的牴觸心理需要一個外在形式來體現，辮子這一特徵便成爲了意指。對於辮子的看重程度也體現出了鄉紳與鄉民之間的不同，七斤雖然也不願剪辮子，除了不懂何謂革命、革命和剪辮子之間的關係，還有出於本能的避禍的原因，與認同心理沒有太大的關係，辮子只與性命有關，當辮子的去留與性命無關的時候，七斤也就無所謂了，但是趙七爺卻將辮子的盤起與放下看作是能否恢復舊日傳統和鄉紳權威的問題，和七斤的本能反應顯然是不同的。

《阿 Q 正傳》裏的趙老太爺、趙秀才和假洋鬼子，前兩者是屬於舊鄉紳，假洋鬼子卻是屬於留洋歸來的新式鄉紳，身份似有所差別，但是從小說描寫來看，面目卻並無二致。趙太爺和錢太爺本身並不是科舉出身，但是「除了有錢之外，就因爲都是文童的爹爹」〔註 24〕，受到未莊鄉民的尊敬，趙秀才考取了功名，假洋鬼子得風氣之先，上了洋學堂後又留學東洋，雖與趙秀才是不同的途徑，但得到了與科舉取士一樣的效果，他們是未莊名副其實的鄉

〔註 24〕魯迅：《阿 Q 正傳》，《魯迅全集》，第 1 卷第 516 頁。

紳階層。但是就實際地位來說，假洋鬼子不是正途出身，也就略遜趙秀才一等，例如「只有趙太爺錢太爺和秀才大爺上城才算一件事。假洋鬼子尚且不足數」〔註 25〕，但無論怎樣，這些人都算是未莊日常事務的實際統治者，所以鄉民們唯趙太爺等人的馬首是瞻，阿 Q 觸怒了趙太爺，也就等於與整個未莊為敵。但是一場革命改變了阿 Q 與鄉紳們的對峙狀態，在未莊被排斥而走投無路的阿 Q 被迫進城討生活，偶遇革命峰起，於是他帶著不一般的見識回到未莊。

對於鄉紳們來說，革命就是乾坤顛倒，他們將是受害者，而阿 Q 這樣的人將成為取代者，曾經因為阿 Q 自稱姓趙而打阿 Q 的趙太爺此時也低下了頭恭敬地叫「老 Q」，欺負阿 Q 的鄉民趙白眼也和阿 Q 攀上了朋友。如何躲過這一劫、仍然保持原有的財產與地位，便是鄉紳們最為頭痛的事情。這時的鄉紳拋開了個人之間的成見。因為非正途出身，假洋鬼子是被趙秀才看不起的，但是此時也顧不得誰高誰低了，趙秀才消息靈通，「一知道革命黨已在夜間進城，便將辮子盤在頂上」，去找「歷來也不相能的錢洋鬼子」，「立刻成了情投意合的同志，也相約去革命」〔註 26〕。由此可見，在魯迅看來，鄉紳雖有新舊之分，但是在維護本階層的既得利益方面卻是一致的，因此是否具有西方知識對於改變傳統鄉土社會是根本無濟於事的，這也正如那篇《紳士為平民之公敵》所表達的觀點是一樣，舊鄉紳與留學生是同一個社會階層，也就是利益共同體。而從這個角度來說，鄉紳是無所謂新與舊之分的，但是我們需要注意的是，之所以能夠結成利益共同體，是源於他們首先是屬於同一個文化共同體，因此維護既得利益的前提是確保文化共同體的統治地位。趙秀才不得已委屈求全，盤起辮子與在外留洋而自動剪髮的錢洋鬼子一起革了命，以歸順革命的方式維持著舊有的鄉紳地位，舉人老爺也可以和趙太爺排個「轉折親」，結成更加關繫緊密的同盟，維持了原有的社會秩序。

所以，這一群鄉紳是不可能允許阿 Q 革命的，只有保證阿 Q 不參與革命，才能保證「革命」之後，一切仍然可以保持原狀。但是阿 Q 既然已經見到了革命給未莊帶來的變化，因此阿 Q 真正地參與革命只是一個時間問題，未莊鄉紳不讓其「革命」，並不能保證阿 Q 就此善罷甘休，最後鄉紳們要將阿 Q 置於死地，也是一種必然的結局。對於鄉紳們來說，阿 Q 始終是一個危險的存

〔註 25〕魯迅：《阿 Q 正傳》，《魯迅全集》，第 1 卷第 533 頁。
〔註 26〕魯迅：《阿 Q 正傳》，《魯迅全集》，第 1 卷第 542 頁。

在，「阿Q有革命本能，但沒有革命意識」〔註27〕，本能的存在如同引線一樣，在某種情況的催化之下，就有可能轉化爲革命的意識，再一次威脅到未莊的社會現狀。在趙秀才等人看來，只有除掉了阿Q，才能讓未莊免去「造反」的可能性，所以趙家被搶不管阿Q有沒有參與，或者說即使現在沒有參與，未來也不保證就會不參與，同時阿Q屢次觸犯規矩使趙秀才等人對於阿Q始終不能放心，所以阿Q是不得不死，這是鄉紳們希望看到唯一的結局，他們也合力促成了這一結局的實現，未莊又重新恢復了平靜。從這個意義上來說，趙秀才等人客觀上維護的是一種由鄉紳階層主導的傳統秩序，正如汪暉所說的那樣，「阿Q的歷史是秩序的歷史，只有那些偶然的『非歷史的』瞬間才是他自己的歷史」〔註28〕，而鄉紳們顯然是在竭力剔除這些突然的、非正常的、旁逸斜出的歷史可能性，將歷史的車輪重新拉回傳統的軌道上來。

孫俍工的《家風》裏有一個遺老似的紳士仲爽，「五十來歲的紳士，前清的舉人，曾在高郵做過六個月的知事」〔註29〕。雖然這個知事是民國四年爲挪用老太太立牌坊的錢而捐來的，但他的身份是一個典型的鄉紳。仲爽正在積極爲老太太的節孝牌坊四處奔走，牌坊的事已經籌辦了三次，都未成功，但是並不甘心。在與老太太的對話中，可以看到仲爽對民國怨聲載道，稱其是「非驢非馬的民國，『上無道揆，下無法守，』弄得禮義淪亡，廉恥道喪」，如果不是民國，老太太的「『聖旨旌表』的節孝牌坊，早已成功了！」傳統的一套不再發揮作用，而是「脫離家庭，打破禮教，提倡男女自由」，完全是對「禮義廉恥」的反動，已經進入民國時代的仲爽，其思想仍然完全停留在帝制時代，他運用傳統的思維方式來揣度當下的社會，得出的結論與現實狀況完全是南轅北轍，在仲爽看來，傳統禮教才是國運家昌的根本保證，但現在四維不張，是「亡國敗家的朕兆」〔註30〕。但是他的歎息並不能挽回什麼。此時老太太的孫女，從專科師範學校畢業的、得風氣之先的女生卻偏偏拿著法國裸體名畫來到他們面前，對於仲爽與老太太的勸告絲毫不以爲然，以「把頭一扭」就回了房間來表示對「禮教」的輕視與鄙夷，仲爽終於由無奈轉爲惱羞成怒，再一次預言，

〔註27〕汪暉：《阿Q生命中的六個瞬間》，上海：華東師範大學出版社，2014年，第55頁。

〔註28〕汪暉：《阿Q生命中的六個瞬間》，第87頁。

〔註29〕孫俍工：《家風》，李葆琰編選：《文學研究會小說選》，人民文學出版社2011年，第225頁。

〔註30〕孫俍工：《家風》，《文學研究會小說選》，第226頁。

「不鬧到滅天理絕人倫的地步，不鬧到人非人國非國的世界。不能夠放手的」〔註31〕。時代不可能爲仲爽這一類的鄉紳停留，因此他對舊禮的執著只能成爲他的個人行爲，不可能再對周圍社會產生實際的效用，「傳統」縮小到了一個小範圍裏，新的思潮逐漸對其形成了包圍之勢，鄉紳的地位與功能也隨之走入了一個尷尬的境地，而啓蒙鄉紳敘事也描繪出了這樣的必然結局——趙七爺、趙秀才等鄉紳注定會走一條像「從中興到末路」的道路。

再來看第二類鄉紳形象，即名爲鄉紳、實爲不學無術、或者表面正經實則內心陰暗的假道學。鄉紳之所以爲「紳」，與其擁有的文化資源是分不開的，但他們的文化資源來自於傳統，在批判傳統的啓蒙鄉土文學中，擁有傳統文化便是鄉紳的文化原罪。因此在啓蒙鄉土文學中，除了正面的批判之外，還用一種近似於戲謔的方式嘲笑他們的虛僞和墮落，似乎是把包裹「鄉紳」的斯文外殼撕下，將啓蒙知識分子眼裏的傳統文化的實質展現給讀者。魯迅的《肥皀》裏的四銘，即是這樣的一個鄉紳形象。小說是由四銘將一塊肥皀交給太太開始的，四銘的這一舉動在四銘太太看起來是很不尋常的行爲，雖然心生疑竇，但這塊突然出現的肥皀還是讓太太開始檢視自己的衛生習慣是否不符合四銘的要求，而暗自羞愧。奇怪的是四銘的注意力並沒有放在太太的自我檢討上，而是將焦點轉移到了上新學的兒子身上。此時的四銘教育兒女、攻擊社會現象的種種不是，「什麼解放咧，自由咧，沒有實學，只會胡鬧……什麼學堂，造就了些什麼？我簡直說：應該統統關掉！」，「女人一陣一陣的在街上走，已經很不雅觀的了，她們卻還要剪頭髮。……攪亂天下的就是她們，應該很嚴的辦一辦……」〔註32〕看了四銘的這些議論和牢騷，分明就是一位嚴守禮教大防的傳統鄉紳，「外國的、新的東西——女學生、短髮、現代教育、英語單詞，四銘兒子穿皮鞋發出的重重腳步聲——對四銘而言都是貿然闖入的破壞性存在」〔註33〕。

與此相矛盾的是，對於外來事物如此反感的四銘竟然反覆追問一個英語單詞的含義。但是由於完全不懂，只能將音譯的「惡毒婦」說出來讓兒子查，這無形之中爲小說增添了喜劇色彩。最後，爲了讓兒子查清究竟那些學生所

〔註31〕孫俍工：《家風》，《文學研究會小說選》，第227頁。

〔註32〕魯迅：《肥皀》，《魯迅全集》，第2卷第47～48頁。

〔註33〕〔美〕杜贊奇：《本眞性的秩序：超時間、性別以及現代中國的民族史》，李霞譯，孫江主編：《新史學（第二卷）——概念．文本．方法》，北京：中華書局，2008年，第264頁。

罵的英文單詞，四銘不得已講了白天買肥皂的經過，從而暴露了自己隱密的內心。原來，這塊肥皂並不是四銘眞的爲太太所買，而是街上那個十九歲的女乞丐引起了四銘那潛在的欲望，這一點被四銘太太一眼看穿，「你們男人不是罵十八九歲的女學生，就是稱讚十八九歲的女討飯：都不是什麼好心思。」〔註 34〕四銘太太可謂一針見血，在她看來，滿嘴忠孝仁義的紳士們和那些嘴裏蹦英文罵人的新式男學生其實質都是一樣的——對於女性都沒安好心，雖然四銘義正嚴詞地爲自己辯護，但是這種無力的辯護顯得格外的虛僞與可笑。雖然在小說中，我們從四銘的話語中看到他的守舊、迂腐，但是魯迅的重點並不在於表現他因循守禮的方面，而是一種鋪墊，是爲了烘託出由「肥皂」帶來的生理上的潔淨與心理上的污穢，足以表現出四銘言行不一。他對於新文化運動的不滿，看不慣女性的拋頭露面，這只是一種假正經，只是用來掩蓋其內心躁動的欲望。如果說禮教是教人向善、清心寡欲，是一種心理上的清潔的話，那麼禮教與肥皂在清潔的功能上是一致的，但是四銘的肥皂卻與他的禮教發生了有趣的背離，禮教未能讓他面對女乞丐時未能施以眞正的仁心，反而將男學生的猥褻之言記在了心上。因此，肥皂不僅沒有起到清潔的作用，反而成爲了四銘無法洗去的一個污點，正如夏志清所認爲的那樣，「故事的諷刺性背後，有一個精妙的象徵，女乞丐的骯髒破爛衣裳，和四銘想像中她洗淨了赤裸身體，一方面代表四銘表面上的破舊的道學正統，另一方面代表四銘受不住而做的貪淫的白日夢」。〔註 35〕

在另一篇小說《離婚》裏的七大人和慰老爺在處理愛姑離婚事件中顯露出來的滑稽可笑、以勢壓人，也是魯迅對於鄉紳階層的深度諷刺。愛姑由於不滿丈夫不忠，和父親莊木三一起找慰老爺和七大人一起評理。在愛姑的想像中，城裏的七大人總比鄉紳慰老爺見多識廣，對於慰老爺，在愛姑這個普通鄉婦眼裏都已經「不放在眼裏了」，不過是一個「團頭團腦的矮子」〔註 36〕，愛姑對慰老爺絲毫不抱希望，七大人從城裏來，應該和慰老爺不一樣，起碼「他不能像慰老爺似的不通」〔註 37〕，是非對錯都分不清，離婚這件事已經調解了三年，愛姑希望七大人能夠讓她得到公正的對待，也可以多得到夫家的補償。七大人

〔註 34〕魯迅：《肥皂》，《魯迅全集》，第 2 卷第 52 頁。

〔註 35〕〔美〕夏志清：《中國現代小說史》，劉紹銘等譯，香港：中文大學出版社，2001 年，第 39 頁

〔註 36〕魯迅：《離婚》，《魯迅全集》，第 2 集第 151 頁。

〔註 37〕魯迅：《離婚》，《魯迅全集》，第 2 卷第 149 頁。

一出場就是在和一群鄉紳鑒賞「屁塞」，魯迅在此給了七大人一個外貌特寫，「大的圓臉上長著兩條細眼和漆黑的細鬍鬚；頭頂是禿的，可是那腦殼和臉都很紅潤，油光光地發亮」〔註 38〕，其外表長相之醜陋與附庸風雅之怪癖，從一開始便讓讀者領略到了這位「僞道學」的裝腔作勢，此時的七大人正在搖著禿頭、晃著油腦，裝模作樣的討論屁塞。慰老爺問清楚了隨愛姑來的只有老父親一人，兄弟皆沒有跟來時，便放心大膽地評判斷案。一邊是一群強勢的鄉紳，另一邊只有愛姑和父親，雙方的力量根本無法相提並論，根本就沒有商量和調解的餘地，這群鄉紳實際上就是強迫愛姑接受一個她根本不同意的決定。作爲一個鄉婦，愛姑不可能看清或看懂形勢，還期望七大人能主持公道，但是愛姑寄予厚望的七大人並沒有比慰老爺更明白事理，而那個來自北京洋學堂的新式鄉紳，也附和七大人。七大人簡直把自己當成了眞理的化身，絕對的正確。作者對於七大人虛僞人格的深層揭秘，則是他爲愛姑離婚斷案時所發表的那番高論，彷彿天大的恩賜讓愛姑的夫家多賠十元，並且還說「我一添就是十元，那簡直已經是『天外道理』了。……莫說府裏，就是上海北京，就是外洋，都這樣。」〔註 39〕。他的表現卻比農村女子愛姑都不如，起碼愛姑還知道個夫家「休妻」的「七出」條款；而七大人只把「錢」看作是「天外道理」，且無師自通地認爲「外洋」的規矩也不過如此，七大人的荒謬就荒謬在他的裝腔作勢，這恰恰反映出了魯迅蔑視「鄉紳」的一種偏見。

在魯迅的鄉紳形象敘事中，我們看到他對於鄉紳的虛僞、不學無術並不是從行爲上直接的揭露，而是將它們藏在了敘事的後面，表面文本上的鄉紳形象越是道貌岸然，越能襯托出這些假道學的鄉紳內在的虛僞。在魯迅影響下創作的那些鄉土文學中的鄉紳形象書寫，卻是一種正面和直接的諷刺與批判。例如許傑的《賭徒吉順》中的鄉紳陳哲生。這是一個全縣都聞名的富紳，但是美中不足的是，儘管已娶了兩次妾，卻依然沒有生出兒子，因此急切的想要「典子」。陳哲生也一個「平素躺在烏煙榻上非到一點鐘不睡的煙鬼」〔註 40〕，吉順在文輔的帶領下前去商討典子事宜的時候，雖然已經是夜黑風高，但是陳哲生這時剛剛抽完鴉片煙，呈現出一種病態的亢奮，他「穿著一身湖縐的短棉襖，在頹唐、委頓的神色中，還含有興奮活潑的風采；——大

〔註 38〕魯迅：《離婚》，《魯迅全集》，第 2 卷第 152 頁。
〔註 39〕魯迅：《離婚》，《魯迅全集》，第 2 卷第 154 頁。
〔註 40〕許傑：《賭徒吉順》，《許傑——子卿先生》，第 86 頁。

概這正是他吃飽烏煙的表示。」〔註 41〕從後來中間人文輔的描述中得知，哲生在與他的討價還價中完成了典妻生子的交易。典子是民間的陋習，既然陳哲生的身份是「紳」，應該是熟讀聖賢書，具備一個「紳」理應起到的文化功能，不僅自身要遠離陋習，還需要去修正、引導民間陋習的發生，可是陳哲生的所作所爲顯然非「紳」所爲，抽鴉片、典妻這樣的行爲讓陳哲生的身份中只剩下了「富」，而沒有了「紳」。同樣的，在《子卿先生》裏，作者也讓我們看到了一個類似於陳哲生的鄉紳英生和子卿，這兩個人在小說裏都是抽鴉片、油嘴滑舌、調笑婦女的無賴形象。作爲前輩紳士，英生之所以看得起後輩子卿，是源於子卿在搜刮鄉民錢財方面，和他相比簡直是青出於藍而勝於藍，「這是因爲子卿能夠做他的手腳，使他在鄉村貧民的背上多刮一些血汗的緣故。英生和子卿很能夠投合；因此子卿也時常躺在英生的煙塌上過日子，談論『敲竹槓』以及一切的猥褻瑣事。」〔註 42〕而在餛飩店老闆阿興的眼中，子卿等這些所謂的紳士所做的事其實都是叫人看不起的，因爲這是「許多紳士訟棍的事業，他知道他們是茅草山上的大王」〔註 43〕，但懾於他們的紳士身份，阿興只能在心裏瞧不起他們，又不敢公然的得罪這些無賴紳士，只得與子卿週旋，最後讓子卿醜態百出。在許欽文的《鼻涕阿二》裏，菊花再嫁的錢師爺，也是一個漫畫似的人物，其名雖爲師爺，但外表更像是一個滿腦肥腸的粗陋之人，「是個圓盤臉的鬍子，身子不高，肚子卻凸得很高，每到一處，總是肚子先到的」〔註 44〕，雖然有錢有勢，可這肥胖的身體卻讓他無福消受，「到了四十七歲的錢少英，肚子仍然凸得很高，他的氣管卻像愈加縮小了，時常嘻呼嘻呼地喘不過氣來，身子也愈是笨重的樣子。」〔註 45〕但即使這樣，已有兩房妻妾的錢師爺仍然繼續在外面尋花問柳，最後在去外婦家的路上感染風寒，嗚呼死去。許傑等人通過這些鄉紳的荒唐行爲來證明他們實際上早已不具備「紳」的基本條件，「紳士」成爲了這一群體的遮羞布，他們在「紳士」的名頭下幹著令人不恥的事情，這一個有紳士之名而無紳士之實的階層，也就失去了存在的合法性。

〔註 41〕許傑：《賭徒吉順》，《許傑 —— 子卿先生》，第 86 頁。
〔註 42〕許傑：《子卿先生》，《許傑 —— 子卿先生》，第 144 頁。
〔註 43〕許傑：《子卿先生》，《許傑 —— 子卿先生》，第 143 頁。
〔註 44〕許欽文：《鼻涕阿二》，《鼻涕阿二 —— 許欽文代表作》，北京：華夏出版社，2010 年，第 107 頁。
〔註 45〕許欽文：《鼻涕阿二》，《鼻涕阿二 —— 許欽文代表作》，第 113 頁。

再來看蹇先艾的一篇直接以「鄉紳」命名的小說《鄉紳》，小說裏的的鄉紳黎正宣是另一類不學無術的鄉紳類型。按照儒家學說，紳士應該輕利重義，黎正宣正好相反，爲了逐利，可謂是不擇手段。他早就放下了聖賢書，他更看重的是鄉紳之外的另一個身份——煙葉店的老闆。黎紳士爲了賺錢，起早貪黑，「心裏盤算了又盤算」，「有好幾個晚上，連眼睛都沒有合攏過」〔註46〕，因爲想急切地投機賺錢，所以冒險用低價大量收買鄉間的煙葉再高價賣到省城，幻想著從中大賺一筆。黎正宣以一個生意人的心理，完全將「子不語怪、力、亂、神」的儒家教義放在了腦後，「他生平是最相信鬼神的」，不論是哪路神仙鬼怪，只要能保他生意興隆，他都去供奉和相信，在他的堂屋裏，「高踞在神龕上的香爐、蠟臺、銅磬，沒有一樣不是擦得金光透亮的」，可見這些敬神的器具是時時擦拭的，從側面反映了黎正宣對鬼神信仰的認眞，擔心鬼神法力不夠，自家的祖宗也要貢獻法力，「壁上的『黎氏歷代昭穆祖宗之神位，』」，其它還有些知名和不名知的神仙，例如「『觀音大士之神位』、『張神仙之神位』，『財神趙公明之神位』」，這些祖宗和神仙牌位都「掛得一點不歪不斜，連一絲蛛網都沒有。」〔註 47〕我們發現，在供奉的這些各方神仙的牌位中，竟然沒有孔孟的牌位，身爲一個鄉紳，他的信仰與一般鄉民沒有兩樣——只要對自己有利，就可以敬奉各種各樣不知來路的神仙、財神，這是與他的鄉紳身份不符合的，也是與儒家教義相違背的。但是鬼神終究沒有讓黎正宣得償所願，最後生意泡湯，發財夢破滅。生意失敗的黎正宣突然擔心起了紳士的顏面問題，要趁在鄉人們還不知道自己做了賠錢生意的時候，還是要保住鄉紳的體面，「一個人何必自討苦吃呢！還是規規矩矩做我的鄉紳吧」〔註 48〕。但是黎正宣這樣的鄉紳已經和不惜一切代價追逐利潤的商人沒有兩樣了，本來中國傳統社會是「士、農、工、商」的四民社會，但是在小說中，士與商已經合流。蹇先艾在文中以「黎紳士」來稱呼黎正宣，正是對已經墮入末流的「紳士」階層的嘲諷。

再來看啓蒙鄉土文學敘事中的第三種鄉紳類型——鄉村基層社會精神統治者與社會直接控制者。在提倡個性自由的思想啓蒙運動裏，需要的是如魯迅所說的「精神界戰士」，或者如胡適所號召的「救出自己」的易卜生主義，其目的就是要突破宗法制度的約束，從來徹底毀壞傳統社會結構。從這個層

〔註46〕蹇先艾：《鄉紳》，《蹇先艾文集》，第 1 卷第 362 頁。
〔註47〕蹇先艾：《鄉紳》，《蹇先艾文集》，第 1 卷第 363～364 頁。
〔註48〕蹇先艾：《鄉紳》，《蹇先艾文集》，第 1 卷第 370 頁。

面上來說，批判連結鄉土社會的鄉紳階層便是啓蒙知識分子批判傳統的一個必經之路，因此在鄉土敘事中的鄉紳形象也呈現現專制、武斷、冷酷的暴君形象。例如魯迅在《祝福》裏塑造的鄉紳四叔，在小說一開始，就對四叔的書房進行了細緻的描寫，我們看到書房的擺設已經非常陳舊，處處流露出一種沒落的氣息，「壁上掛著的朱拓的大『壽』字，陳摶老祖寫的；一邊的對聯已經脫落，鬆鬆的捲了放在長桌上，一邊的還在，道是『事理通達心氣和平』。……只見一堆似乎未必完全的《康熙字典》，一部《近思錄集注》和一部《四書襯》」，這一切都讓讀者眞切的感受到四叔確實是一個「講理學的老監生」，此處的關鍵字是「老」，這個「老」並不單指年紀上的老，更多的是思想上的「老」，「因爲他所罵的還是康有爲」〔註 49〕。這都顯示出四叔是一個已經被時代所淘汰的鄉紳，也許這也是魯迅想要傳達給讀者的意象，一個思想腐朽的遺老在進入了新時代之後，仍然可以對他周圍的人和事發生影響，甚至於直接操控了祥林嫂的命運，而同時我們也看到，四叔這一鄉紳的思想見識與魯鎭的鄉民並沒有什麼不同。

祥林嫂在小說中一出場就已經是一個經歷坎坷的寡婦身份，這樣的身份是一種晦氣的象徵，因此四叔在見祥林嫂第一面的時候就已經「皺了皺眉」，但祥林嫂的身份是一個不可改變的現實，這也就決定了祥林嫂的寡婦身份是一個永遠的污點，不可能得到四叔的憐憫。果然，在接下來的小說敘述中，儘管祥林嫂的經歷越發的悲慘，四叔對祥林嫂卻越發的冷酷。再次來到四叔家的祥林嫂不僅喪夫失子，還失去了參與祭祀的資格，四叔此時並沒有正面出場，只是暗中告訴四嬸「這種人雖然似乎很可憐，但是敗壞風俗的」〔註 50〕，所以不能讓她碰祭祀所用的一切物品。這一舉動，在四叔看來是正常的，符合「規矩」的，但對於祥林嫂來說卻是一種惡意的排斥與孤立，是導致祥林嫂精神崩潰的直接原因。假設祥林嫂沒有被祭禮所拒絕，也就不可能出現祥林嫂聽信柳嫂的迷信而傾其所有去捐門檻的事情，正是由於捐門檻也無法改變她「不祥」的身份，才帶來了徹底的絕望。甚至於四叔在聽聞了祥林嫂在除夕夜死去的消息時，他也未能原諒祥林嫂再嫁的「原罪」，「不早不遲，偏偏在這時候，——這就可見是一個謬種！」〔註 51〕四叔的忌諱遠遠比祥林

〔註 49〕魯迅：《祝福》，《魯迅全集》，第 2 卷第 5～6 頁。
〔註 50〕魯迅：《祝福》，《魯迅全集》，第 2 卷第 16 頁。
〔註 51〕魯迅：《祝福》，《魯迅全集》第 2 卷第 8 頁。

嫂的生命更重要，這種忌諱與儒家學說無關，或者說本來應該由鄉紳用儒家禮教來引導與糾正這些民間荒誕不羈的迷信與陋俗，可四叔正是這些迷信與陋俗的堅決執行者。

魯迅小說中還有一位暴君似的鄉紳，那就是《孔乙己》中的丁舉人。孔乙己是一個有文化的鄉民，還和丁舉人進行過相同的學習過程與學習內容，但是未能進學使他成爲了斯文掃地的窮酸文人，而丁舉人卻成爲了一個擁有生殺大權的鄉紳。科舉的成功與否是孔乙己與丁舉人之間產生巨大差別的根本原因。讀者對於丁舉人的瞭解是來自於鄉民的描述，從這個不知名的鄉民口中，丁舉人是一個惹不起的鄉紳，「他家的東西，偷得的麼？」〔註 52〕這種「偷不得」可能有著多種的原因，一是這是一句經驗之談，說明了丁舉人的威嚴不是一般人可以去觸碰的，孔乙己絕對不是遭受丁舉人毒打的唯一的人，這樣的毒打顯然也不是偶然性的，也不是只針對孔乙己的，足以看出丁舉人對人之狠，二是有可能是丁舉人的崇高地位讓人不敢去冒犯。但不論是哪種原因，從根本上來說，是因爲其舉人身份。這位舉人老爺不可能沒有讀過「仁者愛人」的句子，但是對孔乙己做出的事卻與這句教導背道而馳。不確定孔乙己究竟偷了什麼、偷了多少，但從被發現這一點來看，只能是偷盜未遂，卻遭到了幾乎致命的毒打，「『先寫了服辯，後來是打，打了大半夜，再打折了腿。』『後來呢？』『後來打折了腿了。』『打折了怎樣呢？』『怎樣？……誰曉得？許是死了。』」〔註 53〕丁舉人私設公堂，簡直就是一個人間閻王。

在蹇先艾的《水葬》中，同樣有一位這樣的鄉紳——周德高，小說中稱他「紳糧」，此處出現的「紳糧」與鄉紳有什麼區別呢？紳糧，「俗稱襲冠帶者爲紳士，有田租者爲糧戶，統稱紳糧」〔註 54〕，可見周德高在地方上具有社會文化地位，也具有相當的經濟地位，這也就不難理解鄉民所說的，「哪個敢惹一臉橫肉的那個大紳糧呢！他是曹營長的舅爺，連區長、保長一向都要看他的臉色行事。」〔註 55〕周德高掌握著對鄉民生殺予奪的權力，從他的名

〔註 52〕魯迅：《孔乙己》，《魯迅全集》，第 1 卷第 460 頁。

〔註 53〕魯迅：《孔乙己》，《魯迅全集》第 1 卷第 460 頁。

〔註 54〕民國《雲陽縣志》卷 9，《禮俗——風俗》，轉引自陸遠權 2003 年博士論文《重慶開埠與四川社會變遷（1891～1911 年）》，華東師範大學，第 133 頁。

〔註 55〕蹇先艾：《水葬》，《蹇先艾——水葬》，中國現代文學館編，北京：華夏出版社，2009 年，第 3 頁。

字來看「德高」，品德高尚之意，但正是這樣一個名為「德高」的鄉紳卻是一方的土霸王，仗勢欺人。駱毛家貧，他卻偏偏退了駱毛的佃，直接將駱毛逼上了絕路，駱毛逛而走險，去周紳糧家去偷盜。退佃失去生活來源，是死路一條，而去周紳糧家偷竊也是死路一條，無論是前者還是後者，周紳糧都是決定駱毛生死的人。在另一篇小說《初秋之夜》裏，蹇先艾則描寫了落後腐朽的鄉紳階層對於新思想的遏制，他們逆潮流而行，是思想進步的主要障礙。小說從一個熱鬧的宴會開始，一群體面的本地鄉紳推杯換盞之後，便一起抽吸鴉片，其中不乏學校裏的校長，這樣的一群人卻掌管著現代教育，他們仇視新思想，「從前有幾個不良分子，我都先後把她們革除，現在可以說是『清一色』了」，女子學校仍然在用舊禮教來管束和教育學生，「來往信件都先經過她親手拆閱，因此中間減少不少的弊端。我向來抱定『女子無才便是德』的精神來辦學」〔註 56〕，表面上形式現代的女子學校，其核心的辦學宗旨依然是專制時代的女子無才便是德，如此的新學實質上與舊學一樣，接受此種教育的學生，與新思想是沒有關係的。鄉紳們守舊到了一個極端的狀態，不僅自己像掩耳盜鈴一般拒絕看見新時代，還粗暴的阻止學生接受新的思想，從這個角度來說，鄉紳階層是思想統治上的暴君。

啓蒙鄉土文學通過對以上三種類型的鄉紳形象書寫，展現了啓蒙理念對於鄉紳階層以及傳統文化的解讀，不論是頑固的守舊者、虛偽的假道學，還是粗暴的精神統治者，這些作品中的鄉紳形象，正是傳統文化的具象化表現，鄉紳是傳統文化的表演者，而對於傳統文化，啓蒙知識分子的根本態度是全面批判的，因此鄉紳階層也就整體性的符號化。我們從啓蒙鄉土敘事中只能看到負面的鄉紳形象，除此之外，未能發現鄉紳形象呈現的其它可能性。鄉紳們見風使舵、唯利是圖、墨守成規、頑固僵化、毫無操守、冷酷無情，如果把這些都看作是「惡」，讀者可以通過文本的邏輯路徑，得出這樣的結論，即鄉紳之惡是由儒家傳統教化所帶來的，儒家禮教無論怎樣的嚴苛，停留在紙上也是不起任何作用的，只有通過鄉紳的闡釋與執行，才能具備實際的效力，所以禮教與鄉紳是不可分割的整體。禮教通過鄉紳達到控制鄉村社會的目的，而鄉紳也借由禮教來保證自己在社會與文化上的地位，所以批判鄉紳之惡也就是批判禮教之惡。啓蒙鄉土文學中的鄉紳敘事充分表達了這樣的意圖，鄉紳群體的腐爛是傳統禮教文化之根早已腐爛、失去存活可能性的直觀

〔註 56〕蹇先艾：《初秋之夜》，《蹇先艾文集》，第 1 卷第 84 頁。

結果。啓蒙作家也通過否定鄉紳而達到了批判傳統文化的效果，這樣的雙重否定正是啓蒙鄉紳敘事達到的敘事目的。鄉紳，他們之所以能被稱爲紳士，主要是因爲其知識分子的身份，「知識階層的主要憑藉自然是它所擁有的『知識』」〔註 57〕，而這些鄉紳所擁有的知識就是儒家學說。但有趣的是，儒家這一教人向善的學說，裏面從來沒有教人如何作惡的教義。啓蒙鄉土敘事裏的「惡」鄉紳與他們的文化認同之間發生了巨大的偏差，甚至可以說是相反，我並不否認晚清民初的鄉紳中確有值得批判的類似於啓蒙鄉土文學中的惡鄉紳，但是也有理由相信，惡鄉紳成爲鄉紳階層的整體意象是啓蒙作家們對此階層多樣性進行壓縮的結果，我們有必要離開啓蒙文學的敘述場閾，去瞭解傳統鄉紳階層的多重面目。

3、先行之智者：清末民初鄉紳的現代足跡

對於啓蒙知識分子來說，鄉紳階層如同社會毒瘤一般，只有祛除，社會才能獲得正常的、健康的方展，他們對鄉紳階層的如此定位，源於鄉紳與傳統文化不可分割的血脈關係，但我們也可以從另一個角度來思考，那就是如果鄉紳階層眞的是中國社會進步的最大障礙，那這個階層爲何又能夠成爲歷史性的存在。我承認文學創作的虛構性，但是如果這種虛構只爲讀者提供特定的一種認識和瞭解的可能性的話，那我們有必要穿過虛構的迷霧，去發現敘述鄉紳的其它可能性。

首先來看第一個問題，鄉紳階層是否像啓蒙主義者所主張的那樣，是可以從中國社會結構中剔除的。費孝通認爲，「紳士是封建解體，大一統的專制皇權確立之後，中國傳統社會中所特具的一種人物」。〔註 58〕從費孝通對於紳士階層的整體定義來看，這一階層在社會結構中是特殊的存在，而正是由於這種其它階層不具備的特殊性，才爲專制皇權所需要。我們需要清楚的一點是，中國的政治統治是與文化緊密聯繫在一起的，而儒家文化所講究的禮儀規範則是政治與精神統治的重要方式，「儒家禮儀都不是作爲冥想或詮釋的對象而出現，而是在公共和私人場合中付諸實踐或有待履行的具體的行爲規範」〔註 59〕。商偉更指出，這種禮儀規範是一種「言述性的禮」，「因爲它不得不

〔註 57〕余英時：《士與中國文化》，上海：上海人民出版社，1987 年，第 26 頁。

〔註 58〕費孝通：《皇權與紳權》，《費孝通全集》，第 6 卷第 232 頁。

〔註 59〕商偉：《禮與十八世紀的文化轉摺》，嚴蓓雯譯，北京：生活・讀書・新知三聯書店，2012 年，第 55 頁。

依賴言說來解釋它的合法性」通過這種陳述或言說，「不僅提供了一種道德理念，而是直接參與構造了儒家社會的現實」〔註60〕。從這個意義上說，存在於廣大鄉土社會中的基層鄉紳，有其存在的客觀必要性，他們都以自己的言行在傳達著儒學的社會功能，教化或維護社會的禮制秩序。同時地域遼闊的中國單靠人數有限的政府官員和行政命令顯然無法將統治的觸角伸向每一個角落和有效地進行落實。因此對於基層統治來說，鄉紳階層有著不可替代的功能。學者楊念群在一篇文章中指出，鄉紳階層「承擔著扶濟族眾、化解糾紛和教化子弟的責任，使得小民不至於爲官吏所欺，遇事動輒層層上訴，投告無門」，除了「大大節省了行政治理的成本」之外，鄉紳們還把「原歸官吏處理的部份職責攬納過去，延緩了官方嚴刑峻法對鄉村的滲透範圍和程度」〔註61〕。對於傳統鄉土社會裏大多數無文化的鄉民而言，鄉紳階層也是他們的一種文化依靠。因此，鄉紳這一階層的存在就成爲了文化與政治的雙重需要，而鄉紳的出身與教育也使他們有足夠的資本可以擔任起國家政治與文化合作者的職責。

首先，我們應該確定鄉紳大多經過爲了參加科舉考試而進行的嚴格的私塾教育，即使清末時廢除了科舉考試，祖輩或者父輩受過儒學教育的家庭一般都是重視詩書傳家，所以讀書是書香門第的文化習慣。因此毋庸置疑，鄉紳們都是鄉間的文化精英，他們的文化資本讓他們有能力擔當起鄉村領袖，替村莊或村民出面對外交涉事務。「民國以來，士紳的社會構成及其在鄉村社會所特有的凝聚力與感召力，並未隨著科舉制的停廢以及社會的流徙遷變而發生根本變化，他們的基層權力結構中的中心地位呈現出極強的延伸性與穩固性，並在鄉村經濟、政治及社會關係等各個層面仍佔據主導地位。」〔註62〕鄉紳們大多有著良好的家庭教養，根據費孝通先生對清朝 915 名參與科舉考試並獲得功名的人進行的家世調查，得出以下的結果：915 名獲得貢生、舉人和進士功名的人的父親中有 306 人的父親是沒有獲取過功名的，其餘的 609 人的父親都是獲取過貢生、舉人和進士的功名的，佔了總人數的 66.56%。在 306 人中分別有人是祖父輩、或者曾祖父輩、高祖父輩獲得過功名。而在這 915 人的五代之內完全沒有獲得過功名的只有 122 人，只占總人數的 13.33%。〔註63〕在另一份道光年

〔註60〕商偉：《禮與十八世紀的文化轉摺》，第 18 頁。

〔註61〕楊念群：《士紳的潰滅》，《讀書》2014 年第 4 期。

〔註62〕王先明：《變動時代的鄉紳——鄉紳與鄉村社會結構變遷（1901～1945）》，北京：人民出版社，2009 年，第 337 頁。

〔註63〕費孝通：《科舉與社會流動》，《費孝通全集》，第 5 卷第 456 頁。

間對各地中舉者的父輩、祖父輩有功名者的人數進行的統計來看，例如在山東比例達到了 86.9%，在順天達到了 69.5%，而在廣西則是 68.9%。〔註 64〕這充分說明了，「官於朝，紳於野」的鄉紳都是有較高的文化素養與道德修養，這除了他們本人的學識之外，還與他們的家庭影響是分不開的。「許多士紳家庭保持了他們的地位達幾世紀之久；有些被稱爲『書香世家』或高級軍官的『一門武人』。所以子孫的責任就在於繼續家庭的傳統而使後代保持住家庭的光榮。」〔註 65〕

因此，即使後輩讀書參加科舉而未能獲取功名，但依舊可以憑藉文化知識與家世在鄉村獲得鄉紳的地位。功名是鄉紳地位保持的重要條件，但同時「身份地位的規定是從內在的角度通過其它更無形的標誌來處理的，諸如禮貌的舉止、文學的雅致和文化的敏感。」〔註 66〕而受過教育的鄉紳階層在文化普及率低下的傳統鄉村社會裏，也承擔著多種的角色，保障社會的運行，「村莊領袖大多數是鄉土文化資本的擁有者。作爲村莊的文化權威，他們是村民在文字方面求助的對象，也是村中的醫生，教師，私塾先生，糾紛仲裁人，打官司代言人，租佃買賣中人，鄉間婚喪嫁娶、村廟祭祀、祈雨儀式主持人，他們也因其有知識、明事理而成爲鄉村公務的主角。」〔註 67〕暫且拋開作家們對於文本中對鄉紳的價値評判，我們看到的是在這些作家們的筆下，鄉紳在鄉村中從事著各種各樣舉足輕重的角色。而在現實中，鄉紳地位的獲得與保持也與他們在鄉村中參與公共事務分不開的。陶希聖將中國的政治組織分爲了七個級別，最高一級爲中央，第二級爲治官之官，第三到第七級分別爲官、吏、村長族長士紳、地主商人、農民手工業者〔註 68〕，由此我們可以看出士紳階層處於上級官府與基層民眾的中間，其身份實際上是游離於統治階層與完全被統治階層之間的。他們可以統治權力的最後一級，也可以成爲被統治階層的代言人。

所以，鄉紳階層是穩定鄉土社會非常重要的一個因素，他們是通過參與公共性事務，例如教育、宗教性活動、公益活等來獲得鄉民的尊敬，從而在

〔註 64〕據同治年刊本《道光甲辰恩科同年錄》統計：王先明：《近代紳士——一個封建階層的歷史命運》，天津：天津人民出版社，1997 年，第 152 頁。

〔註 65〕周榮德：《中國社會的階層與流動——一個社區中的士紳身份的研究》，上海：學林出版社，2000 年，第 4 頁。

〔註 66〕〔加〕卜正民：《爲權力祈禱——佛教與晚明中國士紳社會的形成》，張華譯，南京：江蘇人民出版社，2008 年，第 230 頁。

〔註 67〕渠桂萍：《華北鄉村民眾——視野中的社會分層及其變動（1901～1945）》，北京：人民出版社，2010 年，第 74 頁。

〔註 68〕陶希聖：《中國社會與中國革命》，臺北：食貨出版社，1979 年，第 182 頁。

村莊獲取一定的領導權威。「村莊領袖的權威是來自於社區民眾認同的合法性權威，其統治力與支配權並非通過『暴力』方式獲得的，而是一種布迪厄所說的『溫和的支配力』……村莊領袖在此類活動中投入了大量的時間、精力與金錢，從物質層次與精神層次多方位、多角度滿足了村民的不同需求。從表面上看，他們的這種行動並沒有直接的經濟回報；但是作爲一種不等價交換，村莊領袖獲得了民眾的感激、追隨與義務遵從，其合法性權威從中確立並得到持久性鞏固。」〔註 69〕例如李景漢先生在定縣社會調查時發現，「定縣之所以稱爲模範縣，也是因爲定縣教育發達的緣故。在前清光緒二十八年，就有本縣大紳王振堯、谷鍾秀等倡儀興辦學堂。當時知縣王忠蔭也極力主張，熱心提倡，遂將定武書院改爲定武學堂，重訂教規，擴充經費。光緒三十三年知縣吳國棟也提倡借廟辦學；但因當時人民頑固不化，私塾既不能廢除，學堂也難成立。那年翟城米春明先生被舉爲郡學紳，創辦初等小學一處於翟城，爲全縣之倡。」〔註 70〕可見，鄉紳並不是像啓蒙主義小說那樣只是守舊復古，拒絕新時代的到來。其實正是因爲他們飽讀詩書，往往能夠得風氣之先，更易接受與理解新鮮事物，也是最有可能將新思想傳播到基層鄉村社會的人，因此鄉紳在籌辦鄉村教育方面、移風易俗方面常常是積極熱心，造福一方的。蕭公權曾指出，「紳士是鄉村組織的基石。沒有紳士，村莊可以也眞的能繼續存在；但沒有紳士的村莊，很難的任何高度的有組織的村莊生活，或任何像樣的有組織的活動。」〔註 71〕所以，鄉村裏的一些公益事業大多都是由鄉紳籌辦並主持的。「地方公產。屬於地方公共財產、經濟事業，如育嬰堂、恤撫局、粥廠、義倉、社倉，官府並不直接參與管理」，都是委託鄉紳來辦理，而「地方公務……特別是水利、橋梁、津渡的工程建設上，大都是由紳士主持操辦，」在廣東惠州與容縣所修的橋梁中，屬於鄉紳所修的共有 105 處。〔註 72〕占這兩縣所修橋梁與津渡總數的 60%，可見鄉紳在公眾事務中的作用。如果村莊遇到災年的時候，鄉紳往往承擔了賑災的責任，如定縣民國

〔註 69〕渠桂萍：《華北鄉村民眾 —— 視野中的社會分層及其變動（1901～1945）》，第 141 頁。

〔註 70〕李景漢：《定縣社會概況調查》，上海：上海世紀出版集團，2005 年，第 182 頁。

〔註 71〕蕭公權：《中國鄉村 —— 論 19 世紀的帝國控制》，張皓等譯，臺北：聯經出版公司，2014 年，第 372 頁。

〔註 72〕王先明：《近代紳士 —— 一個封建階層的歷史命運》，天津：天津人民出版社，1997 年，第 54～55 頁。

六年的水災，受災人數占全縣總人數的 73%，鄉紳們設立粥廠，「由這四個村子的村長佐，各舉公正富紳 5 人，經理粥廠內一切的事務。自民國六年十一月起，到七年三月止，共散放 4 個月。」〔註 73〕

鄉紳群體作爲社會的文化精英，參與了中國傳統社會向現代化轉型的過程，從某種程度上來說，還應該起到了主導社會轉型的作用。例如十九世紀末的公車上書，主持者與參加者都是進京趕考的鄉紳們，而這次公車上書與三年後的尋求制度轉型的戊戌變法有著直接的關係，「維新思潮推動西學驟然興盛，顯示出士文化層強勁的影響和導向力度」〔註 74〕。儘管接受儒學教育的鄉紳群體參與政治的動機與儒家文化有著密切聯繫，但是在傳統與現代的交接處，他們選擇站在將傳統引向現代的一邊，去創建一個與帝國不同的現代民族國家，「許多紳董把他們的活動能力看作管理國家事務的才能，是對時代需要的反應，……那些經歷叛亂而感到震驚、所受教育（常常還有他們的前途）是以公共職責爲目標的人士，完全能夠按照民族的框架考慮他們的活動。」〔註 75〕而在思想啓蒙運動中，有過留學經歷的所謂新式知識分子劃清了自己與傳統知識分子的界限，他們與後者區別的標誌之一，就是表現出對西方文化毫無保留地欣賞與接受，和在此基礎上對傳統文化全面的批判。

這種與傳統鄉紳之間的自覺隔離，使新式知識分子將中國在現代化轉型道路上的緩慢與曲折都歸咎於傳統鄉紳階層，「士紳逐漸被認做本地社會和政治保守主義的主要成分，是現代化的障礙」，同時也導致他們忽略了將現代化變革未能順利進行下去的外部原因，而將矛頭指向了中國社會內部，在他們看來，「按照現代性範式，像中國這樣的國家不能積極地回應西方的挑戰，並不是因爲帝國主義從外界的入侵干涉，而是因爲僵化的本土社會結構阻礙了現代西方制度的引進〔註 76〕」。那麼實際情況確實如此嗎，傳統鄉紳已經成爲了社會進步的絆腳石嗎？答案顯然是否定的。雖然思想啓蒙運動是由留學生所發起的，但是它卻並非與傳統鄉紳無關，因爲任何事件的發生不可能是突如其來並

〔註 73〕李景漢：《定縣社會概況調查》，上海：上海世紀出版集團，2005 年，第 701 頁。

〔註 74〕桑兵：《晚清學堂學生與社會變遷》，桂林：廣西師範大學，1995 年，第 37 頁。

〔註 75〕〔美〕費正清等：《劍橋中華民國史 1912～1949》，（下卷）第 58 頁。

〔註 76〕〔加〕卜正民：《爲權力祈禱 —— 佛教與晚明中國士紳社會的形成》，張華譯，南京：江蘇人民出版社，2008 年，第 6 頁。

毫無前因的。在此之前，傳統鄉紳為西學的引進、普及做了大量的工作，沒有前因，何來後果。所以 20 世紀初發生的思想啓蒙運動只是 19 世紀中後期以來，西學思潮發生發展的一個結果。學者桑兵在評價京師同文館的作用時說，「作為第一代『學貫中西』的中國人，他們以本位文化為基礎，以外部文化為工具和參照，……使近代中國人對世界的認識大為擴展深化」〔註 77〕。這是傳統鄉紳在西方文化的傳播方面做出的努力，另外在政治體制的變革上，他們也有發揮了實際的作用，讓我們來看一組數據，根據張朋園先生對辛亥革命前後 15 個省的諮議局中 1288 名立憲派人士的教育背景作了統計與分析， 發現進士有 56 人，舉人 274 名，貢生 370 名，生員 448 名，其它 140 名，有功名者占到了 89.13%，而 21 個省 63 名的正副議長中有進士 32 人，舉人 19 人，貢生 3 人，生員 4 人，其它來源的只有 5 人，有功名者 92.06%。〔註 78〕可以看到，在中國近代的社會變革之中，士紳階層不僅參與，還是變革中不可缺少的推動力量。當然，我們並不否認，在時代新舊交替之間，依然存在著固守自己文化傳統的鄉紳，但是這並不能將之作為鄉紳群體的整體評價。

啓蒙鄉土文學中數量眾多的鄉紳形象雖然表現各有所不同，但這種差別卻非異質差別，因為啓蒙作家就是將落後守舊作為鄉紳形象的概括，即使有所不同，那也只是在這個概括基礎上的多角度表現罷了。可以說，啓蒙鄉紳敘事就是故意地以偏蓋全，其眞實目的是通過整體性批判鄉紳來達到批判鄉紳背後的傳統文化的目的。以魯四老爺為例，從一般的解讀來看，這是一個在魯迅的筆下頑固守舊、用封建禮教殺人於無形的鄉紳。但如果我們脫離魯迅的啓蒙視角，重新客觀地分析魯四老爺這個鄉紳形象時，我們發現實際上魯四老爺在祥林嫂整個遭遇中的所作所為似乎是可以理解的。魯四老爺在小說中出場的次數與發出的聲音並不多，而且說的話多數是意猶未盡。我們從他對祥林嫂遭遇發表的並不太多的評價中，可以瞭解到，這些評價並不算是特別。魯鎮裏的男女老少除了只是對祥林嫂喪夫失子表示了廉價的、短暫的同情之外，也同樣認為祥林嫂不「祥」，對祥林嫂的同情只是為了證明自己的善良，但是這個「善良」卻如此的經不起推敲，短短幾天便煙消雲散，鄉民們表現出來的不耐煩和鄙夷，對祥林嫂來說是雪上加霜的。而魯家兩次收留祥林嫂，比起只會嘖嘖兩聲

〔註 77〕桑兵：《晚清學堂學生與社會變遷》，桂林：廣西師範大學出版社，2007 年，第 51 頁。

〔註 78〕數年據來源於張朋園：《立憲派的階級背景》，《近代史研究所集刊》第 22 期（上），1993 年 6 月。

的鄉民來說，其同情是具有實際作用的，起碼讓無家可歸的祥林嫂有了棲身之所。當然，在收留祥林嫂的問題上，魯四老爺確實不是那麼情願，但我們反過來想，雖然習俗的認同讓自己不情願，但還是收留了，應該說魯四老爺一家比魯鎮的鄉民們更加寬容，所以「祥林嫂的悲劇並不是魯四老爺這種個別的『地主階級』的代表人物——壞人所造成的。」〔註 79〕魯四老爺只是一個老監生，根據清朝的選官制度，特別是晚清，監生是一個可以用錢捐來的名頭，並無真材實學的魯四老爺，其見識早已落在時代的後面，他還在咒罵早已過時的康有爲，他的文化積纍與生活常識決定了他不可能具備西方式的人文主義關懷。知識更新滯後帶來的所謂「守舊」並非是魯四老爺的過錯，當時的文化和信息傳播途徑與速度是必須考慮的因素。從清末民初的山西鄉紳劉大鵬所著的日記中，也可以看到劉大鵬在 1895 年進京趕考之後，才對西學的影響有所感受，1897 年 5 月 18 日，他在日記中寫到「當此之時，中國之人竟以洋務爲先，士子學西學以求勝人，此亦時勢之使然也」〔註 80〕，此時的洋務運動早已進行了三十餘年，可見，並不是所有的士紳都能夠得風氣之先，走在時代的前列，並且劉大鵬還是一個可以進京參加科舉考試的舉人，魯四老爺只是一個鄉里的老監生。我們似乎不能去苛求一個見識僅止於魯鎮的鄉紳去做出符合啓蒙知識分子所要求的西方人文精神的舉動，去反叛千百年來約定俗成的習俗認同。

通過分析與考察，鄉紳作爲一個社會群體，在傳統鄉土社會結構中穩定鄉村、禮治教化等方面起到的都是積極作用。在政局動蕩的清末，作爲社會的知識階層，他們中的大多數參與了社會現代化轉型的變革之中，在推動清末新政、民國憲政方面成爲了主要力量。當然，不可否認的是，要完全拋棄自己曾經安身立命的文化傳統與精神認同，確實是需要勇氣的，因此一部份鄉紳選擇了安守在自己熟悉的傳統世界裏，而退出了時代進步的浪潮，甚至於爲了維護舊有的文化認同可能做出反社會潮流的實際行爲，但是這也並不能將這一小部份推衍爲鄉紳階層整體性的思想與行爲。我認爲如果將這部份鄉紳的行爲與心態放在個人的人生選擇範疇內來評價，又或者用西方的個性自由的標準來衡量，都是無可厚非的。但令人啼笑皆非的是，正是那些高呼民主與自由的啓蒙知識分子，卻簡單粗暴地以自己的標準強加於整個傳統鄉

〔註 79〕劉再復、林崗：《罪與文學》，北京：中信出版社，2011，第 222 頁。

〔註 80〕劉大鵬：《退想齋日記》，喬志強標注，太原：山西人民出版社，1990 年，第 72 頁。

紳群體，偏執地臉譜化的文學書寫成爲傳統鄉紳歷史化的整體意象，遮蔽了歷史敘述的多種可能性。啓蒙知識分子這種視「舊」爲敵的做法，與他們所批判的舊鄉紳以「新」爲敵的做法並沒有什麼不同，雙方各自陣營不同而已，正如林紓也寫了《妖夢》與《荊生》來咒罵和嘲諷思想啓蒙運動。因此，在竭力利用文學方式來闡釋啓蒙理論以推動社會思潮的共振來達到思想啓蒙目的知識分子筆下，傳統鄉紳是不可能有多重敘述的可能性的，我們只能在啓蒙鄉土文學中看到僞善守舊或無知可笑的鄉紳形象，而這些形象最終投射的是啓蒙知識分子要解構傳統、重建文化的知識野心與改造國家的政治欲望。所以在啓蒙話語體系中的鄉紳敘事然必然只是啓蒙功利目的驅使下的概念化書寫。

第二節　兇狠與殘暴：階級革命視角下的鄉紳敘事

漢娜・阿倫特曾說「現代意義上的革命，意味著社會的根本性變化」〔註81〕，這是一個不以個人意志爲轉移的，可以使原有社會一切翻轉的、由暴力成爲主要角色的過程。革命是一種社會變革的極端手段，而將革命移植到鄉村的語境之中，傳統鄉土社會的既定秩序就將徹底被打破，以建立一個新的社會秩序，在建構鄉村新社會過程中首當其衝的障礙物是舊秩序的維護者——鄉紳階層。隨著階級概念的引入，鄉紳不再是鄉村中主持村務民政的重要角色，反而因此而變成了壓迫鄉民的地主階級，其文化資本與社會功能成爲了附著在土地資本上的原罪。

1、革命之對象：鄉紳文化身份的人爲剝離

「誰是我們的敵人？誰是我們的朋友？這個問題是革命的首要問題」〔註82〕，判斷與分辨革命者與革命對象，是進行階級革命的先決條件，這意味著革命不僅需要同盟者，更必須有革命對象的存在。這種判斷除了是一種階級劃分，更是一個尋找和確認敵人的過程，沒有敵人也就不可能進行革命，所以革命對象的存在才會有革命本身的存在，也才會有進行革命的必要。來自

〔註81〕〔美〕漢娜・阿倫特：《論革命》，陳周旺譯，南京：譯林出版社，2007年，第12頁。

〔註82〕毛澤東《中國社會各階級的分析》，《毛澤東選集》，北京：人民出版社，1991年，第1卷第3頁。

於西方的階級革命理論指的是無產階級與資產階級之間的暴力鬥爭，但在鄉土中國，並沒有一個像西方工業國家那樣嚴格意義上的無產階級和資產階級。於是要用西方階級理論指導中國革命，必須要將之本土化，因此從階級劃分開始，本來與資產階級距離遙遠的鄉紳階層便進入了階級革命理論的視野之中。

根據毛澤東所進行階級劃分，我們在裏面並沒有找到對鄉紳階層的定位，這是因爲階級是按其經濟地位來決定的，而鄉紳主要是緣於其文化地位與社會影響力，與經濟財產並不一定劃上絕對的等號。但是鄉紳身份與地主身份之間卻也有著千絲萬縷的聯繫，一般來說，教育是需要花費時間與成本的，而在鄉村社會裏能夠支出這個成本的大多是有田產的家庭，無論田產或多或少，當然也有部份家境貧困的家庭爲了向上層流動而用盡辦法供子弟讀書，由此進入鄉紳階層的，一旦成功，那麼也就必然會置辦田，反過來說，即使第一代地主是由自己善於經營、積纍家產而成爲地主，那麼在擁有了田產後也必然會在第二代家庭成員身上投入教育資本，以獲取社會地位與尊重，這是中國社會的傳統——耕讀傳家。這種歷史的傳統，余英時對此有過這樣的看法，「歷史進入秦、漢之後，中國知識階層發生了一個最基本的變化，……士和田產開始結下了不解之緣……，我們可以稱之爲『地主化』或『恒產化』。」〔註 83〕從客觀上說，鄉紳需要田產作爲他文化活動與社會活動的資本，所以鄉紳這樣一個社會文化身份與地主的土地身份往往是結合在一起的。根據張仲禮對清朝 88 位紳士的生平考察時發現，「這 88 位紳士都擁有一定數量的土地。……大多數只有少量土地的紳士並不靠地租生活，而作爲大地主的上層紳士一般擁有大量的土地」〔註 84〕。從這個統計中可以瞭解，鄉紳擁有田產的數量是有多有少的，那些並不依靠土地出租爲生的鄉紳，從階級理論上來劃分，實際上並不算是地主，因爲必須要依靠地租剝削農民階級的，才算是地主階級。

我們只能說，鄉紳是鄉村裏有文化的有產階級。從地主階級一方面來說，也並不是所有的地主都可以劃爲鄉紳，因此，鄉紳與地主實際上並不能劃上等號。可是階級革命理論對於階級的劃分只有經濟地位這個唯一標準，從這

〔註 83〕余英時：《士與中國文化》，上海：上海人民出版社，1987 年，第 77 頁。
〔註 84〕張仲禮：《紳士地主》，《中國紳士的收入——〈中國紳士〉續篇》，費成康等譯，上海：上海社會科學院出版社，2001 年，第 260 頁。

個標準出發，得到的結論便是，「紳士的經濟基礎只有從他與地主的結合才能瞭解的，大多數紳士便是地主」〔註 85〕。思想激進的歷史學者吳晗對於文化紳士到反動地主之間的邏輯推理過程，則可以算作階級革命理論對鄉紳地主化的一個典型演繹。吳晗首先認爲「官僚，士大夫、紳士、知識分子，這四者實在是一個東西」，這四種身份之中，士大夫是其核心身份，因爲「官僚是就士大夫在官位時的稱號，紳士則是士大夫的社會身份」，所以，吳晗主要就「士大夫」進行了論述，他由士大夫擁有社會特權、文化壟斷中，推導出「士大夫也就是地主，因爲他們可以憑藉地位來取得大量土地，把官僚資本變成土地資本」，從保護自身既得經濟利益出發，吳晗認爲士大夫「在思想上，在政治上，都是保守的，……從整個集團利益來看，士大夫是反變革的，反進步的，也是反動的」〔註 86〕。可以看到，與階級理論從經濟基礎決定政治文化等上層建築的路徑不同，吳晗是從思想文化的特權地位反向推理到經濟與政治上的反動。這種反向推理實際上是牽強的，吳晗爲了說明文化群體在政治思想上的反動，將處於不同階層的文化群體全部劃爲官僚士大夫，完全忽略了各階層文化群體的差異區別，他的立論開始於官僚、士大夫、紳士、知識分子都等於士大夫，而士大夫等於地主，那麼結論就是四者全部都是地主，地主就是反動的，這四者就都是反動的。因此，紳士就是反動地主。如果說將「士」與「紳」合併在一起是側重於他們兩者之間社會與文化功能的趨同，那麼吳晗等人將士紳與地主合二爲一，則是將其文化權力或者由此帶來的社會功能都附屬於經濟政治權力之下，爲階級革命理論將「士紳」劃爲剝削階級提供了理論的合法性，或者說從文化方面爲階級革命理論中鄉紳地主階級的反動性提供了理論支持。從另一個方向，毛澤東根據生產力決定生產關係這個基本理論，直接將鄉村地主與買辦階級放在一起，成爲了「代表中國最落後和最反動的生產關係，……他們和中國革命的目的完全不相容」〔註 87〕。在階級革命理論中，地主就是等同於土豪劣紳。我們看到，只要進入了階級話語框架之中，不論從哪個方向推論，鄉紳都必然地主化和反動化。「地主階級」幾乎囊括了鄉村中所有的有產階級，這一定義取代或者說覆蓋了鄉村社

〔註 85〕胡慶鈞：《論紳權》，《民國叢書 —— 皇權與紳權》，吳晗、費孝通等著，長沙：嶽麓書社，2012 年，第 108 頁。

〔註 86〕吳晗：《論士大夫》，《民國叢書 —— 皇權與紳權》，第 60～63 頁。

〔註 87〕毛澤東：《中國社會各階級的劃分》，《毛澤東選集》，北京：人民出版社，1991 年，第 1 卷第 4 頁。

會結構中內在的複雜組成。如果說階級革命是一種暴力的行動，那麼這種劃分實際上也是一種思想上的暴力，用理論決定了鄉紳階層的現實命運。將鄉紳階層劃爲「地主階級」不僅是對他們的身份確認，還是一種罪名的判決。

鄉紳階層對於教育普及不高的傳統鄉土社會來說是一種文化上的必需，但是這種「必需」在階級革命時代來臨之後，卻與經濟地位帶來的階級罪惡附著在一起，「鄉紳」這種看起來階級定位模糊、暖昧的身份由階級身份清晰的「地主」所取代，階級革命也就有了明確的敵人。因此在當時的語境中，階級革命實際就是鄉村革命，革命的主要對象不是資產階級，而是鄉村中的地主階級，實際上這些地主階級就是鄉紳階層。「鄉紳」是以儒家倫理爲基本秩序的在中國傳統鄉土社會中「靠自己的文化威權實現著對鄉村的控制」〔註88〕的知識精英階層，同時也是中國的帝制統治模式中基層社會的政治精英，是「實現對廣大農村基層社會管理的鄉紳自治和家族組織的主體」〔註89〕。鄉紳階層主要依靠的是「文化威權」在基層鄉村社會發揮作用，但又由於鄉紳的文化身份與土地身份的交織纏繞，這種威權被階級理論解讀爲由經濟地位帶來的階級壓迫，「農民的主要攻擊目標是土豪劣紳，不法地主，旁及各種宗法的思想和制度，……把幾千年封建地主的特權，打得個落花流水。地主的體面威風，掃地以盡」〔註90〕。可以看到，地主劣紳的出現與存在是和思想制度是聯繫在一起的，打倒了前者，也就消滅了後者，這是一個連鎖反應，對於階級革命來說，「是一個階級推翻另一個階級的暴烈的行動」，「推翻」的不僅有地主在經濟上的權力，還有精神統治，如果要「建立農民的絕對權力」，「必須把一切紳權都打倒，把紳士打在地上，甚至用腳踏上」，這種邏輯是很有意思的，先將鄉紳的文化身份去除，劃分爲地主階級，也就成爲了階級革命對象，這種利用其土地身份掩蓋文化身份的做法，最終達到的目的是剝奪鄉紳的文化威權，鄉村中的話語權和掌控權必須要由革命階級來掌握，「一切從前爲紳士們看不起的人，一切被紳士們打在泥溝裏，在社會上沒有了立足地位，沒有了發言權的人，……不但伸起頭，而且掌權了」，這些鄉村新貴掌

〔註88〕秦暉：《鄉村社會權力和文化結構的變遷（1903～1953）》，西安：陝西人民出版社，2013年，第20頁。

〔註89〕金觀濤、劉青峰：《開放中的變遷——再論中國社會超穩定結構》，香港：中文大學出版社，1993年，第34頁。

〔註90〕毛澤東：《湖南農民運動考察報告》，《毛澤東選集》，北京：人民出版社，1991年，第1卷第14頁。

權的標誌是「他們用繩子捆綁了劣紳，給他戴上高帽子，牽著遊鄉」〔註 91〕。鄉紳的土地資本成爲了對農民進行經濟剝削的工具，同時他們所具有的文化資本也成爲了進行階級壓迫的精神工具，這使鄉紳在經濟上和文化上都有了無法擺脫的階級之罪。當階級革命理論在鄉村社會進行實踐之時，也對文學創作產生了深刻的影響，一批以共產革命爲信仰的作家同樣在文學創作上實踐著階級革命的理論。

總是走在時代前列的文學先鋒郭沫若在《創造月刊》第一卷第三期上發表了《革命與文學》，開篇便是這樣的論斷：「我們現代是革命的時代」〔註 92〕，宣告了革命文學時代的到來，啓蒙主義文學終於卸下了啓蒙的沉重負擔，隱退到了歷史舞臺的背後。將階級理論運用在文學創作上，也就相當於進行了一場文學上的階級革命，正如郁達夫的一篇文章，題目就是《文學上的階級鬥爭》。革命作家遵循階級革命鬥爭原則，首先關注的是創作主體的階級屬性，因爲作家的階級歸屬直接決定了其作品的階級性。這實際上是非常機械的革命文學理論，這種理論帶來的是作家們必須首先將自己定性爲革命階級，才能創作出革命文學來，否則就是反革命文學。也正是由於此，像魯迅這樣沒有明確自我階級屬性定位的作家，也受到了批判，被稱爲只是一個「醉眼陶然地眺望窗外的人生」，去「追悼沒落的封建緒，結局他反映的只是社會變革期中的落伍者的悲哀」〔註 93〕的落後作家。那麼怎樣才是眞正的革命作家呢，瞿秋白給出的答案是「革命的作家總是公開地表示他們和社會鬥爭的聯繫；他們不但在自己的作品裏表現一定的思想，……暴露那些假清高的紳士藝術家的虛僞」〔註 94〕，只有符合了這樣一個標準，才能創作出符合階級革命要求的文學作品。階級立場對於革命文學創作來說是一個首要解決的問題，階級立場意味著創作理念是否正確，正如郭沫若所反覆強調的那樣，「你假如站在壓迫階級，你當然會反對革命；你假如是站在被壓迫階級，你當然會贊成革命。你是反對革命的人，那你做出來的文學或者你欣賞的文學，自

〔註 91〕毛澤東：《湖南農民運動考察報告》，《毛澤東選集》，北京：人民出版社，1991 年，第 1 卷第 16～17 頁。

〔註 92〕郭沫若：《革命與文學》，《創造月刊》，上海：上海書店，影印本 1985 年，第 1 卷第 3 期。

〔註 93〕馮乃超：《藝術與社會生活》，黃侯興主編：《創造社文藝理論卷》，北京：學苑出版社，1992 年，第 172 頁。

〔註 94〕瞿秋白：《〈魯迅雜感選集〉序言》，《瞿秋白論文學》，北京：人民文學出版社，1959 年，第 3 頁。

然是反革命的文學，是替壓迫階級說話的文學；……你假如是贊成革命的人，那你做出來的文學或者你欣賞的文學，自然是革命的文學，是替被壓迫階級說話的文學。」〔註 95〕這就要求作家要時時對自己階級立場進行提醒，避免滑向壓迫階級，從而使革命作家對於自身的身份產生了緊張感，而緩解這種身份危機的緊張感，就只能在創作品更加激進地表現自己的革命思想。革命文學作品是先確定立場再進行創作的，否則便容易滑向反革命的泥淖，因此創作主體與創作客體都充滿了劍拔駑張的對立與衝突，進入到這種創作場閾中的鄉紳，也就被不可避免地被賦予一種在極端環境下的極端意識與行爲。

階級革命理論明確這樣的一個道理，有財產就意味著剝削，不剝削也就不可能有財產，財產的來源本身就是一種罪惡，因此地主階級與生俱來就有原罪，再加上其佔據著文化資源，這便是使用經濟與文化兩種手段來進行階級統治，他們是與革命階級對立的反革命階級。無論是在現實社會革命中，還是在階級革命文學中，鄉紳形象都與「反動」緊密地聯繫在一起，革命作家們需要在文本中盡力地從各個方面來表現鄉紳地主的反動、沒落與腐朽，同時伴隨而來的還有負隅頑抗歷史進步潮流的兇惡與殘暴，形象地爲革命文學製造出一個合理的敵人。用當時的一篇文章對於「鄉紳」形象的概括與提煉，可以窺見到當時激進知識分子對於鄉紳階層的整體評價，「能夠代表農村裏資產階級的利益，或者自己本身是一個農村裏的資產階級。具備了這兩個條件又佔了一個中國（應爲間，原文如此）的位置，他們自然而然的成爲農村裏的寄生者，不耕而食不織而衣，高臥煙榻以度其紳士式的生活了。他們既是封建社會的產物，當然是民生勢力發展的最大障礙了。」〔註 96〕而在革命鄉土文學中的鄉紳形象基本上是對這個概括的文學演繹，革命作家按照「一切的文學，都是宣傳。普遍地，而且是不可逃避地是宣傳；有時無意識地，然而時常故意地是宣傳」〔註 97〕，這一創作原則將階級理論貫徹於創作之中，追隨著現實階級革命的腳步，故意忽視鄉紳這一階層的在鄉村中客觀存在的合理性和複雜性，將鄉紳階層去文化化，只保留其土地身份，以便將其劃歸到階級敵人的行列當中。於是當鄉紳只能是代表剝削和封建落後生產方式的

〔註 95〕郭沫若：《革命與文學》，《創造月刊》，上海：上海書店，影印本 1985 年，第 1 卷第 3 期。

〔註 96〕克明：《紳士問題的分析》，《中國農民》，1927 年第 10 期第 12 頁。

〔註 97〕李初梨：《怎樣地建設革命文學》，黃候興主編：《創造社文藝理論卷》，北京：學苑出版社，1992 年，第 228 頁。

「地主」時，他們在革命鄉土文學中的面目也只剩下了一個，那就是從外表到內在無不透露著兇惡與殘暴，理所當然地成爲了革命的對象以及革命的理由。

2、階級之敵人：革命文學想像的地主形象

「革命這一現代概念與這樣一種觀念息息相關的，這種觀念認爲，歷史進程突然重新開始了，……」〔註 98〕晚清以來，知識階層都在營造著這樣的一種意象——病態的民族與國家，無論是梁啓超的「老大中國」，還是魯迅所說的「我的取材，多採自病態社會的不幸的人們中，意思是在揭出病出，引起療救的注意」〔註 99〕。焦慮的病態在遇到猛烈的革命之後，宛如垂死之人看到了新生，正如阿倫特說的，革命可以使歷史重新開始，可以使中國拋棄沉重的思想和文化包袱，從疾病的深淵中走出來。這種「重新開始」的歷史並不是首先由現實啓動，而是首先在革命鄉土文學中預言了一次。鄉紳階層在這些「預演未來」的文本中，只有一個角色可以擔當，那就是成爲病態中國的製造者和需要階級革命手術去切除的毒瘤。

華漢的長篇小說《地泉》便是這樣一部貫徹階級革命理論所創作的作品。小說裏的鄉紳地主一開始並沒有出場，讀者對於他們的瞭解是從窮苦的鄉民老羅伯的敘述開始的，從老羅伯不停的咒罵中，可以知道這個田主只爲收租而不顧佃農的死活，那些永遠盤踞不走的飢餓與貧困都是田主造成的，佃農所有的辛勤勞動卻養不活自己和家庭，但是再惡毒的咒罵卻無法損傷地主絲毫，因爲「田主是咒罵不死的，田主是不容易感染時疫的。官廳是保護田主的，軍警是聽田主驅使的。田主有人有錢有勢力……」，說明了地主不僅是依靠土地出租來剝削鄉民，整個國家機器都是保護地主剝削鄉民的，作者在此處描畫出一個吃人的社會，鄉民無處伸冤，只有被地主魚肉的命運，「凶年不減租，天災也不減租。你這蛇蠍般毒這的田主喲！看看我這一家便要被你活生生咽吞了呀……」〔註 100〕地主與鄉民之間已然是吃與被吃的階級對立關係，除此之外，我們看不到有其它任何可能調和的關係存在，這種絕對的對立正是階級革命發生的必要條件。在經過如此的鋪墊以後，地主王大興粉墨登場，但是由於前文實際上已經通過描述老羅伯描述對王大興進行了隱性的

〔註 98〕〔美〕漢娜・阿倫特：《論革命》，陳周旺譯，南京：譯林出版社，2007 年，第 17 頁。

〔註 99〕魯迅：《我怎麼做起小説來》，《魯迅全集》，第 4 卷第 526 頁。

〔註 100〕華漢：《深入》，《地泉》，第 11～12 頁。

評價。所以，此時對王大興的正面描寫只是對前文的隱性評價的推進。我們注意到小說中並沒有明確的稱呼上的「鄉紳」，用的是「大田主」，實際上已經是對鄉紳的概念進行了置換，但從小說的描寫中，又可以看到明顯的鄉紳痕跡。首先描寫的是王大興的家，從他的書房擺設來看，不論是眞的欣賞還是附庸風雅，房間內外確實流露出古樸的雅致，書房外的殘菊、房內的漢磚字畫、文房四寶，都說明王大興應該是一個有文化的紳士，起碼並不是一個只知道收地租的地主。我們注意到在顯示文化身份的擺設之外，作者特意仔細描寫了床中間的鴉片煙具。鴉片是一個沒落與腐朽的符號，當它與顯示文化身份的古玩字畫置放於同一個空間的時候，鴉片煙具的光亮籠罩著風雅的古玩字畫。作者故意將空間焦點定格在了煙具上，殘菊古字古畫古硯臺和鴉片，一切都是舊的，都是被時代淘汰的，王大興也終將與他的這些愛好一起，走向末日。

再來看王大興的外形，「他這人生得矮而肥，他的腿和手又都是肥而又短，他的肚皮澎脹起來像一個裝滿血汗的大酒壇。飽飽滿滿的似乎快要被那血汗的波動而爆裂。他那肥大的臉上，偏偏又生滿了一臉的小紅瘡，那浮腫起來的鼻子上更成了這小瘡盤據的大本營，密密連連的把他那個鼻尖都染成了一片殷紅，活像一個將要破皮的爛桃子。」〔註 101〕這樣的外表與之前所描寫的古雅的擺設形成了鮮明的對比，王大興粗鄙、醜陋，特別是他的大肚子像一個酒罎子，華漢在這裡用的比喻是有所指的，「像一個裝滿血汗的大酒壇」，裏面的血汗自然是農民的血汗。單從外表來看，王大興就是一個飽吸農民血汗的剝削階級。鄉長錢文泰「顴骨高聳的臉上沒有什麼表情，他談話時不僅不笑，那不亂抽動的深黃色的面皮，簡直還像一塊森冷的冰石。」〔註 102〕錢文泰的高瘦與王大興笨拙的體態不同，更加突出他比王大興更可怕的是隱藏在冷酷無情中的老謀深算。面對農民的抗租，王大興束手無策，可是錢文泰早已暗中派人去縣裏請兵來武力鎮壓了，因此王大興對錢文泰佩服得五體投地，「那麼，只要殺得幾個暴徒，那我的租米就不愁那些混蛋東西不繳了。哈哈，文泰兄！不是我當面捧你的腿兒，你眞不愧是我們一鄉之長呀！哈哈哈。」〔註 103〕殺和繳對於王大興來說是最有用的，「殺」的目的是爲了「繳」，

〔註 101〕華漢：《地泉——深入》，第 96 頁。
〔註 102〕華漢：《地泉——深入》，第 97～98 頁。
〔註 103〕華漢：《地泉——深入》，第 102 頁。

王大興眼睛裏除了租錢，人命都不放在眼裏。錢文泰在王文興還沒想到對策的時候就已經布置好了，可見作爲鄉長的錢文泰在對待農民問題上的兇狠毒辣。

小說中寫了老羅伯在和武裝農民攻打王大興和錢文泰的莊舍時想起了王大興曾經爲了逼迫老羅伯繳租，對老羅伯拳打腳踢，在「轟轟轟的一陣密雨般的拳腳」之下，老羅伯口吐鮮血，「老淚長流」，「他的四肢都痙攣起來」，此時的王大興仍然不解氣，「還在那裏揮拳動腳的罵，就像要咬他來吃的樣子。」〔註 104〕王大興暴打老羅伯的樣子看起來，是想要「吃」掉老羅伯，這個「吃」不僅表現的是暴打當時王大興的兇狠狀態，更是對地主與佃農之間階級關係的實質。「吃人」這樣一種意象，我們並不陌生，啓蒙話語中的「吃人」是思想啓蒙者對傳統文化的形象表述，但傳統文化是抽象存在的，它並不能直接地吃人，它只能通過傳統文化的維護者鄉紳之手來施加吃人的罪惡，而在此處，地主王大興根本不需要任何的僞裝，直接使用暴力扮演了吃人者的形象，這種指向是明確的，作者就是要告訴讀者一個簡單的道理：鄉紳就是地主，而地主又全部都是窮人的死對頭。站在意識形態的立場來解讀，我們看到王大興狠打老羅伯的場面，這不僅僅是一個田主毆打一個佃農，而是剝削階級在壓迫被剝削階級，這是一種血淚交織在一起的階級仇恨，作者想要表達這樣一個概念：不能幻想地主階級的溫和，階級之間的矛盾是天然的並且是不可調和的，只有經過階級鬥爭才能推翻剝削階級。這種仇恨在《深入》的結尾處達到了高潮，老羅伯的兒子在進攻錢文泰家的激戰中犧牲了，階級仇恨又添加了喪子的家仇，老羅伯在怒吼中控訴這並非一家一村之仇，而是整個地主與鄉民之間的階級仇恨。這段冗長繁複的控訴文字很難說具有文學性或者讓人讀起來有任何的美感，只是爲了表述階級鬥爭的理念論而表述，通過階級理論的提升，強調了老羅伯與王大興之間不是單純的個體與個體之間的對立，而是農民階級與鄉紳地主階級的對立，是不可調和的階級矛盾，這確實是革命宣傳，其最終指向暴力的階級鬥爭。

著名劇作家洪深的《農村三部曲》中的周鄉紳是有功名還做過縣官的老鄉紳，但是他利用鄉紳的身份在鄉里橫行霸道、欺壓農民不擇手段。周鄉紳的家是當地的望族，「一門兩代，出了一位狀元、四個舉人」，周鄉紳「做過七任知縣，現在上了年紀，在家裏享福了，可是兒子侄子在外面還都做著大

〔註 104〕華漢：《地泉——深入》，第 143 頁。

官。」〔註 105〕周鄉紳的家世與他本人的履歷，讓鄉下人不由自主地臣服。多年以前周家爲了紀念獲得功名，在小河上整修了原來的橋，於是更名爲「五奎橋」，名爲「五奎」是由於「一般是鄉下人迷信是司理命運的天上的星宿；……或者還許是對於科舉時代那讀書人的功名際遇的一種頌禱。」〔註 106〕洪深的階級立場使他將這座橋看作是階級壓迫的符號，「是周鄉紳家對於鄉下人的一種誇耀，迷信、愚昧、頑舊的制度，封建勢力、地主的特殊利益，鄉紳大戶欺壓平民的威權！似乎五奎橋存在一日，這些一切，也是安如磐石，穩定地存在著的。」〔註 107〕因爲乾旱，鄉民們人工車水無濟於事，所以要用機器打水的洋龍船，但由於五奎橋低矮，洋龍船無法駛過。因此，對於鄉民來說，這座橋成了鄉紳威權的象徵，拆了這座橋就等於推翻了周鄉紳一家對鄉民的壓迫。「這半個月來，五奎橋早已成了一個劇烈鬥爭的對象了，站在一面的，是那固執的不講情理的自私自利的感情用事的周鄉紳，和他的雇工、僕役、爪牙。站在另一面的是種田的農民，雖然他們一向是馴良的無拳無勇的，此刻不得不硬挺一下；……鄉下人要拆，周鄉紳不許拆，在周鄉紳何嘗不明白，拆橋不只是拆去一頂橋而已，同時關係著鄉紳們的尊嚴和權威。」〔註 108〕

拆橋之所以重要，是因爲橋被拆掉意味著鄉民們打倒了對周鄉紳的威權與迷信。而周鄉紳是不可能心甘情願地被打倒，爲了保持他在鄉間的權勢，周鄉紳想盡辦法阻止拆橋。洪深對周鄉紳拒不拆橋作出了階級分析：五奎橋是一個階級壓迫的符號，象徵著周鄉紳家的功名與榮耀，對於鄉民來說也是一種文化威權，五奎橋的存在與否成爲了一個階級打倒另一個階級的標誌。我們不妨換一個角度來思考：根據文中的敘述，這座橋是周家祖上的狀元公所造，在小河上建一座小橋，實際上是方便了兩岸的鄉民。對於這樣一座實際上讓鄉民受益的橋，拆除之後，鄉民又用什麼更好的辦法方便來往於兩岸呢？對於車水機器，是不是必須用拆橋的辦法才能到達小橋東面的農田裏。這實際上完全是一個技術問題，而不是一個階級問題，但洪深將這座橋的拆與留，上升到了階級鬥爭的高度。

〔註 105〕洪深：《五奎橋》，《洪深文集》，北京：中國戲劇出版社，1957 年，第 1 卷第 187 頁。以下所引此書皆出於此版本。
〔註 106〕洪深：《五奎橋》，《洪深文集》，第 1 卷第 185 頁，。
〔註 107〕洪深：《五奎橋》，《洪深文集》，第 1 卷第 185 頁。
〔註 108〕洪深：《五奎橋》，《洪深文集》，第 1 卷第 185～186 頁。

在蔣光慈的小說《咆哮了的土地》中描寫了農民與鄉紳之間的殊死鬥爭。李敬齋，革命者李傑的父親，是鄉民們每每帶著貧富不均的恨意注視的李家老樓的主人，也是本地著名的紳士。「農會的勢力漸漸地擴張起來了。地方上面的事情向來是歸紳士地保們管理的，現在這種權限卻無形中移到農會的手裏了。」〔註109〕農民階級與鄉紳階級之間的矛盾劍拔弩張，「最慌張而又最氣憤的，那要算是李敬齋了。組織農會的不是別人，而是他的兒子；號召農民反對他的不是別人，而是他的親生的骨肉……。如果在從前，在他媽的這什麼革命軍未到縣城以前，那他李敬齋是有能力將自己的兒子和這一班痞子，送到縣牢裏去吃苦頭的。」〔註110〕父子親情在李敬齋父子兩人的身上完全看不到，正是因爲李傑站到了農民階級這個陣營，而李敬齋是在剝削階級這個陣營，他們之間只可能是階級對立，而不可能有超階級的父子關係。「既然是關係地方公事，尚希諸位籌議對付之策，千成雙勿把此當成我李敬齋個人之事。亂臣賊子，人人得而誅之。」〔註111〕在這裡作者著力表現作爲一個鄉紳的李敬齋爲了本階級的利益而不惜出賣自己的兒子，將家庭中的父子對立替換爲了階級社會中的階級對立。

鄉紳在革命作家的筆下，脫去了傳統文化與衛道士的外衣，只剩下了赤裸裸的地主階級這一個身份，正如李傑的自省：「他代表的是統治階級，我代表的是鄉村的貧民。……我沒有父親了。有的只是我的敵人。」〔註112〕鄉紳的階級性了抹去了鄉紳首先是一個人而具有人性這一基本的事實。這正是對當時社會風潮的文學演繹，「鄉村的紳士，他們的成分，大概是：惡地主，劣土棍，無聊的半智識分子。他們這般東西，平日在鄉間包辦了一切鄉政，高利貸款，以剝削壓迫窮苦的農民，勾結貪官污吏，利用民團勢力，以推（疑爲摧，原文如此）殘農民協會，反對我們的農民運動。」〔註113〕鄉紳被定性爲農民的階級敵人，也就天然地成爲了革命運動的打擊對象。階級鬥爭是用經濟地位來劃分階級屬性的，因此只要是農村中有田出租的有產階級就是剝削階級，這就擴大了革命對象的範疇，階級屬性徹底掩蓋了鄉紳階層的文化屬性。

〔註109〕蔣光慈：《咆哮了的土地》，《蔣光慈文集》，上海：上海文藝出版社，1983年，第2卷第270頁。

〔註110〕蔣光慈：《咆哮了的土地》，《蔣光慈文集》，第2卷第270～271頁。

〔註111〕蔣光慈：《咆哮了的土地》，《蔣光慈文集》，第2卷第272頁。

〔註112〕蔣光慈：《咆哮了的土地》，《蔣光慈文集》，第2卷第374頁。

〔註113〕鄭良生：《農民運動的障礙——紳士階級》，《中國農民》第10期第16頁。

在葉紫的小說《豐收》裏鄉紳地主不顧農民死活、奪取豐收成果、農民被逼反抗。何八爺是村中的鄉紳，可以與縣長交涉事情，但他同時也是大地主還兼放高利貸。當農民沒有種穀的時候，都期盼著何八爺出面向縣太爺借貸種穀，「大家都佇望著何八爺的好消息，不過這是不會失望的，因爲年年都借到了。縣太爺自己也明白：『官出於民，民出於土』！種子不設法，一年到了頭大家都撈不著好處的。所以何八爺一說很快答應下來了。發一千擔種穀給曹家壟，由何八爺總管。」〔註 114〕但借了種穀，鄉民對何八爺還是不滿意的，因爲這意味著何八爺從中謀取了暴利，「媽媽的，種穀十一塊錢一擔，還要四分利，這完全是何八這狗雜種的盤剝！」〔註 115〕鄉民的心理值得玩味，借種穀的時候指望何八爺，借到種子之後，眾聲埋怨何八爺從中謀利。在豐收之前，何八爺等村中地主紛紛向村民借出穀子，爲的是豐收後收取高利，這在村民看來，這完全是鄉紳地主們設好圈套讓窮人鑽。但村民爲了熬過豐收前的青黃不接，必須向他們借高利貸，不可避免地落入鄉紳地主們設好的圈套到中去。

雲普叔也是在走投無路的情況下，賣了女兒、借了糧食，總算獲得期盼中的豐收，滿心希望何八爺等人能仁慈一些，體諒一下他爲了這次豐收而賣女兒渡難關的苦處，少收一些利息。但是何八爺、李三爹等人竟是鐵石心腸。雲普叔傾盡所有辦了一桌打租飯，懇請各位老爺手下留情。何八爺在葉紫筆下可謂噁心醜陋之極，「『我們叫你不要來這些客——你偏要來，哈哈！』何八爺張開著沒有血色的口，牙齒上堆滿了大糞。」〔註 116〕地主老爺們風捲殘雲般地吃完了打租飯後，對雲普叔的請求仍然不依不撓，不肯減半分利息，「『至於去年我借給你的豆子，你就更不能說什麼開恩不開恩。那是救過你們性命的東西啦！借給你吃已算是開過恩了，現在你好意思說一句不還嗎？……』」，「現在的租穀借款項下，一粒也不能拖欠。等你將來到了眞正不能過門的時候，我再借給你一些吃穀是可以的！並且，明天你就要替我把穀子送來！多挨一天，我便多要一天的利息！四分五！四分五！……」〔註 117〕何八爺等人終於搶去了雲普叔用賣女兒換來的豐收，將農民逼上了暴力反抗

〔註 114〕葉紫：《豐收》，中國現代文學館編，北京：華夏出版社，2009 年，第 14 頁

〔註 115〕葉紫：《豐收》，第 14 頁。

〔註 116〕葉紫：《豐收》，第 30 頁。

〔註 117〕葉紫：《豐收》，第 31～32 頁。

的絕路。同時也深化了階級鬥爭的理論，地主階級由於對農民的殘酷剝削激起了農民階級的反抗，這不過萬惡的地主們在自掘墳墓。葉紫在小說中爲我們展現了一個對於農民來說不啻於是人間地獄的鄉村社會。

雖然葉紫、蔣光慈等人在小說中將鄉紳作爲鄉土社會剝削者的地主面目赤裸裸地表現了出來，但是這種直接的行爲、心理刻畫除了可以傳達出鄉紳地主的兇殘之外，其形象是單薄的，用地主對鄉民的各種「壞」並不能眞正地詮釋「階級敵人」的含義。也就是說，單憑一個「壞」很難將地主與階級敵人聯繫在一起，因爲「階級敵人」與「地主」這個概念相比，顯然前者更是革命意識形態想要去表達的。鄉紳地主之所以稱之爲「階級敵人」，意味著不僅是經濟上的剝削者，還是政治上的壓迫者，而且還是與時代潮流爲敵，維護反動統治的敵人，那麼茅盾的左翼鄉土文學中的鄉紳地主就較爲準確地描畫出了「階級敵人」意義上的鄉紳地主。在《動搖》裏的胡國光就是這樣的一個完整意義上的階級敵人，他非常精明，在改朝換代或政治動蕩之時，總是可以看準時局的走向，不僅全身而退，還可以屹立不倒，但是大革命到來後，他憑藉本能嗅到了危險的味道，「新縣官竟不睬他，而多年的老紳士反偷偷地跑走了幾個；『打倒劣紳』不但貼在牆上，而且到處喊著了」〔註 118〕，胡國光並不有像那幾個老紳士一樣走爲上策，他憑藉多次度過政治風潮的經驗，相信自己可以游刃有餘，保住金錢和地位。果不其然，胡國光不僅在打倒劣紳的革命運動中安然無恙，反而搖身一變成爲了「犧牲一切的」、在演講中聲稱要對「土豪劣紳示威的」「革命店主」，實際上，他正是趁著革命混亂之時，投機獲利，「胡國光有野心，他要乘這機會，自己做縣長」〔註 119〕，而要自己做縣長的目的無非是想要控制已經危及自身利益與安全的革命浪潮，當他的劣紳面目被眞正看清之時，胡國光便立即撕下「革命」的僞裝，與其它反動鄉紳一起策劃了濫殺無辜的流氓暴動，「這一個暴動，當然是土豪劣紳主動策劃的，和胡國光有關係也是無疑的」〔註 120〕。革命也終於在這些劣紳的破壞之中宣告失敗。從茅盾的敘述中，可以看到劣紳對於革命運動的深刻仇視，他們在革命力量來勢洶洶之時，狡猾地收起了自己的本來面目，並不

〔註 118〕茅盾：《動搖》，《茅盾全集》，北京：人民文學出版社，1984 年，第 1 卷第 107 頁。

〔註 119〕茅盾：《動搖》，《茅盾全集》，第 1 卷第 230 頁。

〔註 120〕茅盾：《動搖》，《茅盾全集》，第 1 卷第 245 頁。

是像王大興、胡文泰、何八爺之流與革命者正面較量，而是以表面激進的言行進入了革命者的行列，但卻隨時伺機兇狠反撲。例如胡國光就假裝革命而騙取了革命者的信任，成爲了縣黨部的一員，革命者引狼入室，埋下了革命失敗的禍根。胡國光的「惡」才是眞正源於階級出身的政治之「惡」，破壞階級革命的反動才是眞正「反革命」的階級敵人，相比之下，王大興等人的「惡」是更多體現在貪圖財富的「惡」，鎮壓鄉民暴動的地主之「惡」，這樣的地主在封建時代早已有之，屢次的農民起義，都伴隨著鎮壓。因此，王大興之類的鄉紳地主並不能恰如其分地說是反對無產階級革命的階級敵人，而胡國光這樣的鄉紳地主形象才是正確的「階級敵人」的政治書寫，此種書寫模式一直延續到《豔陽天》裏的馬小辮。雖然《豔陽天》描寫的是革命勝利以後的鄉村，地主階級也早被打倒，但階級革命的意識形態模式沒有改變，所以鄉紳地主形象與胡國光沒有實質上的區別。

鄉紳階級在革命文學中除了用殘暴貪婪來刻畫其階級屬性之外，同時也不吝用諷刺漫畫的手法來表現鄉紳品行不端、人格低下，這是從精神層面對於鄉紳階層的否定。鄉紳的威權大部份並不是來自於他們在鄉村中的經濟地位，而是他們的文化地位，也就是社會威望。「傳統社會裏的知識階級是一個沒有技術知識的階級，可是他們獨佔著社會規範決定者的威權。」〔註 121〕統治階級的統治方式，除了經濟政治的統治以外，最重要的是精神統治。如果民眾安於統治，那必定是在思想上認同統治階級，反之，統治基礎便不穩定。因此，對於鄉紳來說，鄉民的精神認同才是他們在鄉村聲望與權威的主要來源。「無論是富商還是財主，如果其財富未能轉換爲具有身份性的社會地位和文化權威，仍然不能躋身於士紳階層。鄉間社會權勢階層的身份性價值仍然未能讓位於財富性價值。」〔註 122〕所以革命鄉土文學作品中，除了從階級屬性來證明鄉紳階級應被取締之外，也從鄉紳的文化身份上予以否定，以推翻其精神統治的合法性，意味著農民階級需要從經濟和精神上全面翻身。

吳組緗的《一千八百擔》中寫了一群鄉紳爲了爭奪義莊的一千八百擔稻穀，各自算計都想從中分一杯羹。如何處理這一千八百擔，鄉紳們在宋氏祠堂開了會，鄉紳們每個人都說著自己的難處，都妄想自己可以多占一些便宜，

〔註 121〕費孝通：《皇權與紳權》，《費孝通全集》，第 6 卷第 248 頁。

〔註 122〕王先明：《變動時代的鄉紳 —— 鄉紳與鄉村社會結構變遷（1901～1945）》，北京：人民出版社，2009 年，第 387 頁。

完全忘記了義莊的設立是村民們爲了公共事務或者爲了災年時能夠渡過難關。鄉紳們不拿村民當回事，爲了自己的私利而爭奪公產竟然爭得理直氣壯，似乎每個人都有充分的理由佔用這一千八百擔。且來看看這些鄉紳們都是什麼樣的外形，首先，博學堂大房步青是個五十多歲的守舊老頭，辮子是民國十七年才剪掉的，並且剪得還不是那麼徹底，「而今留著個『鴨屁股』在頭上」，可見對於前朝還是有些念念不忘的意思；審問堂二房慶甲更像是一個寄生蟲，一天到晚無所事事，「除了烘火，曬太陽，拿把扇子走走河岸，帶小孩子玩玩，上街買買東西外，再不曾做過其它什麼事。」〔註 123〕但是這樣一群無能又無用的鄉紳在侵佔義莊的稻穀時卻都拿出了各自的看家本領，毫不退讓，唯恐自己沒占到便宜。本來義莊的建立是爲了在天災之時，爲鄉民的生存準備的，也可以說是危機時刻的救命糧，但參與義莊的這些鄉紳卻將義莊當作自己臨時的儲蓄所，個個都虎視眈眈的盯著不放。鄉紳們爲了這一千八百擔稻穀的的歸屬問題爭吵不休，能多占一些是一些，誰也不肯讓步，醜態盡出。就在這群鄉紳爲了自己多從中謀點好處而鬧得不可開交的時候，祠堂門外傳來了喧囂聲，原來是走投無路的佃戶們搶糧來了，「祠堂門口進進出出亂竄著人：挑著，扛著，馱著滿滿傢夥稻穀的，口裏『杭則！』『哎呀！』咳『則！』『杭呀』地應答著」，眼看落得一場空的鄉紳們立即扔下了紳士的體面，居然趁火打劫，「豆腐店老闆步青和那位口吃的景元，不知幾時也回家拿了籮筐傢夥，正在人堆裏擠挨著……」〔註 124〕一本正經的鄉紳們在稻穀面前終於斯文掃地，把稻穀搶到手才是正事，可以說，鄉紳們之前在祠堂裏裝模作樣的討論，只是搶奪稻穀的一種稍微體面的方式，而趁著混亂和鄉民們一起搶糧，這才是鄉紳的本來面目。如果說鄉民們搶糧是出於生存的無奈，那麼這些富有的鄉紳混在鄉民中間一起搶，只能說這是一種貪婪。鄉紳之所以成爲鄉紳的道德和經濟利益相比，根本就一文不值。

《一千八百擔》中描寫了一群貪圖錢財的無德鄉紳，而在張天翼的小說《脊背與奶子》裏則塑造了一個貪色的族紳——長太爺。長太爺一向垂涎任三嫂的美貌，所以想盡辦法要得到她，但是任三嫂的暴烈性格讓長太爺無從下手，於是他天天想著怎樣才能讓任三嫂就範。在張天翼的敘述中有許多長

〔註 123〕吳組緗：《一千八百擔》，《吳組緗——一千八百擔》，中國現代文學館編，北京：華夏出版社，2009 年，第 84 頁。

〔註 124〕吳組緗：《一千八百擔》，《吳組緗——一千八百擔》，第 107 頁。

太爺的心理活動，這些心理活動直接暴露了長太爺道貌岸然的醜陋內心世界。我們看到，長太爺表面上是一個德行高尚的族紳，滿嘴的禮義廉恥，實際上，其所作所爲令人不齒，他的虛僞被任三嫂一眼看穿，這就是一個「畜生！老狗！強盜！雜種！痞子！任剝皮……死不要臉的……。」〔註 125〕特別是在祠堂裏，由長太爺主持審判任三嫂，任姓家族的人都在座，還有祖宗牌位供在那裏，長太爺長篇大論地談論著必須嚴辦任三嫂以整頓風氣，但他的心思還是無法抑制對於任三嫂肉體的欲望，「一堆芡實粉，一堆沒蒸透的蒸雞蛋，那不識抬舉的傢夥！」〔註 126〕長太爺讓任三剝下任三嫂的衣服狠狠打，也是在滿足自己的偷窺欲與報復任三嫂拒絕他。這樣的族紳只是一個有著族紳權力的流氓，而這樣的流氓竟然是一個家族的監督者或者執法者，這樣的宗法制是否還有存在的必要呢？張天翼用長太爺這樣一個淫邪醜惡的族紳形象，顛覆了習慣認知中的鄉紳形象，同時由於長太爺的身份不僅是鄉紳，還是應該在個人品行方面高於一般鄉紳的族紳，但這些包裹在肮髒內心外面的華麗外衣，不過是鄉紳們藉此欺壓鄉民的工具，族紳也好，鄉紳也罷，實質上都是不學無術的地主階級。由此邏輯出發，張天翼不但對傳統鄉土社會的宗法制度提出了質疑，也揭露了鄉紳們的地主階級實質。

在革命鄉土文學裏出現的鄉紳地主形象雖然各自偏重的方面不一樣，但是歸根結底，這些形象都在說明著同一個問題，即，無論從經濟的角度，還是從政治的角度來看，鄉紳們早已失去了作爲「紳」的合法性，他們由啓蒙時代禮教代言人的「紳」轉換成了革命時代的反動地主，是階級壓迫的製造者、維護者，理所當所的也就成爲了被革命的對象。但有意思的是，創作於 90 年代長篇小說《白鹿原》裏的主要人物之一，族紳白嘉軒。白嘉軒這一形象眞正地回歸到了「紳」的範疇中，他正直公正、敢於爲族人出頭，對族人盡心盡力，以其獨特的人格魅力成爲了鄉里表率。所以鄉紳之所以爲鄉紳，其根本在於「紳」這一決定性的因素，「紳」意味著德行、規範、學問等可以爲鄉民作表率的地方，但是當鄉紳已經成爲了鄉民所不齒的畜生、強盜、雜種、痞子的時候，鄉紳已經從根本上失卻了鄉民的精神認同，他只能依靠舊有的宗族勢力、經濟勢力來統領鄉村，已經成爲了時代的反動者。打倒鄉紳、

〔註 125〕張天翼：《脊背與奶子》，《張天翼文集》，上海：上海文藝出版社，1985 年，第 1 卷第 488 頁。以下所引此書皆出於此版本。

〔註 126〕張天翼：《脊背與奶子》，《張天翼文集》，第 1 卷第 494 頁。

取締鄉紳便成爲順理成章的事情，革命鄉紳敘事終於從經濟層面與精神層面都宣告了鄉紳階層存在的非法性與反動性。

3、維持之力量：傳統鄉土社會的重要群體

在革命視閾中的鄉紳階層，從經濟屬性上來講，是以剝削爲主的地主經濟，從文化屬性上來講，是沒落的封建文化，因此從經濟上和從文化上，對農民階級構成了雙重的壓迫。革命作家希望用文學作品表達這樣的革命訴求，即鄉紳階層對於鄉村的進步和農民的解放來說是一個必須清除的障礙，文學用預演的方式打倒了鄉村社會結構中重要的鄉紳階層。但是我們必須追問一個問題，在農業與傳統文化仍占主要地位的民國鄉村社會，鄉紳與農民之間只有階級對立與階級鬥爭、鄉紳階層是否眞的失去了存在的必要性？

鄉紳這一社會群體的產生是中國傳統政治與文化發展的必然結果，「自西漢文吏與儒生逐漸結合以來，鄉間的文化人開始被賦予與政治密切相關的身份，而且逐漸被納入以道德相尙而且諳熟禮儀的儒家範圍」，科舉選官方式在保障了官員意識形態統一性之外，還形成了社會文化認同的整體性，正如羅志田所說，「科舉制是傳統中國社會一項使政教相連的政治傳統和耕讀仕進的社會變動落在實處的關鍵性體制」〔註 127〕，爲了參加科舉考試而學習鑽研儒學的這部份人，也就成爲了維持體制與文化認同的主體力量，「科舉制度將『士』的概念固定在進入學校系統和踏上考試階梯的人上面，這些人就是我們後來所說的鄉紳」，具備儒學修養的鄉紳們在擁有文化資本、佔有社會權力資源的同時，也必須擔負相應的文化與社會責任，「鄉紳在鄉的功能意味著道德教化，維護鄉里的禮儀秩序，多少與傳統的儒的角度有關。」〔註 128〕社會結構穩定是傳統鄉土社會的特性之一，對於這樣「一個變動很少的社會」來說，無形的文化認同是維持這種穩定的重要因素，用費孝通先生的話來說，就是「從實際經驗裏累積得來的規範時常是社會共同生活有效的指導」〔註 129〕，而這個規範就是人人都需要遵守的。鄉紳的主要職責就是要保證鄉村社會文化共同體的有效運轉，依靠的就是社會所認同的規範，也就是費孝通所

〔註 127〕羅志田：《科舉制的廢除與四民社會的解體》，《權勢轉移：近代中國的思想、社會與學術》，武漢：湖北人民出版社，1999 年，第 181 頁。

〔註 128〕秦暉：《鄉村權力和文化結構的變遷（1903～1953）》，西安：陝西人民出版社，2013 年，第 16 頁。

〔註 129〕費孝通：《皇權與紳權》，《費孝通全集》，第 6 卷第 244 頁。

說的「禮」，「禮」是秩序的保障，「禮是社會公認合式的行爲規範。合於禮的就是說是做得對的，對是合式的意思」，傳統中國的禮治社會與西方的法治社會其實質是一樣，都是一種「行爲規範」，只是「禮和法不相同的地方是維持規範的力量。」〔註 130〕鄉紳之所以可以成爲一鄉之望，也是在於對「禮」的堅持與表率作用。

從社會學角度來說，鄉紳這一群體的存在也是整個社會運行的需要，馬克思·韋伯認爲社會是需要這樣的群體來管理和參與社會事務的，能夠成爲這一群體中的一員，必須要滿足經濟與名望的雙重要求，「在原始意義上的紳士，是能夠爲政治而生活，又不必靠政治來生活」，經濟上的寬鬆是鄉紳可能有時間與精力去參與社會事務的必要條件，同時「他們享有一種不管建立在什麼樣基礎上的社會名望……依仗成員的信賴，首先是自願地，最後是根據統地，擔任某些職務」〔註 131〕，而社會成員對鄉紳的信任則來源於鄉紳的文化品格。所以，雖然經濟地位可以保障鄉紳參與社會事務的深度，但是最爲重要的還是其文化品格帶來的個人聲望，否則不能「以德服人」，那麼再多的財產也無法在鄉村社會中產生令人尊敬的文化地位。當然，鄉紳因受教育而獲得文化資本與社會地位，與其家庭經濟狀況有著一定的聯繫。

根據民國時期李景漢先生在定縣進行的社會調查，515 戶家庭擁有田產數量和受教育人數之間的比例是成正比的，但也可以看出，受教育者家庭大多數也並不是大富之家。例如，在 515 戶家庭中家中田地畝數在 50 畝以下的占 417 戶，其中受教育者的戶數是 236 戶，占調查總家數的 56.59%，家中田畝數 50～99.9 畝的，共有 80 戶，受教育者的戶數爲 79 戶，占總家數的 98.75%，而擁有 100 畝和以上土地的家庭有 18 戶，則 100%都接受了教育。〔註 132〕在這組數據中，我們可以清楚地看到大多數受教育家庭的田產都是在 50 畝以下，擁有 50 畝以上田產的則只有 98 家，只占調查總家數的 19%。也就是說，雖然田產數量多的家庭受教育程度比例相對高，但是與比例較少、人口基數絕對多的一般家庭相比，一般家庭出身的鄉紳人數顯然會比前者家庭出身的鄉紳人數更多。所以，鄉紳有可能是地主或者大地主出身，但

〔註 130〕費孝通：《鄉土中國》，《費孝通全集》，第 6 卷第 148～149 頁。

〔註 131〕〔德〕馬克斯·韋伯：《經濟與社會》，約翰內斯·溫克爾曼整理，林榮遠譯，北京：商務印書館，1997 年，（上卷）第 322 頁。

〔註 132〕李景漢：《定縣社會概況調查》，上海：上海世紀出版集團，2005 年，第 244 頁。

更有可能是一般家庭出身。鄉紳的經濟地位對於個人名望來說並不是那麼的重要，其在村社中所起到的文化指引與道德示範作用，和個人財產的多少沒有特別緊密的聯繫。作爲鄉村的政治精英與文化精英，鄉紳僅僅依靠土地財富是不足以被鄉民賦予鄉村威權的。「精英常常要求具有卓越的人格魅力特徵和高尚的道德素養，這是精英區別於大眾的本質特徵，也是被『選擇』的重要理由。」〔註 133〕

在傳統鄉土社會裏，鄉紳「在鄉村社區的活動範圍局限於傳授儒學、教化鄉民、調解民間糾紛、倡辦公益、救濟困乏等王朝許可的範圍之內，很少有越軌行爲。他們的威權也主要來自其個人的德行、學問、身份與家族的榮耀。」〔註 134〕在文化水平普遍較爲低下的鄉村，鄉紳是一種被需要的社會角色，因爲鄉民沒有足夠的時間，更沒有足夠的文化知識和令人信服的道德品行來處理鄉民之間、村社內部和村社之間的事務。鄉紳在鄉村生活中發揮著無可替代的作用，表現在日常生活中必要的禮節規則、儀式程序都有賴於鄉紳從中週旋指導，「獨佔了文字知識的紳士在任何場面下扮演了一個重要的角色，能力也從這裡面訓練出來。因爲只有紳士才知書識禮，懂得地方上的一切規矩。……一個農民從生到死，都得與紳士發生關係。這就是在滿月酒，結婚酒以及喪事酒中，都得有紳士在場，他們指揮著儀式的進行，要如此才不致發生失禮和錯亂……」〔註 135〕。在鄉村日常生活之外，遇到非正常災年饑荒時節，鄉紳的社會維持作用則更加凸顯出來，這一群體無形的聲望資本更由於此而得到積纍，「在鄉村社會中，因樂善好施備受鄉人尊敬的鄉紳往往成爲當地的慈善帶頭人。遭遇災荒，具有悲天憫有胸懷的士紳竭盡所能救助饑民，有的人甚至變賣田產、舉借債務也要救濟饑民，這種精神令人敬佩。〔註 136〕」雖然清末科舉制度的廢除產生了巨大的社會影響，體制的改變使鄉紳群體發生了分化，部份鄉紳離鄉進城，或者改學西學，留守鄉村的鄉紳群體在數量上與質量上都有了改變，但鄉紳在社會事務方面的作用卻沒有太大的變

〔註 133〕王海洲：《合法性的爭奪——政治記憶的多重刻寫》，南京：江蘇人民出版，2008 年，第 33 頁。

〔註 134〕王先明：《變動時代的鄉紳——鄉紳與鄉村社會結構變遷（1901～1945）》，北京：人民出版社，2009 年，第 189 頁。

〔註 135〕胡慶鈞：《論紳權》，《民國叢書——皇權與紳權》，長沙：嶽麓書社，2012 年，第 109 頁。

〔註 136〕焦明豔、張春豔：《中國東北近代災荒及救助研究》，北京：北京師範大學出版社，2011 年，第 132 頁。

化，鄉村的公共事務依然需要鄉紳來管理與參與，所以在建立現代國家體制之後，鄉紳之前借由名望與政府合作來參與村社管理的方式，改爲出任政府公職的方式，例如村長、鄉長等職務。

張鏡予 1923 年在上海沈家行進行社會調查時發現，曾經在民國元年成立的鄉議會由鄉公所替代，但是當時鄉議會的鄉董並沒有因爲鄉議會關閉而離開，而是仍然留任在鄉公所，原因在於「他保持他的地位，已經好幾年了。因爲村民很信仰他，所以不喜歡他更動。」〔註 137〕村民對於鄉董個人的信任，超越了政府基層建設的行政規則，可見在鄉民的認識裏，對鄉紳道德品行的認同遠勝於政府機關。另外，在沈家行的鄉議會之外，最爲重要的便是本地的紳董，這也是由於鄉民對於傳統鄉紳的習慣性認同，而紳董也獲得了鄉民的支持，「多數的紳董，受村民相當的尊敬。……因爲紳董與村民同住，所以對於村民的需要與狀況，比別人格外明瞭。如果有公共事業發生，最好先得他們的同意與幫忙，因爲他們直接的間接的勢力，都非常大。」〔註 138〕可以這樣認爲，鄉紳群體實際上在傳統鄉村社會中起到了精神領袖的作用，即使進入民國，基層社會管理模式改變之後，鄉村社會的基本文化體制與習慣認同卻未隨著管理模式的改變而改變。

楊懋春在臺頭村的調查應證了這一點，例如他所看到的，臺頭村的鄉紳們雖然並沒有被授予政府的公職，但是「他們在公共事務和社區生活中的影響可能比官方領導大得多」，可以說是鄉村實際意義上的領導者，這一部份人「是受人尊敬的非官方領導，其中最主要的是村中的長者、給全村提供特別服務的人和學校教師，可以說，這些人構成了村莊的紳士。」〔註 139〕從臺頭村的鄉紳構成變化來看，民國時期的鄉紳構成與科舉制度未廢除之前有了很大的改變，從以前的儒生或者退休離職官員，變爲了在村社公共事務中有積極、突出作用的人物，範圍有了擴大，但有一個基本點不變的就是「受人尊敬」，即道德品格上的高要求。

無獨有偶，費孝通在江村的社會調查也顯示了同樣的情況，還反映出時

〔註 137〕張鏡予：《社會調查 —— 沈家行實況》，李文海等編：《民國時期社會調查叢編 —— 鄉村社會卷》，福州：福建教育出版社，2005 年，第 16 頁。

〔註 138〕張鏡予：《社會調查 —— 沈家行實況》，李文海等編：《民國時期社會調查叢編 —— 鄉村社會卷》，福州：福建教育出版社，2005 年，第 17 頁。

〔註 139〕楊懋春：《一個中國村莊 —— 山東臺頭》，張雄、沈煒、秦美珠等譯，南京：江蘇人民出版社，2012 年，第 159 頁。

代變革對於鄉紳的影響。一位村長曾經是前清的秀才，未能繼續進仕，民國初年回鄉，那麼他就是傳統鄉紳，和大多數未中的士人一樣，「他回村辦私塾，自此時起十年中，他是村中唯一的教書先生」，而後由於個人文化和名望開始「在村中擔任領導工作」，但「不斷改變的行政系統的任命，他得到了各種正式的頭銜」，始終還是處於村莊領袖的地位，這位村長終究是傳統鄉紳，對於政府所實行的保甲法無法認同，所以辭去了村長職務，但「他還是事實上的村長，並仍舊負責社區的事務」〔註 140〕。從老村長的社會活動軌跡，我們看到了傳統鄉紳在社會變革中，社會功能的改變，從與政府的合作者變爲政府體制內的參與者，現代政府不斷加強的集權化統治，也使這位傳統鄉紳脫離行政系統，但他仍願意盡鄉紳的社會責任與文化責任，爲鄉民服務。

另一位年輕的村莊領袖周先生與老村長的情況就大不相同，雖然受過教育，但是選擇了務農，「他爲人誠實，又有文化，……他得到了蠶絲改進社及當地人民兩方面的信任」，而被選爲村長。可見，無論是傳統鄉紳還是新式鄉紳，在品行方面得到鄉民的認可是最爲重要的，在江村最富有的人反而「生活得默默無聞，在村中沒有突出的威望」，因爲「單靠財富本身也不能給人帶來權力與威信」〔註 141〕。從以上的例子充分說明了，鄉紳的權力「來源與農村共同認可的文化氛圍與資源，……擁有正統的、道德性的文化知識，和保持一定的道德威望無疑是他們實現鄉村權力控制的必要前提」〔註 142〕。同時，鄉紳是否擁有相當的財產被放在了次要的位置上。說到底，鄉紳還是靠文化資本來確認自己在鄉村中的地位的，費孝通特別指出：「當領導人並不與享有特權的『階級』有關。」〔註 143〕因此，從這個角度上來說，鄉紳與地主之間並非完全重合的關係，那麼他們與鄉民之間是否構成階級對立關係就成了一個很大的問題。

如果將經濟地位的高低作爲劃分階級地位的根據，那麼階級關係就是客觀存在的。鄉紳之所以成爲鄉紳，緣於其文化水平與品行，根據前文所列舉的社會調查數據顯示，受教育程度與家庭財產之間確實存在一定的關係。但是擁有一定數量的家庭財產並不一定剝削鄉民而來的。我們看到，在李景漢先生所調查的受教育者家庭中有 81%都是一般家庭，並非大富大貴。還有一位由於自己

〔註 140〕費孝通：《江村經濟》，《費孝通全集》，第 2 卷第 143～144 頁。

〔註 141〕費孝通：《江村經濟》，《費孝通全集》，第 2 卷第 144 頁。

〔註 142〕張鳴：《鄉村社會權力與文化結構的變遷（1930～1953），南寧：廣西人民出版社，2001 年，第 2 頁。

〔註 143〕費孝通：《江村經濟》，《費孝通全集》，第 2 卷第 145 頁。

的日記進入研究者視線的山西普通鄉紳劉大鵬，在基層鄉村中應該算是最高級別的知識分子，因爲他通過鄉試而成爲了舉人，差一步就進入國家官僚體制了。從他的日記裏看到，這位鄉紳的生活既不像啓蒙鄉土文學中以禮教與功名欺壓鄉民的舉人秀才們，也不像革命鄉土文學裏借著權勢與田產壓迫鄉民的地主老爺們。他的生活與一般鄉民無異，經歷進京科考失敗後的劉大鵬，「他和父母在一起生活，常去村後的山邊散步，在田裏幹活，平日生活著實清平，三餐也皆以素食爲主。」〔註 144〕這一例子說明，鄉紳的家庭並不一定就是地主，大多數還是來自於占鄉村社會比例最多的中、小地主或者中農、富農，或者說鄉紳群體中的大部份本身就是來源於鄉民，他們只不過是有文化的鄉民，那麼鄉紳和自己怎樣構成尖銳的階級對立呢？即使有部份鄉紳出身於田產較多的大地主家庭，但畢竟是少數，即使與租佃鄉民有矛盾，那麼這樣的矛盾也不具有普遍性。也就是說，鄉紳與鄉民之間的關係並不能簡單用階級關係就可以進行完全的概括。他們之間不排除存在著地主與佃農之間的階級關係，但是這樣的關係並不一定絕對地導向不可調和的階級矛盾與階級暴力。「純粹的有產階級的劃分併非是能動的，也就是說，它並不是必然會導致階級鬥爭和階級革命。例如，靠人的租息爲生者這個十分享有特權的有產階級，就與農民這個遠爲不主動享有特權的階級或者失去社會地位者這個階級，往往甚至沒有任何階級對立，有時還有某些團結一致（例如對待無人身自由的人）。」〔註 145〕李景漢先生在定縣進行調查的結果是「本區地主與佃農之間關係頗好，沒有地主無理壓迫佃農的事情。這大半由於雙方同族或近鄰或同鄉之誼，平日感情都很融洽，每遇婚喪等事皆互相往來慶弔。因此沒有聽見有佃農抗租或霸種，或地主欺詐或威嚇的事情發生。」〔註 146〕

在費孝通調查的江村，還可以看到，受過傳統儒學教育的地主在與佃農發生矛盾的時候，並不是佔優勢的一方，相反由於佃農頭腦裏沒有文化教育所帶來的道德自律感，反而佃農能在與地主爭執中占到便宜，因此地主其實並不願意與佃農直接面對，這樣的「直接接觸有時反而阻礙了收租的進程」，

〔註 144〕〔英〕沈艾娣：《夢醒子——一位華北鄉居者的人生》，趙妍傑譯，北京：北京大學出版社，2013 年，第 13 頁。

〔註 145〕〔德〕馬克斯・韋伯：《經濟與社會》（上卷），約翰內斯・溫克爾曼整理，北京：商務印書館，1997 年，第 335 頁。

〔註 146〕李景漢：《定縣社會概況調查》，上海：上海世紀出版集團，2005 年，第 589 頁。

不是所有的佃農都自覺地按照議定的租佃價格交租，有的佃農「開口就要求免租或減租」，但「若是這個地主屬於老的文人階層，他有時會受人道主義教育的影響」，而不願去逼租，結果就是佃農由於不交租而被關進監獄，但是關進監獄也並不能使佃農交租，受損失的還是地主，所以最多就是恐嚇一下，「但如果佃戶眞的沒有能力交租的話，就會在年底得到釋放，把他關在獄裏無濟於事，反而荒了田地，無人耕種。」〔註 147〕這是費孝通先生進行鄉村社會調查所得到的現實狀況，雖然我們不能肯定這樣的情況在全國範圍內都是普遍存的，但這起碼讓我們看到，那些具有鄉紳性質的地主並非整體性的都是革命鄉土文學中窮兇極惡、逼死佃戶的階級壓迫者。

從我們的常識來說，實際上地主也是靠土地吃飯的，故意去逼死佃農的事於地主自己來說並沒有好處，同時，受到過儒家教育的鄉紳地主在道德上不可能對自己沒有要求。當然，這也並不等於所有的鄉紳地主都能夠像費孝通先生調查裏的那幾個地主，不可否認，有嚴厲收租的地主，另一方面也不否認鄉民中存在拒不交租的無賴。這樣看起來，鄉紳地主是否由於殘酷剝削鄉民而成爲階級敵人，這取決於地主個體，個體的行爲不能成爲他所屬階層的整體性行爲，但我們從革命鄉土文學中看到的鄉紳地主每一個都是可以成爲階級敵人的個體，這麼多個體組合在一起，便成爲了整個鄉紳地主群體的性質，這樣的選擇性書寫遵守的是階級革命敘事的敘述語法。

例如葉紫在《豐收》中所極力渲染的收租情節，我們如果轉移開階級視角，就會發現在民國時期，這樣極端逼租的例子也許更多的只能存在於文學當中。而在現實中，收租情況正與之相反。費孝通先生在 1938 年和 1939 年分別兩次在雲南祿村進行社會調查，他在考察祿村租佃關係時發現了兩份有關租佃糾紛的案例，根據費孝通先生的敘述，這兩個案子都是因爲佃戶拒不按時交租，佃戶不僅在田主去收租時「惡言估抗」、還自行定交租額而引起的，「地主們對這種情形，顯然是『無奈』『無法』而不能引用他撤佃的權利，把田收回來」，而村政府對糾紛的調解竟然不是站在田主的立場上，「第一案中二十五、二十六年的欠租沒有追究，二十七年只斷 3 石租，地主方面認了一些虧；第二案中，地主讓了 8 斗租。這樣看來，祿村的租佃關係中的佃戶有相當的保障。」〔註 148〕這樣的現實例子與葉紫的鄉紳地主逼租顯然形成了鮮明的對比。

〔註 147〕費孝通：《江村經濟》，《費孝通全集》，第 2 卷第 200～201 頁。
〔註 148〕費孝通：《祿村農田》，《費孝通全集》，第 3 卷第 80～90 頁。

革命鄉土文學作品中吸血鬼般的凶狠鄉紳與現實中的鄉紳之間出現了巨大的反差。如果我們說，文學形象是作家憑藉想像力，再與現實結合創造出來的話，那麼在《地泉》、《咆哮了的土地》等作品中，如王大興、李敬齋、長太爺等窮兇極惡的鄉紳地主形象已脫離了現實，而這種形象隨著無產階級革命在全國範圍內的擴大與勝利，成爲了鄉紳地主的群像，出現在文學作品中的鄉紳地主幾乎成了同一個人物，只是人名的改變而已，形象被嚴格固定，鄉紳地主的「紳」被完全去除，只剩了一個面目，就是殘暴、無惡不作的、愚蠢的階級剝削者，《李家莊的變遷》裏的李如珍，《白毛女》中的黃世仁，《高玉寶》裏的周扒皮，即使在新政權建立多年後創作的、表現社會主義鄉村建設的的《豔陽天》裏，依然設置了陰謀反攻倒算的階級敵人——馬小辮。可見，階級革命是建立在革命對象存在的基礎上，來自於西方的無產階級革命理論本來預設的革命對象應該是資產階級，但是對於中國這樣一個傳統的農業國家來說，階級革命的對象歷史地落在了鄉紳群體身上。

貫徹了階級革命理論的革命鄉土文學作家們將本來由資產階級剝削無產階級剩餘價値的罪惡，轉移到了鄉紳地主群體的行爲中，從而創造了一個個理應被無產階級革命消滅的地主階級形象。雖然不可否認，在基層鄉土社會裏，確有鄉紳地主利用自己在經濟與文化上的權力，成爲「土豪劣紳」，但如果將個別的、小部份的鄉紳地主作爲這一群體的歷史形象，則有失公允，也是對歷史的不尊重，因爲我們不能將刻意的、有著功利性目的的文學形象書寫，當作歷史的最終評價。我們需要一個理性的認識：對鄉紳的批判隱含著階級之間對鄉村社會政治權力與文化權力的爭奪。因此，革命鄉土文學中的窮兇極惡、毫無德行可言的鄉紳形象必須存在於一個預設的革命話語的語境中。

第三節　重德與守義：自由主義視角下的鄉紳敘事

中國現代文學的「鄉紳」敘事，除了上述兩種否定性的模式之外，還有一種超越啓蒙與革命的特殊模式，即自由主義鄉土文學中的鄉紳寫意。在自由主義作家的鄉土文學創作中，鄉紳往往並不是作爲一個獨立的社會階層而存在，因爲在他們看來鄉紳也是以土地爲生的地道農民，同樣過著「日出而作，日落而息」的平淡生活，同樣屬於和諧的鄉村共同體的一部份，而他們的存在更是對這個共同體的維護和保障，他們的精神領袖作用在自由主義作家的敘述中得到了確認和彰顯。

1、傳統之守望：自由主義作家的人文關懷

自由主義鄉土作品中對於鄉紳形象的書寫與啓蒙主義文學、階級革命文學相比較而言，從數量上來說，不能相提並論，因爲鄉紳在自由主義文學視野中並沒有特別之處可以投射作家的意圖。自由主義鄉土文學中的鄉村社會是一個和諧共存的整體，不需要製造異質對立的群體來撕裂鄉村，他們要的就是維持一個田園夢想，這是一個中心點，無論是用正面或者反面的方式，他們的創作都是在向這一個點靠攏。自由主義作家平和安靜的文學理想使他們不可能將人物形象置於極端的環境中而產生極端的心理活動與行爲。基於此，鄉紳形象與文本中的其它部份同質存在，他們創作出的鄉紳形象不是爲了體現禮教的嚴苛，也不是爲了闡釋剝削的殘酷，這些鄉紳形象存在於溫和的敘述中，就像沈從文自己所說的那樣，他的創作是爲了創作出幾個「愚夫俗子，被一件人事牽連在一處時，各人應有的一分哀樂，爲人類『愛』字作一度恰如其分的說明」〔註 149〕。顯然沈從文並不想參與歷史與社會進步的宏大敘事，於他而言，幾個鄉野村夫的平凡故事足以承載他關於人類、關於世界的看法與情感。也由於此，沈從文對於啓蒙鄉土文學作品的評價並不高，他在《論中國創作小說》一文中認爲，許欽文、魯彥、黎錦明等人是當時耳熟能詳的鄉土文學作家，雖然每個人不同的創作風格，但是有一個共同的特點，「同魯迅的諷刺作品取同一的路線」，這一特點在文本中表現爲「紳士階級的滑稽，年青男女的輕浮，農村的愚暗，新舊時代接替的糾紛」〔註 150〕。沈從文在這裡提到了「紳士階級」，從他的評論中，可以看到他對於鄉土文學僅止於表現紳士的無知可笑是不認可的，可能的原因有兩個，一是只書寫紳士階級的滑稽一面，單就創作理論來說，人物是扁平的，還有一個原因就是沈從文自己並不認爲「滑稽」就是紳士階層的標簽。我們應該注意到的是，沈從文在自己的文論中也多次提到過「紳士階級」或者「紳士」，但是語境不同。在《輪盤的序》、《郁達夫張資平及其影響》和《窄而黴齋閒話》等文章中，我們都可以看到沈從文提及了「紳士」，但這並不是鄉土文學中的鄉紳，而是城市裏虛浮的「紳士」。如同沈從文自己在《八駿圖》中所描寫的紳士一樣，是指人格有缺陷的知識分子，而造成這種心理與情感不健康的紳士的深層原因，是城市的畸形文明。可見，在沈從文那裏存在著兩種不同的紳士，

〔註 149〕沈從文：《習作選集代序》，《沈從文全集》，第 9 卷第 5 頁。
〔註 150〕沈從文：《論中國創作小說》，《沈從文全集》，第 16 卷第 209 頁。

一是鄉村裏的紳士，二是城市裏的紳士，沈從文並不認同鄉土文學中所寫的紳士是滑稽的，但是反過來他在自己書寫城市的小說裏，卻正是描寫了「紳士」的滑稽可笑。沈從文以自己鄉下人的身份與視角觀看著城市，更加容易看到城鄉差別，他並不是反對現代文明，但他所站的立場使他將鄉村的好與城市的壞對立起來，實際上鄉村也有鄉村的落後，沈從文恰恰是用鄉村的美好單純一面去觀照城市的陰暗複雜，具體到對紳士階層的看法，與沈從文的城鄉觀念也是一致的。

自由主義作家對於傳統文化的看法也影響著他們的鄉紳形象書寫。眾所周知，晚清以來，外來思想進入中國，這中間有主動的選擇也有被動地接受，但無論動機如何，這些思想觀念都對中國社會產生了或多或少的效應，中國的文化傳統正在與這些效應發生著潛移默化的化學作用。就像費孝通說的「文化本來就是人群的生活方式，在什麼環境裏得到的生活，就會形成什麼方式，決定了這群人文化的性質」，對於中國人來說，鄉村社會性質也就造就了中國人所適應的鄉土文明「傳統的中國文化是土地里長出來的。」〔註 151〕

作爲處於新舊時代之間的自由主義作家，不可能不受到外來思潮的影響，周作人與其它啓蒙知識分子所不同的是，他並沒有激進地將儒學作爲禮教來進行批判，反而是歎息正是儒學沒有被正確的對待而使之受到破壞。周作人在批判鄉村的舊思想時，認爲舊思想最重要的來源是並不是儒家思想，而是道家思想，「我們不滿意於『儒教』，說他貽害中國，這話雖非全無理由，但照事實看來，中國人的確都是道教徒了」〔註 152〕，因此儒教未興或者儒家被破壞才是中國道德與思想敗壞的眞正原因。周作人所看見的宋學家的家庭裏，生員兒子打身爲舉人的父親，在鄉村目連戲《張蠻打爹》裏的打爹情節，都說明了「儒教的綱常本已崩壞」，而導致了「民間道德的頹廢了」〔註 153〕。由此可以看出周作人對於儒學實際上是持正面態度的，將儒學看作維繫中國人思想與道德的重要方式，而對於以儒學爲安身立命之本的鄉紳階層，本身就維護儒學，並在基層社會裏身體力行踐行儒學精神，周作人也就不可能對這一階層作出否定的評價。儒學的失守，使中國傳統社會在近代逐漸被打破了原有的秩序，傳統文化道德秩序也隨之被打亂。

〔註 151〕費孝通：《土地里長出來的文化》，《費孝通全集》，第 4 卷第 383 頁。
〔註 152〕周作人：《鄉村與道教思想》，《周作人散文全集》，第 2 卷第 244 頁。
〔註 153〕周作人：《鄉村與道教思想》，《周作人散文全集》，第 2 卷第 245 頁。

此時鄉紳在鄉村社會中的作用反而更顯重要，因爲他們正是「擁有文化，擁有知識，成爲農耕時代一個文明得以延續發展、社會秩序穩定的重要角色。」〔註 154〕也可以說，鄉紳維持著一個共同的傳統文化記憶，也是一種歷史記憶，這種記憶是一種區隔，區分著我者與他者，過去與現在，也是身份的確認，擁有這樣的文化記憶，我們才有這樣的歷史傳統，失去文化記憶就等同於失去自我的身份歸屬。因此，自由主義作家的論述彰顯著傳統的重要性，而這種傳統的保持與傳承依靠的就是鄉紳。如果說鄉紳的數量與質量隨著社會的變遷不由自主地發生著改變，那麼傳統文化也會隨之改變的。鄉村社會發展的緩慢，城市的吸引，使鄉村裏的知識分子離鄉進城，鄉村成爲被嫌棄的故鄉。

鄉紳的流失意味著傳統文化的遠去，屬於鄉土社會的文化記憶也正在逐漸地斷裂。隨著鄉紳階層在鄉村社會中的文化影響力越來越微弱，「鄉土」中國中的「鄉土」正在遠離中國，但城市文明還遠遠不能成爲中國的本質化特徵，在鄉土與城市中徘徊的社會既無法執守傳統道德，也無法擁有眞正的城市文明。正如沈從文所說的，「我愛悅的一切還是存在，它們使我靈魂安寧，我的身體，卻爲都市生活揪著，不能掙扎」〔註 155〕。奇怪的是，如此撕裂的焦慮狀態卻未在沈從文的作品中流露出來，我們所見到的是青山綠水的湘西鄉村仍然像是一個被時間遺忘的地方，但只是「象」被時間遺忘而不是「就是被時間遺忘」，表面的祥和平靜容易讓讀者不再去追尋潛藏於敘述背後的東西，從《邊城》到《長河》，鄉村原有的一切終將不復返的痛惜之情揮之不去。就好像《顧問官》裏的那個顧問一樣，本來是前清秀才，擔當過聖諭宣講員和私塾教師，民國以後卻從一個縣公署科員成爲了稅務局長，然後貪污、拘留、查辦，繼續地撈錢，「變成了一千五百元大洋錢的資產階級了」〔註 156〕，理應負有維持社會道德責任的鄉紳不僅自己主動放棄了原有的鄉紳身份，還成爲以不擇手段獲得金錢的道德破壞者。文化傳統的傳承者已然背叛了傳統，鄉紳已逐漸離去與墮落，鄉土文化傳統的命運也就不難預見了。

〔註 154〕王先明：《近代紳士——一個封建階層的歷史命運》，天津：天津人民出版社，1997 年，第 70 頁。

〔註 155〕沈從文：《生命的沫》，《沈從文全集》，第 16 卷第 306 頁。

〔註 156〕沈從文：《顧問官》，《沈從文全集》，第 8 卷第 240 頁。

2、失落之傳統：自由主義作家的故園追憶

自由主義作家希望自己的文學創作能夠遠離現實的功利目的，這並不是說他們就沒有一定的創作目的，只是這個創作目的不是追逐某個特定的社會潮流，他們更願意通過自己的筆觸去傳達一種文學之美，而這種美來自於作家獨特的感受，正如沈從文所認爲的那樣，雖然文學作品在現代社會不可避免地成爲商品的一種，但作家卻仍然要提防自己跟隨流行去創作，「我除了用文字捕捉感覺與事象以外，儼然與外界絕緣，不相黏附」，「因爲一切作品都需要個性」〔註 157〕。這不僅是沈從文個人對於作品的要求，也可以說是自由主義作家整體的創作宗旨。面對社會不停湧動的思想潮流，自由主義作家堅守著自己的看法，因此鄉紳階層在他們的作品中，沒有啓蒙鄉土文學中固守禮教的冷酷和革命鄉土文學中兇狠的剝削者嘴臉，而是與鄉民一樣，是傳統鄉村的自然存在，缺一不可，由於鄉紳在傳統鄉土社會中的正面作用，作品中得到了充分的表現。更彰顯了鄉紳在傳統社會中的正面作用。

沈從文的小說《邊城》描寫了一個頗有江湖義氣的船總順順，他是邊城茶峒那個封閉的小山城裏掌管碼頭的執事人。這裡需要注意的是順順與其它鄉紳的不同之處在於，他並不具備文化資源。我們應該考慮到這樣的一個問題，在邊遠的山區，教育的成本再加上科舉制度的嚴格，使儒學知識精英的數量非常有限。張朋園採用了張仲禮的一組統計數據，數據顯示，「將功名者連同他們的家屬一起統計，不過人口的2%」〔註158〕，這還是連同家屬統計的，眞正有功名的鄉紳應該更爲稀少，如果將接受過教育但是沒有通過科舉的人加在一起，估計人數也不可能出現大的飛躍。教育發展的不均衡，使經濟落後的邊遠地區教育普及率更低。

所以，國外學者提出不同地區的鄉村領袖，也就是鄉紳應該分開來考察，韓書瑞與羅友枝指出，在國家的政治與經濟中心，聚集了大量的獲得政府功名的知識精英，在這些地區之外，精英的劃分標準也應該相應改變，「我們就不得不將精英的範圍不斷擴大，去注意地方的領袖。而在鄉村，充當領導者的或許就是一個略人文化的自耕農或是一個只受過很少教育的地主。」〔註 159〕

〔註 157〕沈從文：《習作選集代序》，《沈從文全集》，第 9 卷第 2 頁。

〔註 158〕張朋園：《知識分子與近代中國的現代化》，南昌：百花洲文藝出版社，2002 年，第 280 頁。

〔註 159〕〔美〕韓書瑞、羅友枝：《十八世紀中國社會》，陳仲丹譯，南京：江蘇人民出版社，2009 年，第 114 頁。

在不苛求功名的情況下，鄉民們主要看的是鄉紳的德行是否有資格擔當鄉村領袖。在《邊城》裏，我們看到可以稱得上鄉村領袖的是船總順順，雖然在小說中，我們並沒有發現他有任何受文化教育的經歷，但是他的個人名望使他稱得上鄉村領袖這一稱號。他在鄉民中獲得認可緣於他的個人生活經歷，相較於一生都在鄉村裏生活、未見過世面的鄉民來說，順順算是見多識廣和經歷豐富的，早年從軍征戰，並沒有讓他由於經歷過死裏逃生而失去道德原則。沈從文將順順塑造成了一個道德完人的形象，無論是個人生活，還是經濟來源，都是相當乾淨的。離開軍隊後需要賺錢謀生的順順，也並沒有沾染一點點的商人氣息，他靠著自己出生入死存下的積蓄，買了船再租出去。他忌諱做生意，原因在於他不願意將自己歸屬於一般見利忘義的商人，於是有著道德潔癖的順順只是將船出租，他的生活富裕起來也靠的是上天給的運氣，也可以說是上天對於這樣一個品德高尚之人的回報。沈從文還將一些江湖俠氣也賦予了順順，由於軍隊裏的冒險，順順深諳人世不易，所以他對旁人慷慨大方，總是不計回報地去幫助他人，從這一點來說，順順的爲人頗有古風，「故凡船隻失事破產的船家，過路的退伍兵士，遊學文墨人，凡到了這個地方，聞名求助的，莫不盡力幫助」〔註 160〕，簡直就是武俠小說裏的濟危救難的大俠。沈從文之所以強調這一點，是想表明順順鄉紳地位的獲得，是眞正屬於傳統對於品德道義的認同與肯定，也可以說，順順的行爲稱得上是一個傳統意義上的君子所爲，不求名不求利也不貪財。順順在沈從文的筆下，是一個講究仁義的人，「仁義」是中國傳統道德中對理想人格的評價，正因爲順順具備高尚的人格，符合水碼頭執事者「高年碩德」的品格要求，順順以他的德高望重而成爲了邊城受人尊敬的碼頭掌管人。而受父親影響，順順的兩個兒子也同樣成爲了邊城鄉民們認可的人物，用小說裏的描述來說，「兩個人皆結實如虎，卻又和氣親人，不驕惰，不浮華，不盛氣凌人」，一家父子三人成爲了邊城的道德楷模，「人人對這個名姓無不加以一種尊敬」〔註 161〕。可以看到，邊城鄉民在品德方面的高要求，另一方面也說明邊城以「崇德」爲標準的民風確實高尚，反過來說，也只有如此的民風才能出現象順順這樣的道德完人。沈從文將所有的傳統理想美德賦予順順、天保與儺送的目的在於「刻意打造完美無瑕的湘西人性，進而以被人們遺忘了的民族文化『傳統』，

〔註 160〕沈從文：《邊城》，《沈從文全集》，第 8 卷第 71 頁。
〔註 161〕沈從文：《邊城》，《沈從文全集》，第 8 卷第 72 頁。

來實現重建『邊城』神話的現代人文理想。」〔註 162〕順順在兒子們的道德方面下了如此大的工夫，可見作爲邊城道德守護者的他，有心要將他的德言德行作爲精神遺產傳承下去。

關永吉在小說《牛》中講述了鄉紳高五爺由盛到衰的故事，實際上這並不是一個鄉紳個體的衰敗過程，而是整個傳統鄉紳群體的衰落，更是折射出傳統文化在時代變遷中逐漸凋落的事實。高五爺的求學經歷是大多數經歷了晚清民初那個動亂年代的讀書人所共同經歷過的，年青時曾經參加過科舉考試，考中了秀才，但是還沒有等到他繼續參加科舉考試，像前人一樣「學而優則仕」，西學取代了舊學，他又不得不學習西學以適應朝廷的需要。但是這個想法也未能實現，扶清滅洋的義和團要殺光所有學西學的二毛子，讓高五爺入仕的努力再遭挫折，生不逢時的他不得已回到鄉村，安心做起了紳士。雖然未能在仕途上有所作爲，但他的秀才身份已經足以讓高五爺在鄉村成爲一個體面的鄉紳。「一個秀才，最末一次國家選拔的人材，所有這樣的地位和身份，而且又是有著四百畝田的地方；有一個鋪子……守善堂高和紳士高五爺，在這個小鎮甸和左右五七十里地的村鎮，有一個不知道和不羨慕的麼！」〔註 163〕曾經嚴格的儒學教育，讓高五爺篤信朱子家訓，祈求自家能夠「文章華國，忠厚傳門」。高五爺也是守舊的，他無法理解與接受青年們所謂的「革命」。在他看來，這些「革命」一點好處都沒有，是數典忘祖的行爲，「革命，革什麼命，就是造反哪，無父無君，是爲禽獸，畜生而已。」〔註 164〕一直以來，高五爺的日子過得舒暢又順心，有著鄉紳的身份，還有一份豐厚的財富，在他的周圍還有一群與他一樣的紳士朋友們，可以說，這曾經是屬於高五爺的時代。這個時代的鄉紳們除了有讓他們成爲紳士的文化與功名，還有對於土地天然的親近，這也是傳統鄉紳的特點之一，不離鄉土。從這個角度來說，傳統鄉紳是眞正鄉土文化的傳承者與守護者，他們對土地的感情與鄉民並沒有不同的地方。但戰亂的到來，不僅帶走了曾經的財富，還無法堅守土地，相當於拔去了鄉紳最後的根基。自衛團的駐紮，整個鄉鎮的居民都逃走了，五爺家也不例外，他的家裏被當兵的搶得一點不剩，只剩下無法搶走的土地。

〔註 162〕宋劍華：《生命閱讀與神話解構 —— 20 世紀中國文學經典文本的重新釋義》，廣州：廣東人民出版社，2010 年，第 56 頁。

〔註 163〕關永吉：《牛》，《中國淪陷區文學大系 —— 新文藝小說卷》，（下）第 252 頁。

〔註 164〕關永吉：《牛》，《中國淪陷區文學大系 —— 新文藝小說卷》，（下）第 255～256 頁。

只有土地才能生生不息地帶來收成與財富，當一切失去時，也只有土地能夠把失去的拿回來，高五爺深信這是眞理，所以在其它鄉民都不敢冒險回鄉時，他率先回鄉，開始招募短工購買糧種，準備開工，「他自己想，如果好好種上三年地，只用三年，那時候你看，高家仍舊是高家。」〔註 165〕此時的高五爺，完完全全就是一個熱愛土地的老鄉民，他和長工一起奔走在田間地頭，「一會兒在穀地裏出現，一會兒去看看蘿蔔栽得怎樣了，高五爺還要走出五六里地去看耕地的人們，他是興奮而且熱心的。拼出我這條老命，五年，只要五年，我這守善堂還是守善……」〔註 166〕高五爺期待再從土地上恢復高家昔日的興旺發達，他壯心不已，土地成爲了他安身立命的根本。中國傳統文化是鄉土文化，一切源於土地，守土也是守住了文化的根基。高五爺正是這樣安守鄉土的鄉紳。

淪陷區作家馬驪的小說《生死路》中的柳二爺則是屬於講究傳統道義的鄉紳。由於四十天沒有下雨，鄉民們用了各種各樣的方法，但都祈雨無效。走投無路、被飢餓燃燒的鄉民們像歷史上遭遇災年那樣，集體到有存糧的富戶家裏搶糧食。對已經餓紅了眼的鄉民們講道理顯然是無用，在這樣的時候也沒有道理可講，在生存面前，所有的道理都是虛無的。身爲一個傳統鄉紳，柳二爺明白這個道理，同時也看到了饑民們的舉動，不是勸阻就可以制止的，暴力地阻擋只能是兩敗俱傷，仁慈之心讓柳二爺放棄了與鄉民們兵刃相見，「他知道慘傷是世間毆鬥必然的結果」，既然不願傷害鄉民們，唯一的辦法就是主動的分糧食。在此，我們不論柳二爺是否主觀願意還是被逼無奈之下作出的選擇，起碼他並不像其它富戶一樣，在和鄉民的暴力衝突中被搶糧食。柳二爺將家裏的存糧中的大部份偷偷埋在了地窖，這是可以理解的，因爲之前事例的經驗，富戶在被搶了的不僅有糧食，其它可以拿走的也被鄉民搶光了，所以柳二爺的做法也是出於保護自己的本能。但不管怎麼說，柳二爺是在鄉民還沒有搶他家糧食之前，將鄉民們召集在了自家門口。從柳二爺對鄉民們的講話中，我們看到，他對於災荒的解釋，與鄉民們的認識是一樣，忍饑挨餓是鄉村裏常有的事，這怨不得什麼，這就是天生吃苦的命，「我知道：大家天天下鍋的，除了野菜，就是樹葉，吃這些上天生來不該我們人吃的東西，該說什麼呢？什麼呢？也只有忍受認命罷了！按鄉里說，按人情說我們一村人該有飯同吃，有罪同受，所

〔註 165〕關永吉：《牛》，《中國淪陷區文學大系——新文藝小說卷》，（下）第 268 頁。
〔註 166〕關永吉：《牛》，《中國淪陷區文學大系——新文藝小說卷》，（下），第 296 頁。

以，我打算把我家的存糧分開大家同吃，吃淨了，再一同想法。」〔註 167〕從柳二爺的話裏，我們看到，他實際上是在遵守鄉村裏約定俗成的規矩，類似於有福同享，有難同當，這也是傳統鄉土社會所遵循著的生存倫理，「斯科特認爲，生存倫理影響鄉村社會的所有階層——不僅僅是窮人，也包括富人和有權勢的人。生存倫理約束著富人以及有權勢之人的行動和選擇，迫使他們考慮一些窮人的需要。」〔註 168〕同時，柳二爺也比較重視他在鄉民中的道德評價，本來他還想讓鄉民們打借條，算是從他這裡借糧食，但是他「對這群久已失了笑意的瘦黃的笑臉，一看眞也覺得夠可憐的。於是，向這群對著他的乞憐的眼睛可憐的心靈預備要說的分了糧食寫張借字給他的話，爲了怕他們太傷心以致失卻自己恩德的崇仰，而臨時壓下去了。」〔註 169〕柳二爺不打借條，一是確實是對鄉民眞心的憐憫，二是作爲一名鄉紳，他還是在意他在鄉民心目中的形象，希望自己還是一個有德之人的形象。然後他再一次地重申了自己與鄉民「有飯同吃，有罪同受」，這樣讓鄉民們以能夠接受的鄉村倫理道德來平息分糧的風潮，這種捨「利」取「義」的善舉，不僅爲其贏得了社會聲譽，更展示了「鄉紳」階層的社會責任。

自由主義作家也意識到了這一點，在他們的作品中我們可以看到他們對於傳統文化與道德體系在鄉土社會傳承的前景是悲觀的。沈從文就不無惋惜地說：「時代的演變，國內混戰的繼續，維持舊有生產關係下而存在的使人憧憬的世界，皆在爲新的日子所消滅。農村所保持的和平靜穆，在天災人禍貧窮變亂中，慢慢在也全毀去了。」〔註 170〕在《邊城》中，沈從文描寫了傳統道義化身的船總順順之外，還特別將他的兩個兒子天保與儺送塑造成了能夠完全繼承父親重德重義品格的青年，但是《邊城》的結局卻表達了沈從文對這種傳統道德能夠延續下去的絕望。身爲鄉紳的後代，順順的兩個兒子並沒有意識到自己在邊城道德民風延續上的責任與重要性，他們都將自己的人生重點放到了愛情上。天保與儺送兩兄弟都不約而同地爲自己的人生前途輕率

〔註 167〕馬驪：《生死路》，《中國淪陷區文學大系——新文藝小說卷》，（下）第 389 頁。

〔註 168〕〔美〕李丹：《理解農民中國》，張天虹等譯，南京：江蘇人民出版社，2008 年，第 33 頁。

〔註 169〕馬驪：《生死路》，《中國淪陷區文學大系——新文藝小說卷，（下）》第 389 頁。

〔註 170〕沈從文：《論馮文炳》，《沈從文全集》，第 16 卷第 150～151 頁。

地做出了決定，從這一點來說，他們都沒有繼承順順的灑脫與俠氣，而是糾結於兒女私情。整個小說彌漫著惋惜、懷念的悲劇色彩，失去的總是會永遠失去，再回來的再也不可能是原初的樣子，天保的死去與儺送的遠離表達了沈從文對邊城未來的悲觀態度，順順的品德終究是無人繼承，連邊城鄉民一致稱讚、最爲欣賞的天保、儺送兩兄弟都是如此，更何況其它人。新陳代謝，老一輩重德尚義的品格被年輕一輩輕視，年輕一輩也從未意識到父輩精神傳承的重要性，維繫邊城淳樸民風的道德精神已經慢慢逝去了，也可以說傳統的鄉紳精神必然也會隨著時間的流逝而消失。

在關永吉的《牛》中，作者通過高五爺的感歎表達了秉承傳統文化的舊鄉紳逐漸凋落而使鄉村社會道德淪落的擔憂，「他想起那些老朋友，他當紳士的時候每天和他坐在一塊的老朋友們，世事的變化眞是快呵！他們都怎麼樣了？胖子王佐才在天津開了布莊，很賺了一筆錢，成爲了了不得的人物。楊家也全家搬到天津去，作著五金的買賣。而岳國棟卻死在船上。」〔註 171〕與高五爺一輩的鄉紳離鄉的離鄉，死去的死去，再不能像從前是鄉村社會的精神支撐。「在時間上也就是在時代上，青年紳士們打倒了過去統治著這個小鎭甸的一群。他們叫囂而且奔跑著，坐著轎車一次一次的進城去見縣長，把呈文毫不客氣的拋在縣衙門的辦公桌上。……一直過了兩年，三年，那些老紳士們才逐漸把他們的權利讓給年輕的一派，他們只有在或一個田主發辦喪事，成服點主當『相爺』的時候，才出來走動走動，可是這時候也少不了青年的紳士。」〔註 172〕

但是代替舊鄉紳主持鄉村事務的年青一代鄉紳是些什麼樣的人呢？「紳士們都是一些從前被人們輕視和恥笑過的傢夥，王盛甫 —— 流氓而且是一個賭棍，因爲和隊上的司令在一起賭過錢的原故 —— 那自然還是十年前的事情，所以現在當紳士而且是鎭長了。」〔註 173〕光棍出身的王盛甫「房子也沒有一間，可是一當了紳士，他沒有時間等著別人給他機會，他要自己製造機會。於是，他捉弄所有的地主，而把他們的錢弄過來，地弄過來，房子弄過來。」〔註 174〕而鎭公所的書記楊晉福「當高五爺逃出艾子口鎭的時候，他把

〔註 171〕關永吉：《牛》，《中國淪陷區文學大系 —— 新文藝小説卷（下）》，第 313 頁。
〔註 172〕關永吉：《牛》，《中國淪陷區文學大系 —— 新文藝小説卷（下）》第 258～259 頁。
〔註 173〕關永吉：《牛》，《中國淪陷區文學大系 —— 新文藝小説卷（下）》第 297 頁。
〔註 174〕關永吉：《牛》，《中國淪陷區文學大系 —— 新文藝小説卷（下）》第 336 頁。

高家的沙發椅子，和一些比較值錢的東西都搬到他自己家去了，那些東西很快就成爲他的財產了。他現在是計算著如果高五爺搬回老家的時候，鎭公所可以增收多少錢的花銷，而且楊晉福可以在這裡取得多少錢的好處。」〔註 175〕由此可見，取代老一輩鄉紳的新鄉紳們的素質較前者低了許多，傳統文化的道德約束對於新鄉紳似乎也沒有起到太大的作用了，「民國之紳士多係鑽營奔競之紳士，非是劣衿、土棍，即爲敗商、村蠹，而夠紳士之資格者各縣寥寥無幾……」〔註 176〕作爲崇尚道德傳家的舊式鄉紳，高五爺的價値觀已經不再適應當時的社會了，他也已經不能再利用他昔日的鄉紳地位與威望解決他面臨的困頓局面。

高五爺最終無奈地低價賣出了他曾經寄予希望、想用來重振家業的糧食。作者用新鄉紳完成對舊鄉紳的掠奪表達了對鄉土社會道德秩序的悲觀預見，像高五爺這樣有文化、受尊敬的鄉紳在社會動亂之中苦苦支撐，也無法重回往昔的興旺景象，而這樣的鄉紳正是鄉土社會道德價値觀的傳承者，他們的衰敗也是傳統倫理道德的淪喪。新鄉紳文化修養與道德品行的低下使鄉村原來靠傳統文化維繫的禮治秩序被破壞，自由主義作家所嚮往的寧靜田園也漸漸失去了和諧之本。

3、劣化之鄉紳：民國時期鄉村的文化生態

鄉村之所以能夠成爲自由主義作家們的精神家園，與鄉土風光的靜謐優美，人文氛圍的和諧自然分不開的。鄉土能夠成爲他們所嚮往的桃花源是緣於他們對於傳統文化中道德禮治秩序的認同，「禮治秩序或者禮治文化的核心精神，不是某種具體行爲……」，也不是「一個典章規矩的具體結構問題，更重要的是典章規矩背後是暗含的思路，制約具體結構的深層結構。」〔註 177〕所以，他們所看重的和諧自在背後正是由於傳統道德這樣一個深層結構作爲支撐的。

自由主義作家們可以盡情的將鄉村外在風景描畫成自己理想中的樂土，但是卻無法迴避維持鄉土最爲重要的內在傳統文化精神正在慢慢失落，在作品中他們難以掩蓋對昔日鄉村和諧人文環境的懷念和對鄉村未來的悲觀絕望

〔註 175〕關永吉：《牛》，《中國淪陷區文學大系 —— 新文藝小說卷（下）》第 266 頁。
〔註 176〕劉大鵬：《退想齋日記》，喬志強標注，太原：山西人民出版社，1990 年，第 336 頁。
〔註 177〕劉再復、林崗：《傳統與中國人》，北京：中信出版社，2010 年，第 197 頁。

之情，因此他們筆下代表著傳統文化的舊鄉紳不是後繼無人，便是被社會淘汰，或者出走鄉村，如《生死路》中的柳二爺，無法力挽狂瀾、應付村裏更大的混亂，便帶著全家搬走了，「柳二爺沉思一刻，說著，就向村人揮揮手，三輛大車一直向西走去了，搖鞭飛輪，不一會，影子已隱在高揚的塵沙中。」〔註 178〕鄉紳的文化素質下降並不是自民國才開始的，按照魏斐德的觀點，紳士階層的劣化自 19 世紀就在緩慢開始了，「在 19 世紀，部份因爲人口增長，增加了資源有限的官僚體系的壓力。下層紳士變得精通，並習慣於地方的不合法事務。……這一時期，甚至最清高的上層紳士也歡迎最爲敗壞的生員加入同盟」〔註 179〕。成爲鄉紳的門坎變低的後果是，越來越多的在個人品德、文化修養上並沒有資格成爲鄉紳的人員獲得了這一資格，基層民眾爲了將這些人與傳統鄉紳區別開來，而將他們稱爲「劣紳」。

儘管，「『劣紳』的稱謂成爲當時人民對於地方權力惡化情狀的一個基本評判，其間更多包含著的是一個『道德』指向的評判，而缺少了對於社會結構和制度演變的深度分析。」〔註 180〕但不得不說，鄉民之所以有這樣的評價，從某種角度上確實反映了當時鄉村社會整個文化生態的惡化與衰落。這種劣質鄉紳的侵入是由小擴大的，伴隨著鄉村經濟的總是處於低水平的維持狀況，且每況愈下，眞正的儒生開始走出鄉村，或接受新學，或居住城市，鄉村成爲了被拋棄的故鄉。

自由主義作家把自己對鄉土社會無法保持原有平靜和諧的擔憂寫進了作品中，他們用代表傳統文化的舊鄉紳的沒落流露出他們對鄉土社會未來的絕望。自由主義作家對理想鄉土的強烈渴望與現實之間形成了落差，使他們對鄉土社會的變遷缺乏冷靜與客觀的看法，他們沒有看到，堅持傳統文化立場的舊鄉紳在鄉村政治與文化舞臺上的退隱是歷史的必然過程。同時，我們不可否認的是繼之而起的新式鄉紳中不乏會有個別的人文化素質與品德低下，但是這並不能代表整體新式鄉紳階層的品質。

自由主義作家筆下的舊式鄉紳們依然信守傳統鄉土社會所推崇的道德與

〔註 178〕馬驪：《生死路》，《中國淪陷區文學大系 —— 新文藝小說卷（下）》，第 390 頁。

〔註 179〕〔美〕魏斐德：《中華帝制的衰落》，鄧軍譯，合肥：黃山書社，2010 年，第 35 頁。

〔註 180〕王先明：《變動時代的鄉紳 —— 鄉紳與鄉村社會結構變遷（1901～1945）》，北京：人民出版社，2009 年，第 453 頁。

價值觀念，這是他們鄉紳身份的立身之本。我們必須看到的是鄉紳用傳統文化來維繫鄉村的力量在劇烈的社會動蕩之中已逐漸微弱，這是一個緩慢發生的過程。雖然清末科舉制度的廢止，使鄉紳在社會生活中失去了向上流動的制度性的保障，但「科舉制度的結束，意味著原來用來確定紳士的幾個正式特徵已不再適用。有一個情況至少是清楚的，紳士的地位在中國農村已經根深蒂固，不是北京先發制人的一道命令就能一舉搞垮的。」〔註 181〕文化的慣性並沒有使鄉紳立刻失去在鄉土社會的政治與文化精英的地位。

必須注意的一點是雖然科舉制度的廢止對鄉紳階層產生的影響不是立竿見影的，可是對於鄉村社會結構的影響卻是日益加深，「科舉制打破了士紳階層的輪替軌道，具有科舉功名的老紳士到了 20 世紀的二十年代日益凋零」，〔註 182〕堅持傳統文化與儒家道德的舊鄉紳後繼無人，鄉村中的讀書人無法再通過科舉考試獲取社會地位，只能進入城市接受西式新學，遠離中國傳統文化。另外一方面，中國農村經濟慢性衰落，徘徊在崩潰的邊緣，「小農經濟的堅韌」讓中國經濟始終沒有陡然垮塌，「要中國的經濟豁然崩潰我想是不太可能的，但是拖卻拖不出繁榮倒是一定的。小農經濟不會崩潰只會癱瘓。癱瘓是慢性的，逐漸加深的。」〔註 183〕鄉土社會經濟整體性的逐年低迷，社會問題沉屙難治，很難讓人看到鄉土復興的希望，所以越來越多的農村青壯年選擇了離村。

民國 23 年的一份社會調查報告中就提到，農村人口向城市遷徙「是中國農村問題的一部」，以山西太谷縣貫家堡爲例，「離村人口的年齡以 25 歲至 29 歲者最多，占總數 14.2%，次爲 15 歲至 19 歲者，占 12.5%，再次則爲 35 至 39 歲者，占 10.8%。總之，離村人之年齡，以 15 歲至 39 歲者最多，共占總數 55.9%。」〔註 184〕可以看到，離村人口中 15～39 歲的青壯年占到了一半以上的數量，這對於鄉村經濟與社會結構的穩定產生了不小的影響。離村人口中不乏文化修養與個人品行較好的鄉村精英，這就會導致了更爲嚴重的後

〔註 181〕〔美〕孔飛力：《中華帝國晚期的叛亂及其敵人》，謝亮生等譯，北京：中國社會科學出版社，1990 年，第 234 頁。

〔註 182〕王先明：《變動時代的鄉紳——鄉紳與鄉村社會結構變遷 1901～1945》，第 354 頁。

〔註 183〕費孝通：《鄉土重建》，《費孝通全集》，第 5 卷第 28 頁。

〔註 184〕武壽銘：《太谷縣貫家堡村調查報告》，李文海等編：《民國時期社會調查叢編（二編）》（鄉村社會卷），福州：福建教育出版社，2009 年，第 264 頁。

果，「高素質優秀人才拋離農村，鄉村傳統精英日益稀少和劣質化，一些處在社會邊緣的人物如地痞、土棍走上前臺。」〔註 185〕同時，民國時期進行的村制改革使「村政權的正規化，其與鄉村社會文化網絡的脫節，以及來自政權內卷化的壓力，使村政權落入那些貪求名利的『政客』手中。」〔註 186〕正如清末舉人、民國鄉紳劉大鵬眼見社會亂象所抱怨的那樣：「身爲紳士而存所在，不思爲地主除害，俾鄉村人民受其福利，乃竟藉勢爲惡，殃官殃民，欺貧諂富，則不得爲公正紳士矣。民國以來凡爲紳士者非劣衿敗商，即痞棍惡徒以充，若輩毫無地方觀念，亦無國計民生之思想，故婿官殃民之事到處皆然，噫，可慨也已」。〔註 187〕鄉村中的離村青壯年大多並不是永久性地留居城市，「達到相當年齡後，因在外工作能力減少，常常仍在本村，把所得的贏餘帶回家中，回到本村充當領袖。這是中國農村的一般現象。」〔註 188〕一些接受新學的人也逐漸代替舊鄉紳擔任起鄉村領袖的角色。

例如 1934 年在廣東樟林進行的社會調查中，我們看到區長鄉長的出身全部來源接受過新學的人士。三位區長的學歷分別是上海中國公學畢業、省立第四中學畢業、上海持志大學畢業，同時還分別兼任著當地學校的校長或校董的職務。樟林 7 鄉 1 鎮共 53 名里長當中初小程度的有 22 名，高小程度的有 16 名，中學程度的有 6 名，占總數的 83%。〔註 189〕新學出身的鄉紳因爲接受的是西式教育，他們的眼界都會比較開闊，對於新生事物一般都會歡迎，甚至將新學引進到鄉村。例如定縣的米迪剛先生「由日本留學歸國，見日本農村的新建設、新改造，很受感動。更根據學理上村治一級應占重要位置，組成翟城村治，……他想改造中國，必得由村治起，因爲惟有如此，才能把國家之間，聯絡一起。如果不講改良農村，而想齊家治國平天下，也恐怕不容易有一貫的發展。他一方面提倡內地舊有農村的整理，又一方面提倡邊荒

〔註 185〕王先明：《變動時代的鄉紳——鄉紳與鄉村社會結構變遷 1901～1945》，北京：人民出版社，2009 年，第 409 頁。

〔註 186〕〔美〕杜贊奇：《文化、權力與國家——1900～1942 年的華北農村》，王福明譯，南京：江蘇人民出版社，1996 年，第 200 頁。

〔註 187〕劉大鵬：《退想齋日記》，喬志強標注，太原：山西人民出版社，1990 年，第 322 頁，。

〔註 188〕武壽銘：《太谷縣賈家堡村調查報告》，《民國時期社會調查叢編（二編）》（鄉村社會卷），第 262 頁。

〔註 189〕陳國樑、盧明合編：《樟林社會概況調查》，李文海等編：《民國時期社會調查叢編（二編）》（鄉村社會卷），福州：福建教育出版社，2009 年，第 1042 頁。

新農村的創建。」〔註 190〕再又如山東大店莊氏家族，自清初開始，因家族中有人中進士之後而成爲當地的望族，他們辦教育、開醫院，百姓無一不稱道。其中有一位莊丹林「青年時期在上海五洲醫學院中醫系學習，畢業後返籍懸壺行醫，民國 25 年夏霍亂流行，莊丹林不顧個人安危，日夜搶救，很多危重病人賴以得救，聲譽大噪」，還有另一位莊雲章先後到濟南、上海學習西醫，「學成後回鄉掛牌行醫」，不僅購進先進的醫療設備，1929 年還建起了現代化的西醫醫院，「莊雲章任主治醫生，每天抽出一小時上課授徒，培訓醫務人員。他最先用新法種痘，並貼出告示：『貧苦子女，分文不取。』」〔註 191〕新式鄉紳給鄉村社會帶來了新的氣息，福建的三元縣「66%的保長副保長都是小學、小學同等學歷或受過幹訓班調訓過的新式的受教育者，年齡也是 20～40 歲之間，易於接受新知識、新文化，易於政令的推行和地方基層政權的改革。……他們已不同於傳統時代的士紳，其中許多人從事實業、熱心教育和地方公益事業，在地方上有了相當的影響和資望。」〔註 192〕

自由主義作家們留戀的是舊時鄉紳對傳統文化的執守，因此當他們看到新鄉紳中的一部份或者提倡新學、或者是眞的個人品行低下，對於往昔鄉土文化的懷舊之情很難讓他們認同新式鄉紳，從而導致他們對於新鄉紳取代舊鄉紳這一趨勢難以接受，就連不問世事、流連於小橋流水的廢名也不無偏頗地評價當時的鄉紳階層：「自從有民國，鄉下蓋沒有看見一個讀書人了，都是土豪劣紳。」〔註 193〕自由主義作家們對傳統文化秩序的留戀，使他們看到的只是舊鄉紳的沒落、新鄉紳的劣質，傳統文化體系的逐漸崩塌已無法維繫鄉土社會原有的風貌。中國的傳統文化是從土地上衍生出來的，面對現代文明的滾滾紅塵，鄉土社會難以維持舊時社會結構與文化傳統，作爲鄉土文化精神執守者的重德守義的舊鄉紳了也伴隨著鄉村的凋落而頹敗。源於對逝去鄉土的懷念，沈從文等作家的作品更願意用舊式鄉紳的衰落現狀來唱響舊日田園的輓歌，追憶他們理想中的鄉土。

〔註 190〕李景漢：《定縣社會概況調查》，上海：上海世紀出版集團，2005 年，第 115 頁。

〔註 191〕《山東文史集粹——社會卷》，濟南：山東人民出版社，1993 年，第 270～271 頁。

〔註 192〕王先明：《變動時代的鄉紳——鄉紳與鄉村社會結構變遷（1901～1945）》，北京：人民出版社，2009 年，第 311 頁。

〔註 193〕廢名：《莫須有先生坐飛機以後》，《廢名集》，第 2 卷第 840 頁。

綜上所述，自由主義視閾中的鄉紳形象具有兩個層面，一是舊鄉紳堅持遵循傳統文化道德但是卻無奈地被時代所拋棄，二是新鄉紳攪動了鄉土社會原有的平靜與和諧，他們不再以傳承傳統文化精神作爲自身的道德理想，因此在自由主義作家看來他們都是破壞鄉土社會的「劣紳」。自由主義作家對鄉土社會變遷的惋惜之情是可以理解的，但是鄉村接受現代文明是歷史必然的進程，代表傳統文化與禮治秩序的舊鄉紳的退出與新學接受者——新式鄉紳走上鄉村權力中心是中國傳統鄉土社會向現代文明社會轉型的必然結果。雖然在這個權力更替的過程中，魚龍混雜，其間鄉村社會的動蕩與衰落也是不可否認的，因此轉型艱難的過程無法避免。我們也不能否認傳統文化與道德體系中的合理因素對基層鄉村秩序的穩定所起的作用。以傳統文化作爲精神支柱的舊鄉紳的離去宣告了自由主義作家們心目中的精神樂園的消逝，我們也就理解了沈從文的慨歎：「去鄉十八年，一入辰河流域，什麼都不同了。表面上看來，事事物物自然都有了極大進步，試仔細注意注意，便見出在變化中那點墮落趨勢。最明顯的事，即農村社會所保有的那點正直素樸人情美，幾幾乎快要消失無餘，代替而來的卻是近二十年實際社會培養成功的一種唯實唯利庸俗人生觀。敬鬼神畏天命的迷信固然已經被常識所摧毀，然而做人時的義利取捨是非辨別也隨同泯沒了。」〔註 194〕

鄉紳，是中國傳統鄉土社會結構中一個重要的組成部份，它處於傳統士農工商四民社會之首，以它所具有的文化資本實現著在社會結構中上下流動，既可以向上流動成爲統治者，也可以向下流動成爲基層社會政治與文化精英，「官是在任的紳士，紳士是退職的官或未來的官。……官與紳，有共同的教育背景，思想基礎都是儒家學說，政治理念都是禮治，官治與紳治的目的都是平賦稅、興教化、息詞訟、淳民風。」〔註 195〕作爲鄉村領袖，他們「所參與的文化實踐活動，亦是儒家思想由觀念到物化的過程。他們與上層傳統精英一樣，具有先人後己、道德優先、構合天人之分、精於爲人之道、化人平天下的特質。」〔註 196〕鄉紳是中國傳統文化的主要傳承者，對於普通鄉民

〔註 194〕沈從文：《長河·題記》，《沈從文全集》，第 10 卷第 3 頁。

〔註 195〕唐致卿：《山東鄉里社會述論》，《近代中國的城市與鄉村》，社會科學文獻出版社 2006 年版，第 272～273 頁。

〔註 196〕渠桂萍：《華北鄉村民眾——視野中的社會分層及其變動（1901～1945）》，人民出版社 2010 年版，第 137 頁。

來說，鄉紳以自身的行爲踐行著抽象的傳統文化理念，是「爲社區的民眾樹立楷模，……紳士是指有高尚道德的正人君子。他是集體和社會的理想人物。士紳是經過選拔的品德足以使社會關係融和愉快的群體。它對發揚忠誠和團結精神起著決定性的作用。」〔註 197〕鄉民們通過對鄉紳社會地位的服膺來表達對傳統文化的認同，從反向來看，統治階層也通過鄉紳階層實現了對於鄉民階層的精神統治。民國以來，所謂的「封建」與「傳統」成爲了中國落後、影響中國社會進步的罪魁禍首，鄉紳階層天然地成爲了被革命者。啓蒙主義者反禮教反傳統，階級革命者反地主反階級剝削，鄉紳的文化身份與土地身份讓他們無論在文化運動還是革命運動中都難以逃脫。中國現代文學的功利性特點決定了啓蒙主義文學、階級革命文學以及自由主義文學都會爲了表達自己的思想觀點，將對鄉土中國無法忽視的鄉紳階層進行符合自己意願的形象塑造。他們不僅僅是對鄉紳形象進行文學塑造，更重要的是他們要通過對鄉紳形象主觀演繹達到他們需要的敘事目的。所以，中國現代文學中的鄉紳形象在不同的視角中呈現出不同的狀態，啓蒙視角中冷漠的禮教代言人形象，革命視角中殘暴的階級壓迫者形象，還有自由主義視角中重德的傳統文化堅守者形象。通過理性客觀的考察，可以得出這樣的結論：中國現代文學中的鄉紳形象敘事，遠遠超越了文學敘事功能，這更多的應該是一種滿足政治敘事的形象書寫。我們並不是對現代文學中的鄉紳形象作全面的否定，承認文學作品的鄉紳形象存在的現實可能性，但作家們不能將出於某種特定目的而創造的文學性的鄉紳形象來對鄉村社會結構中的鄉紳階層作整體性和歷史性的否定，以此證明隱藏在作品背後的思想主張的合法性。用這樣一句話來總結鄉紳在現代鄉土文學中的命運，「士紳在中國社會生活中的經歷如同一部戲劇，地位體系是舞臺，士紳成員是角色，社會流動是情節，一曲喜劇或是一曲悲劇，這三者構成一個完全的整體」。〔註 198〕

〔註 197〕周榮德：《中國社會的階層與流動——一個社區中士紳身份的研究》，學林出版社 2000 年版，第 105 頁。

〔註 198〕周榮德：《中國社會的階層與流動——一個社區中士紳身份的研究》，學林出版社 2000 年版，第 8 頁。